산들바람 산들 분다

산들바람
산들
분다

어느 책벌레의
빈둥빈둥
산촌이야기

최성각 지음

오월의봄

나는 언제나
폼나게 빈둥거리고
싶었다

힌두교도들은 세상에서 일하다가 나이 오십쯤 되면 자신의 생을 돌아보고 가능하면 잘 죽기 위해 칩거에 들어간다고 한다. 칩거를 좀 고상하게 표현한다면, 자기성찰이다. 나는 힌두교도가 아닌데도 대략 오십 즈음에 책보따리를 둘러매고 산골로 들어왔다. 나는 적절한 때에 그런 선택을 할 수 있게 된 것을 행운이라고 생각한다. 이런 행운이 가능했던 것은 내 능력만으로는 불가능한 일이었다. 비교적 이른 나이에 산촌에 파묻혀 제대로 빈둥거리고 아무것도 안 하는 것을 목표로 삼고 살아가도록 허락해준 많은 분들에게 치밀어 오르는 감사를 참을 수가 없다.

　내가 도착한 산골에는 본래 그 땅의 주인이었던 뱀이 많아서 거위를 키웠다. 거위와 함께 사는 일은 쉬운 일이 아니었다. 나보다 더 오래 지상에 남아 있을 거위를 위하여 나는 거위가 좋아하는 쇠뜨기를 모았고, 겨울에 물통이 얼면 불을 피워 녹인 뒤, 개울의 얼음을 깨고 새 물을 갈아주었다. 자그마치 거위와 살던 15년여 세월을 나는 거위를 마치 모시듯이 섬겼다. 내게는 딸자식이 둘 있는데, 그 애들이 자랄 때에도 거위에게 했던 것만큼 지극했던가, 싶을 지경으로 거위를 보살폈다. 내가 거위에게 줄 수 있는 것과 거위가 내게 주고 있는 것에 대해 자주 생각했다. 우리는 살아 있다는 생체험을 서로 교환했다. 그리고 나는 내가 자리 잡기 위해 파괴한 서식지에 몇 그루의 나무를 심었다. 나무들은 정직했기에 잘 자라주었다. 내가 한 일들은 대개 형체가 없지만 푸르게 자란 나무는 내가 한 일의 증거가 되었다. 중소도시에서 자란 나는 산촌생활에 서툴렀고, 할 줄 아는 일이 없어서 늘 실수를 했다. 하지만, 산촌생활을 통해 얻으려고 하는 특별한 목적이 없었으므로, 나는 내 좌충우돌과 우왕좌왕에 대해서 관대했다. 나는 산촌살이의 초보자였을 뿐 아니라 매 순간의 초보자였다.

**

여기 실린 글들은 산촌에 들어온 초창기 10여 년 동안, 그때그때 청탁에 응했던 산촌살이 이야기들이다. 다른 이야기들에 비해 특히 거위 이야기가 많은 까닭은 원고 청탁을 받고 글을 쓰려고 하는 순간, 마당에서 거위가 큰 소리로 꿱꿱거리거나 달밤에 하얀 거위가 조용히 날갯짓을 하면, 나도 몰래 쓰려고 하던 다른 이야기들을 접고 거위 이야기를 쓰게 되었기 때문일 것이다. 거위의 기가 그토록 강했던 것이다.

⁕⁕

이제 대략 산촌살이 18년여. 후회되는 일이나 실수는 많았지만 그렇다고 산촌생활의 좌충우돌이나 빈둥거리는 삶의 확고한 아름다움에 대해 의심해본 적은 없었다. 내세울 것 없는 생활이었지만, 내 시간의 온전한 주인으로서 매 순간 기뻐했고, 거의 조건 없이 감사했다. 그러려고 노력했다. 처음에는 한심해 보이는 내 산촌살이가 도피가 아니라 그 자체로 하나의 숭고한 선택이었으므로 경쟁과 속도와 효율이 숭배되는 세상에 대한 일종의 항거로 간주되기를 바랐다. 겉으로는 빈둥대는 것처럼 보일지라도 '시간 부자'로서 삶의 존엄을 확보하고, 쓸데없는 도모를 포기함으로써 얻는 자유로움을 선물처럼 감사했다.

갯벌이 메워지고, 잘 흐르는 강에 시멘트 보를 세우고, 잘라내지 않아도 되는 수림들을 벌목하면서 세상은 그것이 발전이고 심지어 '친환경'이라고 했다. 성장과 발전을 숭배하는 기세는 기후위기를 실감해야 하는 재앙을 초래했건만 조금도 꺾이지 않고, 사람들은 오로지 잘 먹고 잘살아야 한다는 한 가지 목표만으로 삶을 사용하고 있었다. '다른 삶'도 가능하다는 여지는 어느 곳에서도 발견하기 어려웠다. 환경운동이 별것이었을까. 그것은 생명의 토대인 산천을 지키고 세상을 덜 오염시키고 인간의 품위를 되찾자는 일이었다. 하지만, 애썼으나 달라진 것은 없었고 상처만 깊어졌다.

**

헤세가 《데미안》에서 말했다. "나는 진정, 내 안에서 솟아나오려는 것, 그것을 살아보려 했다. 왜 그것이 그토록 어려웠을까."

　나는 산촌에 들어와서 내 안에서 솟아나오려는 것을 살펴보려고 했다. 그리고 그것이 뭣인지 잘 모르지만 그것을 살아보려고 했다. 내가 나라고 말할 수 없는 일들은 극구 피하려고 했고, 그런 목적을 실현하기 위한 최상의 방법은 폼나게 잘 빈둥거리는 것이라는 것을 깨달았다. 행복하기 위해서 빈둥거리는 게 아니라 폼나게 빈둥거리니까 행복한 것이라는 것을 아는 데에 참 오랜 시간이 걸린 셈이다.

　무엇보다도 세상은 쉽게 달라지지 않지만, 사람은 매일 달라질 수도 있다는 것을 배웠다. 가장 큰 배움은 우리가 사실 이 행성에서 아무것도 아닌 존재라는 것, 그리고 본래 이 행성의 주인이 아니라는 의식을 지닌 겸손한 존재로서 처신해야 한다는 것이었다. 자주 소리 내어 웃고, 자주 춤을 추고, 바로 옆에 누가 있는지 정신 차리고 알아보는 일, 그것보다 중요한 일은 없다.

2021년 6월 1일
툇골에서 최성각

여름, 개울에 빠진 거위

가을, 밤송이 속에 파고드는 달빛

겨울, 적설에 부러지는 귀룽나무 가지

봄

마른 낙엽을
밀어내는
원추리 새순

봄이 오니
마당의 짐승들도
바빠지네

허여멀겋게 잘생긴 텔런트 출신의 한 장관이 온통 나라를 쾌(快)하지 못하게 만들고 있던 어느 날, 나는 개울에서 돌멩이를 주워 마당 한구석의, 비만 오면 흘러내리는 토사를 막기 위해 돌담을 쌓고 있었다. 나는 아무리 생각해도 그 방자한 젊은 장관을 이해할 수 없었다. 부동산과 일본 국채를 굴려 엄청 대단한 재산가가 된 것까지는 이 나라의 내로라하는, 정직하지 않은 '놈'들이 다 하는 짓이니까 그렇다손 쳐도, 왜 멀쩡하게 임기가 남아 있는 공직자들을 서둘러 내쫓으려 엄포를 놓고 협박을 해대는지 알 수가 없었다. 그렇게도 '노무현' 때의 벼슬 냄새가 싫다면, 노무현이 '만났던' 김정일도 당장 사표 내라 그러고, 떠버리 노무현의 희한한 수사에 오랫동안 만성피로증에 걸려 있었던 국민들도 '몽창' 사표 내라고 요구해야 옳지 않겠는가 싶어서였다. 노무현 시절에 군에 입대한 애들도 모두 제대를 시켜야 하지 않을까 싶기도 하고.

"에잇, 오래 못 갈 놈들 같으니라구!" 하고 중얼거리면서 나는 돌을 품에 안고 낑낑거리며 날라 돌담을 쌓았다.

아니나 다를까, 그 방자한 장관의 퇴임 요구는 물론 경제 살리겠다고 기염을 토하던 새 대통령마저 그가 악착같이 포기하지 않으려는 운하 소동과 영어교육 광풍으로 말미암아 취임 한 달도 채 안 되어 레임덕을 맞고 있다는 풍문도 들렸다. 운하 파겠다고 기염을 토하던 '이재오'라는 실세는 문국현이 한번 붙어보자고 하니까, '운하는 대선 공약이지 어디 총선 공약이더냐? 총선에서 운하 이야기 하는 사람, 참 이상하다'고 능청을 떨었다. '헹님, 대통령 하슈. 난 운하 팔 테니까!'라고 그가 낙동강 방죽에서 이명박 후보에게 했다는 덕담과 소망을 국민들이 시시콜콜하게 기억하고 있는데, 그런 능청을 떨다니!

"에잇, 국민들 기억력을 무슨 다 피우고 난 담뱃갑처럼 아는 놈들 같으니라구!" 하고 나는 또 중얼거렸다.

시골에서 일을 하면서도 나라 위하겠다고 나선 놈들이 잠시도 마음을 편치 않게 하고 있다는 생각이 들자 갑자기, 내 비록 평소 온화한 성격이지만 그런 자신에게 욕설이 나왔다.

그런데 그날은 참으로 이상한 날이었다. 담을 쌓고 있는데 맞다와 무답이가 자꾸만 내 주변을 알짱거리는 것이었다.

맞다와 무답이가 누구냐? 맞다와 무답이는 내가 키우고 있는 거위들의 이름이다. 나이는 세 살. 맞다 65센티미터, 무답이 60센티미터. 맞다는 수놈, 무답이는 암놈이다. 색깔은 희디흰 백색. 주홍빛 발은 오리 발과 흡사한데, 아주 넓다. 이놈들의 이름이 맞다와 무답이가 된 것은 부화장에서 처음 만나 집으로 돌아올 때였다. 내가 말할 때마다 한 놈은 "괘액 괘액" 하고 대답을 했고 한 놈은 묵묵부답이었는데, 소리를 내는 놈의 꿱꿱거리는 소리가 꼭 '맞다 맞아!'라고 맞장구를 치는 것처럼 들렸다. 그 즉시 그 녀석의 이름은 '맞다'가 되었고, 다른 한 놈은 도무지 별무신경이었으므로 '무답이'가 되었다.

내 세상에 살면서 이런저런 나무나 이름 모를 새나 벌레나, 사건이나 지명에 대해 멋대로 이름을 잘 짓는 사람이긴 하지만, 무답이 이름처럼 쉽게 지은 적도 없었던 것만 같다. 이름을 짓는다는 것은 참 중요하다. 너무나도 유명한 김춘수 시인의 시처럼, 어떤 사물에 이름을 짓는 순간 그 사물은 이름이 없을 때와는 다르게 이름을 부르는 사람의 삶에 삽입되고 개입하기 때문이다. 때로는 이름을 지은 사람이 사물을 간섭하고, 때로는 사물이 사람에게 영향을 미치게도 된다. 이른바 모든 '관계'는 이름 짓기에서부터 시작된다.

맞다와 무답이와 함께 산 지 벌써 3년째. 놈들과 많은 것을 겪었지만, 근래 들어 참으로 이상한 일은 맞다가 아주 공격적이 되었다는 것이다. 그날, 내 돌담을 쌓는 날에도 맞다는 내 정강이를 향해 쉬익, 뛰어오더니 콕, 콱, 찌르고 쪼고 찍어댔다. 이미 클 만큼 큰 맞다의 부리 힘이 얼마나 센지, 한번 제대로 공격을 당하면 다 큰 사람이지만 외마디 비명이 터져 나온다.

맞다가 공격할 때의 자세는 마치 어뢰가 날아오는 것 같다. 머리를 바닥에 쫘악, 깔고 긴 모가지를 마치 미사일의 꼬리처럼 이리저리 흔들어 목표물을 가늠하면서 커다란 함지박 같은 몸통에 엔진이라도 달린 듯이 아주 재빠르게 달려드는 것이다. 그때 '쉬익, 쉬익' 하는 소리도 들리는데, 이건 아무리 생각해도 세 살짜리 거위라기보다는 하나의 완벽한 신형 병기(兵器) 같기만 하다. 그렇게 돌진해오다가 내가 마주 보면서 "자식, 어딜?" 하는 포즈로 대항할라치면 문득 걸음을 멈추고 슬그머니 돌아서서 겸연쩍어 죽겠다는 듯이 고개를 하늘 높이 쳐들고 꿱꿱, 커다랗게 몇 번 울부짖곤 한다. 그것은 공격에 실패해서 '매우 쪽팔린다'는 소리로 해석되는데, 가만히 보면 꼭 그것도 아닌 것만 같다.

맞다가 자꾸만 공격을 해대 유심히 관찰해봤더니, 무답이 앞에서 폼을 잡기 위해서인 것 같았다. 대개 두 놈은 정교한 복제품처럼 무슨 짓을 하든 늘 같이 행동하는데, 어쩌다 맞다와 홀로 대면했을 때는 한 번도 공격한 적이 없었기 때문이다.

처음 공격받았을 때, 내 실망감과 분노와 서러움과 야속함은 이루 필설로 표현할 수 없었다. 밥 챙겨줘, 추울까봐 짚단 깔아줘, 언 땅에 쇠파이프 박아 비바람 피할 집 지어줘, 개울물 연결해 물이 마당에 늘 흐르도록 며칠씩 공사해서 식수문제 해결해줘, 중병아리 사료만으로 혹시 비타민이 부족할까봐 과일 열심히 썰어줘, 가끔 껴안고 쓰다듬어줘, 하염없이 둘이 노는 걸 바라봐줘……

내가 맞다와 무답이, 그 하얀 거위 자식들을 위해 기울이고 애쓴 공력을 생각하면 책을 한 권 쓰고도 남을 분량이었다. 그런데 감히 지 밥 주고 물 챙겨주고 똥 치워주는 주인을 공격해대다니! 세상이 아무리 엉망진창으로 돌아간다손 쳐도, 맞다 무답이와 나 사이에서 이런 망측한 일이 일어날 수는 없는 일! 맞다가 처음 나를 공격해대던 날, 나는 얼마나 섭섭하고 서러운지 마당 한복판에서 홀로 가슴을 탕탕 쳤다.

하지만 인간은 얼마나 적응을 잘하는 존재인가. 맞다가 자주 공격을 해대니 이제는 그것에도 만성이 되었다. "이 자식, 또 무답이 앞에서 쓸데없이 폼을 잡는구나. 싱거운 자식 같으니라구!" 대개는 그러고 말았다.

그런데 그날 공격은 아주 세차고 야무져서 기습당한 오른쪽 정강이뼈가 너무나 아팠다. 아프니까 성질이 났다. 성질을 삭여야 한다는 자제심이 순식간에 증발해버린 나는 무서운 기세로 맞다에게 달려들었다. 맞다는 내 반격이 너무나 빠르고 급작스

맞다와 무답이는 거의 참혹하다고 말해도 되는 열악한 부화장
환경에서 발견한 두 송이 꽃이었다. 처음 만나 툇골로 돌아오는 도중에
한 녀석은 사람들이 하는 지구온난화 이야기, 새만금 이야기에 작은
동감의 소리로 반응했다. 그래서 반응을 한 녀석이 '맞다'가 되었고
아무 기척도 안 낸 녀석이 '무답이'가 되었다. 맞다와 무답이는 그 후
15년에 걸쳐 3대에 이르는 거위들과 동행하게 된 '1세대 생명체'였다.
거위와의 동거를 통해서 우리가 다른 생명체와 굳게 연결되어 있다는
것을 배울 수 있었다. 거위는 뱀을 쫓아낼지도 모른다는 실용성과
관계없이 그 자체로 눈부시고 아름다운 생명체였다.

러웠는지 몹시 놀라 무섭고 빠른 기세로 도망을 쳤다.

우리는 마당을 한참이나 뱅뱅 돌았다. 나는 맞다를 쫓고, 맞다는 날개를 퍼덕이며 미친 거위처럼 도망을 쳤다. 혹 〈동물의 왕국〉 같은, 놀랄 만큼 경탄스러운 프로그램에서 조류가 이륙할 때 무섭게 달리는 발을 본 적이 있는지 모르겠다. 몸을 하늘에 띄울 때 조류의 두 발은 비행기 바퀴처럼 바쁘다. 내게 쫓기는 맞다는 너무나 당황한 나머지 틀림없이 허공으로 붕 날아가고 싶었을 게다.

한참 만에 결국 성공적으로 맞다의 모가지를 한 손으로 움켜잡을 수 있었다.

아무리 정강이뼈가 아프고, 아파서 아무리 분기탱천했지만, 내 손아귀에 들어온 맞다의 가녀린 모가지를 있는 힘을 다해 움켜잡고 조일 수는 없는 일. 나는 모가지를 잡고 맞다의 몸체를 허공에 붕 들었다가 거칠게 땅바닥에, 거의 던지듯이 내려뜨렸다. 그게 내가 맞다를 혼내주는 방식이다.

그런 격전이 벌어지는 동안 무답이는 좌불안석으로 제 짝인 맞다와 주인인 나를 걱정스러운 몸짓으로 지켜본다. 비록 가세는 않지만 무답이는 잠시도 현장을 뜨거나 외면하는 법이 없었다. 한낱 거위들일 뿐인 주제에, 그 두 놈이 보여주는 의리나 원칙을 보면, 그지없이 감동적이기도 하지만 같잖기 짝이 없다.

"맞다야, 너 정말 왜 그러니? 인마, 나는 무엇보다도 니 주인이야, 주인!"

하지만, 맞다와 무답이가 언제나 나를 공격한 것은 아니었다.
어쩌다 밭가에 앉아 무성한 풀을 바라보고 있노라면 조용히
등 뒤로 다가와 내 등을 쪼곤 했다. 둘의 행동은 거울 같아서
맞다가 내 등판을 쪼면 반드시 무답이도 따라 하곤 했다.
거위가 등을 쪼고 붉은 부리로 내 겨드랑이 속으로 파고들 때,
나는 말할 수 없이 행복했다. 거위들은 살아 있는 생명체가
내게 줄 수 있는 극상의 쾌락을 선물하곤 했다.

맞다 키만큼 허리를 수그리고 맞다의 눈에 내 걱정스럽고 성난 눈을 맞춘 뒤 낮은 목소리로 야단을 쳤다. 아니 타일렀다고 말해야 옳다. 그러면 이 녀석은 다시 고개를 한껏 허공에 쳐들고 꽤액, 꽤액, 요란하게 울어 젖힌다. 그 소리는 마치 '어떡해요, 무답이 앞에서 폼 잡는 것은 내 유전자에 입력된 본능인걸요. 주인님이 미워서 그런 건 아니라니까요. 나도 정말 그러고 싶지 않아요. 그러니 어쩌겠어요, 절 이해할 수 있도록 애써보세요' 그렇게 들린다.

맞다한테 찍힌 정강이뼈는 아프지만 도무지 미워할 수가 없다. "아무리 네가 무답이 앞에서 폼을 잡고 싶어도, 외적에게 그렇게 해야지, 어떻게 하나밖에 없는 주인한테 대들 수 있니? 내가 너한테 뭘 잘못했니? 있다면 어디 말해봐라, 이 배은망덕하고 후안무치하고 뻔뻔스러운 맞다야!"

내 잔소리가 길어지면 맞다는 아예 대꾸를 않는다. 그때 무답이는 모가지를 맞다에게 대각선으로 비비면서 부드럽게 위로해준다. '여보, 미안하다고 말해줘요. 얼른 본의가 아니라고 말해줘요. 그래도 저 아저씨가 우리를 위해 얼마나 애쓰는지 당신도 잘 알잖아요. 게으르고 다소 한심스럽긴 하지만 우리 주인이잖아요.' 꼭 그런 말을 하는 것만 같다.

어쨌거나 그날 맞다는 전에 없이 된통 내게 혼이 난 셈이다.

그런데 참으로 이상한 일이 벌어졌다. 쫓기다가 잡혀 허공에 한번 붕 들렸다가 땅바닥에 떨어진 맞다가 내게 훈계를 좀 들고 난 뒤 갑자기 무슨 약을 먹은 애처럼 무답이한테 달려드는 것이었다. 두 발로 무답이의 꽁지를 툭툭 치니까 무답이는 알았다는 듯이 얼른 땅바닥에 납작 앉았고, 무답이가 자세를 갖추자 맞다는 마치 파도가 바위를 치듯이 두 발을 철썩철썩 올려 무답이 등에 올라타는 것이었다.

그것은 맞다와 무답이가 사랑을 나눌 때 취하는 자세였다.

얼마나 놀랐던지 나는 숨을 죽이고 마당 한 귀퉁이에 주저앉았다. 전에 없던 일이었다. 다른 때는 그렇게 사랑을 하면 둘의 사랑에 방해가 될까봐 대개는 못 본 척했지만, 이날은 워낙 '이상한 순간'에 맞다가 무답이 등에 올라탔기 때문에, 정신 똑바로 차리고 지켜보기로 작정했다. 나와 격전을 치르는 동안 무엇인가 날카로운 것이 맞다의 욕정에 불을 댕긴 모양이었다.

맞다의 꽁무니에서는 맞다의 물건이 튀어나와 무답이 그곳을 맹렬하게 찾고 있었다. 맞다의 신비로운 물건은 진분홍색이었는데, 마치 생선의 내장 같기도 했다. 그런데 그 끄트머리의 한 뾰족한 점이 허공에 몹시 다급하고 안타까운 헛발질을 하면서 어딘가 한 지점을 맹렬하게 찾았다. 나는 맞다 물건의 진분홍색 끄트머리가 무엇을 찾고 있는지 너무나 잘 알고 있었다.

무답이는 맞다의 물건이 허공에서 헤맬 때마다 그 주위의 깃털을, 거위에게도 필경 있을 괄약근(?)으로 활짝 벌리고 자신의 물건을 밝게 개봉했다. 무답이의 상기한 그것은 마치 조개 속살이 가쁘게 숨을 쉬는 것 같았다. 두 놈의 물건에 혈액이 올라

몹시 바빠진 그곳에서는, 그늘진 오후였지만, 무엇인가 형언할 수 없는 빛이 반짝거리는 것만 같았다. 허공에서 안타깝게 무답이의 숨겨진 보석을 찾는 맞다 물건의 집요한 몸짓은 마냥 필사적이었는데, 그뿐인가, 그 물건을 자신의 보석 깊숙이 안착시키려고 호흡을 맞추는 무답이는 가히 성실성의 극치를 보여주고 있었다.

두 놈의 물건은 그러나 애석하게도 끝내 접(接)하지 못했다.

한참을 더 애쓰다가 맞다는 무답이의 등 위에서 다시 천천히 바닥으로 내려왔다.

그러곤 약속이라도 한 듯이, 교접에 실패한 두 놈은 두 날개를 옆으로 길게 펼쳐 요란하게 퍼덕거리면서 흐트러진 깃을 간추리고 몸맵시를 정리했다. 언제 그런 짓을 시도했던가 싶게 몸단장을 하면서도 쉼 없이 꿱꿱, 소리를 질러대는 것은 언제나 맞다였다.

'아 참, 주인이 보고 있는 가운데 하려고 하니 잘 안 되네, 젠장!' 맞다의 거위 소리를 만약 사람의 말로 통역한다면, 그 내용은 아마 그런 것이었을 것이다.

그 모든 일이 거의 순식간에 일어났다.

정신이 다소 얼떨떨해진 상태로 다시 개울로 내려가 돌을 찾고, 무거운 돌을 끌어올려 돌담을 쌓으면서 나는 왠지 거룩하고 장엄한 느낌에 사로잡혔다. 머릿속에는 방금 목격한, 내 머리로는 도저히 해석이 안 되는 맞다와 무답이의 실패한 섹스 생각

덜 녹은 눈이 쌓여 있지만 공기 속에 가느다란 향기처럼
봄기운이 언뜻언뜻 느껴질 때, 맞다와 무답이는 서로 사랑을
나눴다. 맞다는 집요했고 맹렬했다. 무답이는 그런 맞다를
측은하게 여겨서 적극 협조를 하는데, 얼추 보면 등에
올라타려는 수컷 맞다가 주도권을 쥐고 있는 것 같지만,
자세히 보면 무답이가 이 춘정(春情)의 주역이었다.
둘이 사랑을 나누면 나는 발뒤꿈치를 들고 마당 한구석의 앉을
데를 찾아 앉은 뒤 일이 끝날 때까지 경건한 얼굴로 바라보았다.

뿐이었다.

그날은 참으로 이상한 날이었다.

깊은 밤, 마당에서 난데없이 새소리가 들렸다. 아기 울음소리 같기도 했다. '갸르릉, 갸르릉' 하는 가느다란 소리였는데 너무나 애절하고, 안타깝고, 앙증맞고, 자지러질 것만 같은 소리였다.

손전등을 들고 마당에 나가 나는 소리가 나는 곳에 귀를 모았다.

나는 처음에 깊은 밤, 아주 작은 새 한 마리가 다쳐서 내는 신음소리인 줄 알았다.

손전등 불빛으로 소리의 진원지를 찾았더니, 그것은 다친 새도 아니었고, 도마뱀도 아니었고, 다람쥐는 더구나 아니었다. 그 소리는 두꺼비가 내는 소리였다.

얼마나 어이가 없던지, 온몸에서 힘이 쪽 빠지는 것 같았다.

불빛을 받고 놀란 수컷 두꺼비는 좀 겸연쩍고 당황스럽다는 자세로 뻘쭘하게 앉아 있는데, 그놈 아래 깔린 암컷은 사지를 길게 뻗고 아예 죽은 듯이 누워 있었다.

이놈들도 사랑을 하고 있었던 것이다.

본의 아니게 방해를 한 게 좀 미안하기도 해서 불쏘시개로 쓰려고 모아놓은 뽕나무 가지 하나 집어 들고 사지를 동서남북 네 방향으로 길게 뻗은 채 죽은 듯이 누워 있는 암컷을 툭툭, 건드려보았다. 깊은 밤, 우리 마당에서 두꺼비 송장을 치우고 싶지는 않았기 때문이다. 그래도 암컷은 꿈쩍도 안 했다. 쯔쯧, 얼마나 격렬한 섹스였으면 저 지경이 되었을까 싶었다.

"설마 죽지는 않았겠지" 하고 중얼거리면서 뽕나무 가지를 장작더미에 던지고 나는 다시 '사람의 방'으로 들어왔다. 구름에 가려 있던 달빛도 춘정(春情)에 좀 젖어 있었던 것만 같다. 북극의 빙하는 지금도 빠르게 녹고 있겠지만, 봄이 오긴 온 것이다.

'히말라야 당나귀' 한 마리를 키울 것이다

이 기획에 참여하기로 응한 뒤에 나는 '죽기 전에 하고 싶은 일들'을 생각해야 할 때인데도 한심스럽게도 줄곧 '죽기 전에 해야 하는 일들'을 떠올리고 있었다. '기필코' 하고 싶은 일들과 '마땅히' 해야 하는 일들 사이에서 나는 여전히 갈팡질팡하고 있었던 것이다. 슬펐다. 혹자는 내 삶의 외양만 보고 퍽이나 자유로운 사람으로 간주하는 것 같기도 하지만, 실상 내 삶은 자유롭지 못했나 보다. 언제쯤 '오공본드'처럼 끈적끈적한 인간의 도리와 의

무의 등짐을 훌훌 벗어던질 수 있을까?

어쨌거나 이 기획이 '해야 할 일들'이 아니라 '하고 싶은 일들'을 요구하고 있다는 게 여간 다행스럽지 않다.

나는 무엇보다도 죽기 전에 당나귀 한 마리를 키워보고 싶다.

내가 키울 당나귀는 기왕이면 내 젊은 날부터 비행기 삯만 마련되면 배낭 하나 짊어지고 훌쩍 날아가 헤매던 히말라야 그 비좁은 산길에서 만나곤 하던, 그런 당나귀여야 한다. 히말라야 당나귀는 순하고 힘 좋고, 조심성이 깊은 데다 눈이 좋아 벼랑에 굴러떨어지지도 않고, 사람을 물지도 않을뿐더러 공연히 뒷발질로 사람을 차지도 않는다. 수년 전 한 방송사에서 공들여 만들어 깊은 감동을 준 다큐멘터리 〈차마고도〉에 나오던 그 당나귀가 바로, 내가 키우고 싶은 당나귀다.

그런데 그 당나귀를 어떻게 이곳까지 건강하게 잘 데리고 온단 말인가? 실로 난제다. 그러나 그 난제도 사실 죽기 전의 마지막 각오라면 어려울 것도 없을 것이다. 강대국과 힘이 덜 센 나라들 사이에서는 가만히 보니, 장갑차도 사고팔고, 전투기도 사고팔고, 항공모함도 사고파는 모양인데, 그까짓 히말라야 당나귀 한 마리 정도를 못 들여올까?

당나귀를 구해오면, 나는 일단 이웃집 앵두할아버지한테 시골 연구소 앞마당의 거위집 앞으로 펼쳐진 논을 내게 파시라고 부탁할 참이다. 할아버지 연세가 이미 아흔넷. 이미 그 논은

이태 전부터 다른 이에게 농사지으라고 빌려준 터이지 않겠는
가. 논을 빌린 이는 논농사를 지을 줄 알았더니만 쌀농사는 지어
봤자 수지가 안 맞는다는 것을 느끼고선 콩밭을 만들어버렸다.
그 농부는 콩밭 가장자리에 고라니 침입을 막기 위해 검은 비닐
그물을 치고, 콩밭에 엄청난 정성을 기울였지만 수확은 별로였
던 것 같다.

　　나는 앵두할아버지에게 내 필생의 소원이 내 힘으로 논농
사를 지어 단 한 끼라도 내가 소출해낸 쌀로 밥을 해먹는 것이라
고 간곡한 얼굴로 말씀드리며, 논을 파시라고 부탁드릴 것이다.
그래서 만약 그 어른께서 논을 팔면, 논을 사기 위해 내가 동원
할 수 있는 재산들, 이를테면 자동차나 컴퓨터, 프린터, 전화기,
세계문학전집이나 사상전집, 심지어 등산화와 휴대폰까지 모조
리 팔아서, 그 돈이 필경 몇 푼 안 될 것이므로 죽을힘을 다해 모
자라는 돈을 보태 논을 장만하는 것이다. 그리고, 나는 콩밭을
다시 논으로 만들어 논농사를 지으면서 논 가장자리에 길고 홀
쭉한 당나귀길을 만들 것이다. 그 길은 히말라야의 비탈길처럼
좁지만 빗물이 우선 잘 빠져야 하고, 밟을 때마다 사람과 당나귀
를 밀어올리는 부드러운 탄력이 있어야 한다. 정성껏 밟고 공을
들이다보면 단단하되 흡수력이 강한 멋진 흙길이 될 것이다. 논
가의 당나귀길로 나는 아침마다 당나귀를 끌고 산책을 할 것이
다. 어떤 날은 당나귀의 컨디션을 살핀 뒤 당나귀 잔등에 재빠르
게 올라타기도 할 것이다. 당나귀 목에는 뎅그렁뎅그렁, 맑고 깊

앤디 메리필드라는 청년은 당나귀 한 마리와 같이
남부 프랑스 오트오베르뉴 지방을 느린 속도로 걸으면서 인생, 존재,
충만함이라는 커다란 수수께끼에 대해 성찰했다고 한다(《당나귀의
지혜》, 멜론, 2009). 저자는 "당나귀들은 굉장히 평온하고
온화해 보였다. 곱슬곱슬한 앞머리와 불가해한 시선, 헤아릴 길
없이 깊은 검은 눈 너머로 철학적 사유와 암묵적인 형제애가
배어나왔다"(15쪽)고 묘사하고 있다. 그러나 네팔 히말라야 산길의
당나귀는 인간에게 매여서 너무나 과도한 짐을 지고 죽도록 고생을
한다. 당나귀를 부리는 히말라야 몰이꾼은 날카로운 쇳소리와 함께
작은 자갈을 허공에 던지는 위협으로써 당나귀들을 통제한다.

은 소리를 내는 쇠불알만 한 쇠종을 하나 매달아놓을 것이다. 그러면 당나귀와 내가 흔들릴 때마다 고요한 시골 아침의 맑은 대기에 아름다운 종소리가 딩딩, 뎅그렁뎅그렁, 멀리까지 울려 퍼질 것이다.

마을에 하루 세 번씩 들어오는 시내버스가 지나간 뒤에는 조심스레 주위를 살핀 뒤, 큰길까지 당나귀를 끌고 나갈 것이다. 그래서 마을 뒷산의 저수지에도 올라가고, 때로는 고라니와 멧돼지가 자주 출몰하는 부엉이다리를 지나 시내로 이어지는 입구에 세워진 묵은지닭도리탕을 파는 내 시골 친구 박나비네 집에까지 내 산책길을 확장할 것이다. 가을이면 당나귀와 나는 떨어진 낙엽을 밟게 될 것이므로 발밑에서는 사각사각, 매우 듣기 좋은 소리가 날 것이다. 그렇지만 나는 절대 시내에는 당나귀를 안 끌고 나갈 것이다. 아무리 중소도시라지만 시내는 너무 많은 차량과 차량이 내뿜는 매연 때문에 당나귀가 틀림없이 고통스러워할 것이기 때문이다. 나는 누가 뭐라고 그래도 내가 지금 놀고 있는 툇골 골짜기에서만 당나귀와 놀 것이다. 늙어서 위험스럽게 오토바이나 경운기를 타고 노는 것보다 히말라야 당나귀와 노는 것이 훨씬 '뽄때' 나는 일이 아니겠는가.

당나귀를 끌고, 혹은 당나귀 등에 올라타고 나는 죽기 전에 내가 못다 한, 이런저런 일들에 대해 생각할 것이다. 부질 있는 일들과 부질없는 일들이 당나귀 등에 올라타면 선명하게 구별될 것이다. 신세진 사람들에게 충분한 답례를 했는가, 살펴볼 것이다. 그뿐인가. 젊은 날 나를 버리고 간 옛 애인의 안녕에 대해서도 가끔 생각할 것이고, 피치 못하게 내가 떠나버릴 수밖에 없었던 여인들에 대해서도 더러 생각할 것이다. 한 시민으로서 평생 동안 충분히 내 나라가 살기 좋고 인간적인 사회가 되었으면 하고 소망하고 깜냥껏 내가 할 수 있는 작은 노력을 해왔지만, 여전히 인류가 핵을 너무 많이 지니고 있다는 문제와 기후변화나 오일피크에 사람들이 너무나 무관심한 데 대해, 혹은 무지막지한 토목공사로 이 아름다운 내 나라 산천이 대책 없이 파괴되고 있는 데 대해서도 깊은 슬픔을 느낄 것이다. 그러나 그런 엄청난 일들을 내 힘만으로 어찌할 수 없다는 절망감과 한계 때문에 나는 이내 쓸쓸한 심정에 휩싸이게 될 것이다. 내 품을 벗어난 두 딸자식들이 사람보다 돈을 더 중요하게 여기는 물신의 가치관에 함몰되어 혹시 흔들리지나 않고 있는지 당나귀 위에서 안부 전화를 걸어볼 것이고, 내 대단찮은 생애에 걸쳐 내가 맡아야 했던 여러 종류의 다양한 의무를 수행하는 과정에서 혹시 생각이 짧거나 넘쳤던 적은 없었는지 당나귀 잔등에서 흔들리면서 반성할지도 모른다. 우정에 대해서도 생각해볼 것이다. 언제 어느 때나 마음을 온전히 털어놓아도 되는 좋은 친구를 한 명쯤 가지기를 평생 그토록 갈망했지만, 내가 누군가의 좋은 친구가 되기 위해 스스로도 인정할 만큼 헌신했던 적이 있었던가, 냉철하게 자문해볼 것이다.

　사랑하는 내 당나귀는 내가 뭔가 자숙하는 심정일 때에는 틀림없이 내 사색을 방해하지 않기 위해 천천히 걸을 것이고, 내가 활기차게 아침을 시작하면 덩달아 겅충겅충 달리기도 할 것이다. 당나귀 잔등에서 내려선 뭘 하나? 나는 하루 종일 당나귀를 위해 아낌없이 시간을 사용할 것이다. 내 논에서 생산된 볏짚을 마구간에 넉넉하게 깔아줄 것이고, 벼를 깎는 과정에서 부산물로 나온 '싸래기'는 여물을 끓일 때마다 듬뿍 넣어줄 작정이다. 당나귀가 좋아하는 풀을 나는 기어이 찾아내고야 말 것이고, 그 과정에서 나는 땅 위의 여러 풀들에 대해 전보다 더 잘 알게 될 것이다. 사람을 말만 앞세우고 나약하게 만들기 쉬운 책보다는 언제나 과묵하고 믿음직스러운 당나귀와 더 많은 시간을 보낼 것이다. 삼태기를 둘러매고 들과 산에서 좋은 먹을거리를 구하고, 마구간은 언제나 신속하게 똥을 치워 늘 깨끗한 상태를 유지할 것이다. 당나귀 똥은 양지바른 곳의 편편한 돌 위에 잘 펼쳐 말려 여물을 끓일 때 땔감으로 사용할 작정이다. 틀림없이 구수한 냄새가 진동할 것이다. 나는 일처럼 자주 당나귀의 목덜미를 쓰다듬어줄 것이고 그의 뺨에 내 뺨을 자주 비벼댈 것이다. 때 없이 내가 당나귀의 이름을 큰 소리로 부르면, 검고 맑은 눈을 가진 당나귀는 어김없이 성의껏 반응할 것이고, 그 일련의 시간들은 어쨌거나 나를 무척이나 황홀하게 할 것이다. 대장간에서는 좋은 쇠붙이로 편자를 넉넉하게 주문해 맞춰놓을 것이다. 간혹 친구들이 찾아와 내 당나귀에 깊은 관심을 보이면 그 친구가 평소 신중한 사람이었다면 기꺼이 고삐를 건네줄 용의가 있다. 그리고 안전하고 아름다운 내 논자락의 당나귀길에서 산책을 해보라고 권할 것이지만, 절대 함부로 올라타지는 못하게 할 것이다.

어떤 예리하고 당돌한 젊은 친구가 "왜 하필이면 당나귀지요?"라고 물으면, 나는 "멋있잖아요!"라고 부드럽지만 단호하게 대답해줄 것이다. 그는 내 짧고 무뚝뚝한 답변에 자신이 왠지 묵살당한 것 같은 느낌에 잠시 사로잡히게 될 것이다. 그가 한 가지 간과하고 있는 것이 있으니, 죽기 전에 어떤 사람이 필생의 결단으로 당나귀를 키우든, 배추벌레를 키우든 그것은 궁금해하기보다는 무조건 존중해줘야 하는 게 옳은 태도라는 게 그것이다.

누군들 안 그렇겠는가만, 나 역시 죽기 전에 하고 싶은 일들과 관련해 당나귀와 노는 일 말고도 사실 이것저것 몇 가지는 더 댈 수 있을 것이다. 시의원이나 구의원을 비롯해 사람들 모두 너무나 해외여행을 지나치게 좋아하는 것 같길래 어떤 때에는 그 대열에 끼어들고 싶지 않을 때도 있지만, 온 세상을 젊은 날처럼 배낭 하나 둘러매고 한번 더 돌아다니고 싶은 욕망도 있다. 악기 하나쯤은 제대로 배우고 싶고, 바둑 실력도 좀 더 심오해지고 싶고, 헨리 데이비드 소로의 흉내를 내서 통나무집도 한 채 내 힘으로 지어보고 싶고, 나를 모욕한 이들에게는 기어이 사과를 받아내고, 내가 시민운동 하던 시절 본의 아니게 모욕했던 이들에게는 공의(公義)를 지나치게 앞세우느라 그랬노라고 정중하게 사과를 하고도 싶다. 한 사람의 책 중독자로서 평생 모은 내 약간의 책들은 '툇골 마을도서관'이라는 이름으로 마을에 기증하게 될지도 모르겠다. 도서관 현판은 잘 마른 대추나무에 내가 직접 서각을 해 걸 작정이다. 시골까지 기꺼이 찾아온 이 세상의 진짜 책벌레들은 아마도 상당히 경건한 마음으로 도서관에 들락거리게 될 것이다. 당나귀가 쉴 때에는 사람들이 너무 쉽게 버린 목재들을 잔뜩 주워 모아뒀으니, 그것들로 의자나 탁자나 책받침대를 만들어 사소한 신세를 진 이들에게 선물을 하는 것이다. 내 조잡한 목공 작품을 선물받은 이들이 즐거워해야 할 텐데, 그것까지는 모르겠다.

죽기 전에 하고 싶은 일들의 성사 여부는 아무리 생각해봐도 꼭 '돈의 문제'는 아닌 것만 같다. 내 비록 부유하지는 않지만, 필요 이상으로 지나치게 이것저것 많이 지니고 있는 것도 사실 아니겠는가. 죽기 전에 내 힘으로 쌀농사 짓고 겨우 당나귀 한 마리 키우겠다는데 그것도 정녕 불가능한 일이란 말인가. 그나저나 '죽기 전'이 언제인가? 아직 살아 있는 '바로 지금'이 아니겠는가. 도가(道家)의 고수도 아닌 내가 내 죽을 때를 어찌 알 것이며, 설사 안다 한들 어찌 내가 그 순간을 내 마음대로 당기거나 늦출 수 있겠는가. 아무래도 몬순이 오기 전에 당나귀 구하러 히말라야로 들어가봐야겠다.

당나귀는 사람이 보기에 믿음직스럽고 당당하고
참을 수 없는 것을 참아내는 인내심의 극한을 보여주는 것 같다.
히말라야 산길에는 군데군데 산에서 흘러내려오는 물을 받아
당나귀들이 목을 축일 수 있도록 마련해놓았다. 툇골에 당나귀를
한 마리 모신다면, 짐을 지고 비탈에 오를 일은 없을 것이다.
그저 사람과 같이 빈둥거리는 게 일일 것이다. 이 사진은 네팔
산길을 같이 걸었던 적이 있는 벗 한상용님이 찾아준 것이다.

오두막 지붕에 올라
고광나무꽃
향기에 취하다

마을 입구의 눈부시게 아름답던 귀룽나무꽃이 지고 나니, 내 마당에도 마침내 고광나무꽃이 피었다. '마침내'라고 말하는 것을 보니 은근슬쩍 내가 이 꽃을 기다렸나 보다. 고광나무꽃이 피면 내 작은 마당의 봄날 꽃잔치도 끝나간다. 대개 산수유부터 피기 시작하는 꽃잔치는 벚꽃, 자목련, 앵두꽃, 라일락으로 이어진다. 그러다가 봄꽃들이 소리 없이 지고 나면, 맨 끝에 피는 꽃이 고광나무꽃이다. 이 산천의 모든 봄꽃의 흐름이 아니라 내 마당의 몇 안 되는 봄꽃들이 그렇게 흐른다는 이야기다. 고광나무꽃이 피면 봄이 다했다는 이야기인데, 왜 나는 그 꽃이 피기를 기다렸을까? 어차피 갈 봄, 가는 길에 꽃나무 한 그루로 왠지 마침표를 찍고 싶은 심사일까? 조변석개하고 일목요연하지 않은 인간의 심사를, 그게 설령 내 심사인들 어찌 제대로 헤아릴 수 있을까.

　표백이 잘된 종잇장 같은 고광나무꽃은 개울가에서 피는데, 나무 높이가 내가 몇 년 전에 지은 오두막의 키를 넘는다. 그래서 나는 고광나무꽃이 피면 바지춤을 조금 치켜올린 뒤, 오두막 지붕에 오른다. 지붕에 오르는 내 자태는 아마도 떨어져 보면 제법 신중해 보일 것이다. 나는 골짜기에서의 내 행동거지들을 산천초목이 늘 지켜보고 있다는 생각을 하곤 한다. 오두막을 지을 때부터 나는 오두막에 쉽게 오를 수 있도록 계단을 만들어 부착해놓았던 터였다. 마당에 굴러다니는 통나무를 무릎의 반 정도 간격으로 차곡차곡 후벼 판 뒤에 45도 경사로 벽과 지붕 사이에 세워 뚝딱, 못질을 해서 박고, 밑동에 늙은 호박만 한 돌을 받쳐놓았으니, 그게 계단이 아니고 무엇이겠는가. 오두막 지붕에 오르면 콩밭도 가까이 보이고, 밭둑 너머 감자꽃도 눈앞으로 달려오고, 벌목 후에 다시 살아난 푸른 앞산도 장관이지만, 무엇보다도 꽃 무게에 조용히 흔들리는 고광나무 가지들이 손에 잡힌다.

　오두막을 나도 한 채 가지게 된 사연은 사실 별게 아니다.

그를 내 흠모하긴 하지만 월든 호숫가의 매부리코 사내 때문은 분명 아니었다. 그곳은 본래 닭장 터였다. 낮은 지대라 비라도 올라치면 수중에 잠기게 되는 닭들이 보기 싫었다. 그래서 어느 날, 본채 뒤의 농기구 창고와 담벼락 틈새로 횟대 하나 가로지른 뒤 닭들을 몰아넣고, 그 터에 오두막을 지었던 것이다. 평수로는 아마 서너댓 평, 우선 개울의 돌들로 바닥을 돋웠다. 여러 날 개울의 돌을 올리다보니 마침내 바닥이 장마 때 잠기지 않을 정도가 되었다. 그런 뒤 시멘트를 썩썩 발라 기초로 삼고, 마을의 빈집이 헐릴 때 챙겨뒀던 60년쯤 된 나무들로 기둥을 삼았다. 그러곤 기둥과 기둥 사이의 벽체는, 누가 흙벽돌 좋은 줄 모르랴만, 개당 70원짜리 시멘트 벽돌로 채우고, 외벽과 지붕은 '피죽'으로 덮었다. 소나무 켤 때 나오는 피죽은 2~3미터가 넘는 길이였는데도 하나에 2000원 정도였다. 치사하게도 자잿값을 생각나는 대로 얼추 밝히는 것은 내 오두막 짓는 공사에 돈이 별로 들지 않았다는 것을 밝힘으로써 그 오두막이 비록 개인적으로는 매우 벅찬 나의 사치품이지만, 호화 건축물로 오해받지 않으려는, 주류가 아닌 사람의 과민이거나 허세 때문이다. 송진 내 진동하던 시퍼런 피죽은 내 예상대로 한겨울 나자 빠르게 빛이 바래 1950년대 흑백사진의 움막에 해당될 만큼 남루해졌다. 가히, 바라던 바였다.

워낙 지붕이 낮은지라 머리를 숙이고 오두막에 들어가면, 시간을 잊은 채 그 일부가 되었고, 마지막 봄꽃인 고광나무꽃이

놀기 위해서, 이 쓸쓸한 세상 제대로 빈둥거리기 위해서
산촌으로 들어온 자에게는 오두막이나 거위, '당나귀 꿈' 같은
것들은 필수로 갖춰야 할 소품이다. 닭들을 족제비에게 다 잃고
나서 남은 빈터에 오두막을 지었다. 지대가 낮아서 개울의
돌멩이들을 날라 바닥을 높이고, 마을의 오래된 집이 헐릴 때
주워온 고재(古材)와 제재소에서 가장 싼 나무들을 구해서
오두막을 지었다. 벽체와 지붕은 '피죽'이라고 불리는 화목용
나무 껍데기를 사용했다. 내가 좋아하고 그들도 나를 좋아하는
젊은이들(샥티, 라비)이 즐겁게 오두막 제작을 도왔다. 나중에는
커다란 통나무를 세로로 쪼갠 뒤 붙여서 다리를 놓았다.

피면 오두막 지붕에 올라 깊은숨을 들이켠다. 이 작고 보잘것없는 오두막 지붕에 올라 나는 무엇을 만났고, 여기 오르기 위해 나는 어떤 것들과 결별했던가. 겨우 확보한 이 고립은 과연 바람직한 일인가, 간신히 얻은 이 위태로운 평안은 존속될 수 있을까. 세상은 여전히 엉망진창인데도 나 홀로 오두막처럼 오롯할 수 있을 것인가. 아니, 나는 오늘 과연 충분히 차오르고 있는가. 고광나무꽃은 어김없이 올해에도 꽃을 피웠는데, 나는 뭘 피우지? 아무래도 봄이 가나 보다.

　　오두막 지붕 꼭짓점에 널빤지를 얹어서 언제 지붕에 올라가도 앉을
수 있게 해놓았다. 그곳이 절정의 장소였다. 거기 앉으면 고광나무꽃
향기가 온몸을 감싼다. 라일락꽃 향도 대단하고, 아카시 향도 대단하고,
자두나무꽃 향도 대단하다. 그렇지만 고광나무꽃 향은 은은하면서 깊고
가냘파서 요염하기까지 하다. "고운 향은 어디에서 왔을까? 아름다운
나무여……"라는 급조된 노래가 절로 나온다. 빅토르 위고는 "모든
식물은 하나의 램프다, 그 향기는 빛인 것이다"라고 했으니 오두막에
오르면 나는 신화에 나오는 사람들처럼 빛에 둘러싸이게 된다.

로렌스의 뱀과
나의 척사퇴골도

금년 봄에 나는 비장한 결심을 했다. 꽃이 피는 순서대로 꽃 이름과 나무 이름을 익히고야 말리라고. 오십이 넘도록 내가 알고 있는 꽃과 나무의 이름이 참으로 변변찮은 양이었기 때문이었다. 나이가 들면서 그게 나는 늘 부끄러웠다. 세상에서 가장 아름다운 존재인 나무나 꽃에 대해 별로 아는 것도 없이 식량이나 축내면서 허튼 일에 용을 쓰며 살아간다는 게 아무래도 살아도 헛사는 것만 같았다. 꽃의 향기, 모양, 색깔, 그리고 피는 순서를 느끼고 아는 대로 머릿속 기억창고에 깊이 집어넣어 다음에 찾아올 봄에는 차례대로 음미하고 즐기리라고 결심했다.

산수유, 개나리, 진달래, 벚꽃, 백목련, 자목련, 철쭉, 라일락, 민들레, 제비꽃…… 거기까지 열심히 쫓아가다가 그만 그 원대한 봄의 결심이 또 수포로 돌아갔다. 이름을 아는 꽃들과 이름 모를 꽃들이 워낙 동시다발로 피기 시작했기 때문이다. 꽃다지, 현호색, 자두꽃, 앵두꽃…… 아아, 작정하고 보니 세상천지에 이렇게 다양한 꽃과 엄청나게 서로 다른 나무들이 있을지 어찌 알았으랴.

봄은 아름답다. 그 아름다움의 바탕이 바로 꽃들이다. 동물은 봄이 왔다고 해서 자신의 성기(性器)를 그렇게 향까지 뿜어내며 공공연하게 드러내지 않는다. 하지만 식물들은 부끄러움과는 거리가 먼 것 같다. '윤리'라는 것은 사람들이 만들어낸 것이라는 것을 꽃을 보면서도 알게 된다.

봄꽃 피는 순서를 익히리라는 결심이 깨진 어느 날, 나는 마당에서 녹슨 채 버려지다시피 굴러다니던 중국산 칼을 한 자루 집어 들었다. 길이가 30센티미터쯤 되는 그 칼은 수년 전 강릉 가는 길에 평창휴게소의 노점상에게 산 것이다. 국방색 천으로 만든 칼집까지 있기에 허리에 차고 다니다가 개울의 풀을 벨 작정이었다. 혹은 특별한 용도가 없더라도 허리에 차고 돌아다니며 어렸을 적 목검으로 전쟁놀이하던 '추억의 폼'을 툇골 골짜기에서 누가 보거나 말거나 다시 연출하리라, 그런 철부지 소년 같은 마음으로 산 것이다.

나는 마당 구석에 쌓여 있는 각목을 토막 내 녹슨 칼에 이리 저리 갖다 대며 궁리를 하기 시작했다. 각목은 홍대 앞의 옷가게가 문을 닫을 때 내다 버린 것을 주워온 것들이었다.

뱀과의 거리 확보 때문에 무기의 종류로는 창이 좋을 것 같았다. 문제는 어떻게 창을 만들 것인가였다. 그러나 짧은 칼을 긴 창으로 만드는 일은 그리 어려운 일이 아니었다. 칼의 손잡이에는 각목을 짧게 잘라 둘러쌌다. 그러고는 피스를 박아 각목을 고정한 뒤, 외부를 고무줄로 팽팽하게 감쌌다. 얼마나 고무줄을 두텁게 감았는지 그 부위는 마치 복싱 글러브같이 되었다. 그다음에는 각목을 정교하게 연결해 자루로 삼고, 그라인더로 표면을 갈아 창을 휘두를 때 손바닥에 가시가 들지 않게 했다. 그런 뒤, 검은 플라스틱 끈으로 어깨에 멜 수 있도록 멜빵까지 달았다. 그리하여 다소 무겁지만 2미터 남짓의 멋진 장창(長槍)이 탄생했다.

창을 다 만든 뒤 어깨에 메어보니 기분이 아주 좋았다. 그 기분으로 봄날 오후 텅 빈 마당에서 나는 소림사 승려들처럼 기마자세로 두 다리를 넓게 벌리고 창을 허공에 휘두르며 찔렀다 뺐다, 돌려 찔렀다, 위에서 내리쳤다…… 가끔씩 발을 바꾸며 '내 멋대로의 창술'을 시연해보았다. 누군가 그런 내 모습을 봤다면 '맛이 갔다'고 혀를 찼을 것이다. 끄트머리가 좀 무겁긴 하지만, 이 창을 만든 소기의 목적을 수행하기에는 별 문제가 없을 것 같았다.

이제 창을 만들었으니, 이름을 지을 차례다. 작명을 하기 위해 나는 참고도서로 《황석영 삼국지》의 부록을 뒤적였다. 장비가 사용하던 장팔사모(丈八蛇矛), 여포가 사용하던 방천화극(方天畵戟), 관운장이 쓰던 청룡언월도(靑龍偃月刀)까지 유심히 살펴보았다. 어려서부터 익숙히 들어오던 '추억의 무기'들이었다. 새삼 살펴보니, 어떤 장수는 단순한 창을 즐겼고, 어떤 장수는 갈고리가 달려 있는 과(戈)를 즐겨 썼다는 것을 알 수 있었다.

아무래도 내가 만든 창과 《삼국지》에 등장한 창은 달랐다. 《삼국지》에서 창의 이름을 차용하기에는 주제넘다기보다는 격이 맞지 않았다. 창을 만들어 사람을 죽이다니! 그래서 잠시 망설이다가 나는 오로지 창을 만든 나의 개인적 목적에 부합되는, 나름대로 창조적인 작명을 하기로 마음먹은 뒤 10분쯤 지나 마침내 한 이름을 건져냈다.

척사퇴골도(斥蛇退谷刀)!

한자만 나오면 머리가 어지러워지는 분들이 혹 계실까봐 친절하게도 창 이름을 풀어본다면, '퇴골에 자주 나타나는 (다양한) 뱀을 (전격적으로) 배척하는 창'쯤으로 설명할 수 있을 것이다.

퇴골에는 뱀이 많다. 인적이 없는 골짜기이기 때문이다. 그래서 야생이 살아 있다. 들쥐, 들고양이, 살쾡이, 너구리, 오소리, 고라니, 수리부엉이, 멧돼지, 그리고 땅바닥의 뱀들까지. 멧돼지는 흔적만 남기고 몸통을 잘 안 보여 다행이지만, 다른 야생동물들은 감당할 만하다. 문제는 언제나 뱀이었다. 지난해, 내가 툇골에서 본 뱀은 모두 열두 마리. 뱀이 나타났던 장소를 나는 해가 지나도 잊지를 못한다. 어떤 장소가 뱀의 출현으로 기억된다는 것은 서글프다기보다 당혹스러운 일이다. 늘 긴장하고 살아야 한다. 그래서 한여름에도 일을 할 때는 장화를 신어야 한다. 나는 열이 많아 한겨울 외에는 맨발로 지내는 사람이건만, 툇골에서 일을 할 때만은 대책이 없다.

어쩌면 평생 동안 뒤적여야 할 작가, D. H. 로렌스는 《채털리 부인의 사랑》도 남겼지만, 〈뱀〉이라는 시도 남겼다.

> 한 마리의 뱀이 낙수 대롱 밑으로 왔다.
> 어느 무더운 날, 나 또한 더위에 속옷 바람으로
> 물을 마시러 거길 갔고.
>
> 검은 기운에 싸인 우람한 캐럽나무의 현묘한 그늘로
> 나는 물주전자를 들고 계단을 내려왔다.
> 그리고 조용히 서서 기다려야 했던 까닭은, 거기에 그가
> 나보다 먼저 와 대롱의 물을 받고 있었기 때문이다.

로렌스는 널리 알려져 있듯이 뱀을 '구세주'의 이미지로 봤다. 《날개 돋친 뱀》에서는 뱀이 진화해 새가 되기도 한다. 뱀은 재생의 상징이기도 하고, 생명현상의 근원인 섹스(남근)의 상징

와, 미쳤다!!! 뱀이 아무리 창궐한다기로서니
이렇게 무시무시한 창을 두 개씩이나 만들다니~.
내가 침범한 땅은 본디 뱀의 서식지였으니 내게는 먼저
살던 뱀들을 처치할 아무런 권리가 없건만, 단지 뱀에 대한
공포 때문에 나는 사제 병기를 만들었던 것이다. 이다음에
세상 떠나면 어쩔 수 없이 겁에 질려 죽였다고 하겠지만,
척사툇골도로 내가 죽인 뱀들을 만나서 호되게 혼이 날 것이다.
"너는 무슨 권한으로 나를 죽였냐? 인마!", 하는 비난을.

이기도 하다. 그리하여 유례없이 독특한 로렌스의 생명사상이 그 궁극에서 뱀을 통해 형상화된다. 로렌스에게 뱀은 가히 생명력의 화신이다.

하지만 내게는 어림 반 푼어치도 없는 소리다. 시시하게 기독교적인 편견으로 뱀을 사탄의 현신으로 간주하거나 없애치워야 할 사악한 동물이라는, 그런 '유치찬란'한 입장에서가 아니다. 내게 뱀은 한여름에도 갑갑한 장화를 신게 하고, 발밑에서 꾸물거림으로써 사람을 혼비(魂飛)하게 하고, 내 행동거지를 장막처럼 둘러싸 움츠리게 하는, 심기 불편하고 거북살스러운 존재일 뿐이다. 뱀은 상징이기에 앞서 툇골의 내게는 만나지 않으면 딱 좋을 불청객일 뿐이다.

로렌스 말이 맞다. 내가 내 땅이라고 생각하는 이곳이 본래는 뱀의 땅이었다는 것을, '나보다 먼저 와' 이곳에 살았으므로 나 역시 로렌스처럼 '조용히 서서 기다려야' 한다는 것쯤은 나도 안다. 본디 겸손한 천품을 물려받은 내가 그걸 모를 리 있나. 하지만 어차피 뱀의 땅에 침입한 마당이라, 이제는 물을 받아 먹을 때 서로 예의를 갖춰 가능하면 안 만나고 '자신의 물'을 해결하는 게 바람직한 관계가 아니겠는가. 산속 골짜기, 뱀과 몇 해를 살아본 사람들은 내 말을 이해할 것이다.

하지만 올해는 척사툇골도(약칭 '척사도')를 준비했으니 걱정 없다. 내 비록 척사도로 뱀과 마주쳤을 때 녀석을 만신창이로 만들지, 그저 타고난 천성에 따라 겁이나 주고 물러설지 모르겠으

척사도를 만든 뒤에 나는 다시 낫에 긴 자루를 달아서
창을 만들었다. 두 자루 흉기를 마당 여기저기에 세워뒀다가
뱀이 출몰하면 바로 대응하기 위해서였다. 그때는 신자유주의의
무차별 공세에 맞서 멕시코 사파티스타 민족해방군 부사령관
마르코스가 활약하고 있을 때였다. 마르코스는 체 게바라를
존경하기도 했던 작가였다. 그는 "우리의 말이 우리의
무기입니다"라고 말했다. 그들이 나의 롤 모델은 아니었지만,
나는 네팔에서 구했던 500원짜리 '게바라 티셔츠'를 입고 검은
마스크를 쓰고 마르코스 흉내를 냈다. 마르코스는 신자유주의에
저항했고, 나는 뱀과의 일전에 대비했다.

나, 척사도를 들고 있는 한, 일단 안심이다. 어디 나타나려면 나타나 보아라, 뱀들아.

그러나 척사도로만 안심이 안 되어, 며칠 후 철물점에서 산 곡괭이 자루에, 마침 자루가 부러진 낫이 있기에 낫을 덧대서 이 세상에 아마 하나밖에 없을 '장낫'까지 만들었다.

단순명료하고 아름답기조차 한 내 거창한 무기들을 구경한 이웃들이 혀를 차고 웃더니, 뱀이나 개구리를 잡으면 자연보호법에 걸린다고 점잖게 충고했다. 나는 그 말을 듣고 너무나 어이가 없어 소리를 내서 호탕하게 웃었다. 그것은 내가 얼마나 겁쟁이인 줄 몰라서 하는 소리다. 그들은 내가 그 무시무시한 무기들을 '사용하지 않기 위해' 제작했다는 것을 죽었다 깨어나도 모를 것이다.

내 소망은 오로지 딱 한 가지뿐이다. 그저 올 한 해 뱀과 만나지 않기를 바랄 뿐이다.

추신
그런데 벌써 금년 들어 다섯 마리나 만났다.

장닭을
잃었건만,
내가할일은
없었다

시골에서는 도시에서 일어나지 않는 일이 일어나곤 한다. 족제비가 닭의 대가리를 댕강, 잘라 죽이고, 몸통을 헤집다가 몸체는 닭장에 버리고 어디론가 달아나버리는 일도 그런 일들 중 하나다.

처음에 닭을 잃었을 때, 나는 격심하게 흥분했다. 나무 막대기 하나를 들고, 뒷산으로 무작정 올라갔다. 닭을 잃고 흥분해 입산한 사내에 대해 산은 그저 무심하기만 했다. 마치 산이 빙긋이 웃는 것 같기도 했다. 닭을 정성스레 묻은 뒤에 마을 사람들에게 그 사실을 알렸더니, "그건 족제비 짓이야!", "아냐, 수리부엉이 짓일 수도 있어!", 하고 설왕설래했다. 모두들 겪어본 일이라는 어조였는데, 그들의 얼굴은 나와 달리 평안하기만 했다.

누가 내 닭의 모가지를 잘라 죽였을까?

닭장의 틈을 철사로 된 그물로 촘촘하게 메우면서 나는 그 범죄의 주인공에 대해 알고 싶었다. 누가 그 짓을 했는지 알아야 대비를 해도 제대로 할 것이 아니겠는가, 싶었다.

그러다가 우연히 《야생동물 흔적 도감》이라는 작은 사전을 뒤적이다가 족제비가 쥐의 머리를 댕강, 잘라버린 사진을 한 장 발견했다. 그런 뒤, 내 미움의 대상은 '족제비'로 확정되었다. 내 닭에게 그런 해괴한 폭행을 가한 녀석의 이름을 알았지만, 달리 방법이 없었다.

그게 지난 초봄이었다. 그러나 그 후로도 세 마리의 닭을 더 잃었다. 어떤 닭은 대문 앞에서, 어떤 닭은 닭장 앞에서, 어떤 닭은 장작더미 옆에서 발견되었다.

마을의 사십대 후배는 내게 덫을 빌려주었다.

"헹님, 족제비는 총으로도 석궁으로도 못 잡아요. 덫이 그저 그만이라니까요."

"에이 이 사람아! 그렇다고 덫을 놓다니."

나는 평소 이 세상에서 가장 야비하고 잔인하고 비겁한 자들이 덫을 놓는 자들이라고 생각해오던 터였다. 후배의 성의 때

닭들을 키울 때도 행복했다. 닭은 밤에만 우리에서 잤고
하루 종일 사방을 돌아다니며 놀게 했다. 닭은 아주 명랑한
녀석들이었다. 언제나 경쾌했고, 세상의 근심 걱정을
내비친 적이 없었다. 걸음걸이도 경쾌했고 우울증 같은
것과는 상관없이 언제나 행복해 보였다. 그들은 오로지
장닭이 심하게 괴롭히지만 않는다면 아무 걱정도 없는 양,
허락된 생명의 시간을 즐겁게 구가했다.

문에 덫을 당장에 돌려주지는 못하고, 며칠 뒤에 그 무게와 형태가 무섭기 짝이 없는 덫을 자루에 담아 돌려주었지만, 네 마리쯤 닭을 잃고 나니 그냥 넘어갈 수가 없는 일이었다.

마을의 입담이 좋은 지인 한 사람은 "아니 최소장님도 족제비를 잡으려 드신단 말입니까? 다른 사람도 아니고 생명운동 하시는 분이 그러시면 안 되잖아요?"라며 나를 놀렸다. 그러면서 그는 내친김에 "닭보다는 족제비가 더 귀한 동물, 아닌가요?"라는 말까지 하면서 내 반응을 살피며 즐거워했다. 그 친구는 중요한 사실을 모르고 있었다. 내가 생명운동을 하는 사람이기 이전에 닭을 네 마리나 잃은 그저 한 사람의 '닭주인'일 뿐이라는 사실을. 차라리 덫을 빌려주던 후배가 더 인간적으로 느껴졌다.

그러다가 지난여름, 폭염이 절정에 이르던 즈음에 장닭마저 잃고 말았다. 장닭 역시 모가지가 잘려 있었고, 뒷다리 안쪽의 복부가 날카로운 이빨로 찢겨 창자가 삐져나온 채로 죽어 있었다.

장닭은 아무 때나 울어 젖혀서 연구소 사람들이 '아무때나'라고 이름 붙여, 벌써 몇 년을 같이 살던 녀석이었다. 아무때나는 늘 천천히 걸었고, 암탉들 십여 마리를 골고루 사랑하면서 위엄을 잃지 않았고, 무엇보다도 고마운 것은 새벽에 울었고, 낮에도 울었고, 초저녁에도 시원스럽게 목청을 뽑아내주어, 시골의 공기를 맑게 만들어주던 녀석이었다.

시골은 속수무책에 불가항력의 일들이 늘 일어난다. 새 생

　장닭의 이름은 '아무때나'였다. 연구소 사람들은 작명하기를
좋아했다. 아무때나라는 이름을 얻은 까닭은 그가 아무 때나 울어
젖혔기 때문이었다. 아침에도 울었고, 낮에도 수시로 울었고,
어떤 때에는 한밤중에도 소리 높여 울었다. 그는 자신의 존재를
크고 맑고 긴 울음소리로 과시했다. 그는 늘 황제처럼 걸었고,
암탉 여럿을 동시에 똑같이 사랑했기에 그 가정에 아무런 분란이
일어나지 않았다. 장닭의 울음소리는 골짜기 전체의 공기를
청량하게 만들었다. 공기 속의 불순물을 씻어내렸다.

명이 태어나기도 하고, 닭들이 죽음을 당하기도 하고, 풀들은 무섭게 자랐다가 때가 되면 힘없이 스러지기도 한다.

어쩌겠는가. 이번 가을은 아무때나 없이 나야 한다.

올해에도
논에 물을 대신
앵두할아버지

툇골 연구소 근처에는 가래나무가 많다. 나는 가래나무가 그렇게 아름다운 나무인지 전에는 몰랐다. 실은 가래나무뿐 아니다. 나는 나무에 대해 참으로 무신경했고 무지했다. 아마도 무심했기에 무지했을 것이다. 그렇다고 마음을 기울였던 다른 것들이 그리 대단한 일들이 아니었다는 것을 나이 오십 중반이 되어가면서야 깨닫는다. 이제야 나는 나무 한 그루, 한 그루가 바로 말씀이라는 것을 조금 느끼게 되었다. 나무 한 그루 한 그루가 경전이라고 생각하게 되었다. 《금강경》이 금강송보다 아름다울까. 《법구경》이 대추나무보다 더 오묘할 수 있을까. 참나무가 《천수경》보다 못할 이유가 어디 있단 말인가. 떡갈나무는 《바가바드기따》와 견주어 손색이 있을까. 수피의 가르침이 정녕 느티나무가 가르쳐주는 것보다 깊다고 누가 말할 수 있을까.

연구소 근처 가래나무는 필경 처음에는 한두 그루였겠지만, 지금은 군데군데 여러 그루가 보인다. 개천가에서도 보이고, 산비탈에서도 보이고, 산이 떨어지는 소롯길 옆에서도 자란다. 그것은 사람이 옮긴 것들이 아니다. 청솔모들이 옮긴 것이다.

수년 전, 유난히 가래나무는 열매를 많이 맺었다. 밑에서 쳐다보노라면 하늘을 덮을 것 같은 널찍한 잎사귀들이 만나면 기분 좋아지는 여인의 치맛자락처럼 바람에 펄럭였는데, 그해에는 가지가지마다 엄청난 열매를 달고 있었다. 저 가래를 모두 어이하면 좋단 말인가, 누워서 가래나무 열매를 바라보며 그런 한심스럽고 한가한 혼잣말을 뱉고 있는데, 얼마 후 그런 걱정을 깔끔히 해소시켜준 요상한 것들이 있었으니 청솔모였다. 청솔모는 떼를 지어 가래나무를 털었다. 나중에 이놈들은 사람과 맞닥뜨려도 놀라지 않았다. 하던 일을 계속하겠다는 의지를 표했다. 어차피 게으른 당신들보다 부지런한 우리가 겨울 양식으로 삼는 게 자연의 이치에 더 합당하지 않겠느냐고 묻고 있는 것처럼 청솔모들은 당당했다. 젊은 사람 하나가 그런 청솔모들이 얄미워서 호통치고 겁을 주었더니 달아났던 이놈이 잠시 후 청솔모들을 떼거지로 몰고 온 적도 있었다. 그놈들도 시위를 통해 무엇인가를 얻어본 경험이 있는 것만 같았다. 주변에 지천인 가래나무들은 아마도 놈들이 집으로 운반하는 도중에 떨군 것들이기 쉽다. 놈들도 확실하게 일을 하는 놈이 있고, 대충대충 일하는 놈들이 있는 게 틀림없다. 하지만, 그렇게 태만한 놈들에 의해 가래나무가 산지사방에 싹을 돋우고, 시원스레 붉은 가지를 뻗고 푸른 잎사귀를 펄럭이게 된 것은 사람이 헤아릴 수 없는 놈들의 의도였을까, 나무의 전략일까, 모를 일이다. 그래서 자연의 일들은 오묘하다.

최초의 가래나무는 누가 심었을까. 가끔 그런 생각을 하곤 했다. 아무래도 앵두할아버지인 것만 같다. 우리 연구소 사람들은 그렇게 결론을 내렸다. 근처에 살아 있는 이들 중에 할아버지가 가장 고령이기 때문이다. 재작년 즈음에 듣기로 아흔 살이셨으니, 아마 금년 세수는 아흔두 살쯤 되셨을 것이다. 시골의 시간은 도시의 시간과 다르다. 도시는 시간이 복잡하게 분절되어 흐르지만 시골의 시간은 흐르는 단위가 크고 담백하다. 하지만, 알고 보면 도시에서도 같은 일들이 반복되는데, 시골 역시 그 점에서는 다를 바 없다. 할아버지의 92년 일평생도 아마 그렇게 느릿느릿 같은 일들이 반복되면서 흘렀을 것이다.

논두렁에 동그란 몸짓이 정물처럼 박혀 진종일 풀을 베는 할아버지의 허리는 지난해보다 더 굽어져 이제는 거의 반구체(半球體)에 가깝다. 인간이 만약 직립하는 자세로 진화하지 않았다면 어떤 일이 벌어졌을까? 위장병이 사라졌을까? 직립과 기어 다니는 일을 병행하는 원숭이에게는 위장병이 없다는 소리를 들은 적이 있다. 왜 난데없이 위장병 이야기? 앵두할아버지의 굽은 등 때문이다.

우리 연구소 사람들이 '앵두할아버지'라 부르는 것은 할머니 때문이다. 선량하기 짝이 없는 할머니가 웃으실 때 볼이 발그스레한 모습이 꼭 앵두 같다고 해서, 한 10년 전부터 연구소의 정선생님이 '앵두할머니'라 부르기 시작하셨다. 할머니 별명으로 인해 할아버지는 자연히 '앵두할아버지'가 되었다. 그들은 자신들이 그렇게 불린다는 것을 안 지 얼마 안 되었다.

할아버지는 구십 평생 한결같이 한 가지 일만 하셨는데, 농사일이 그것이다. 나보다 한 살 위인 오십대 중반인 전 이장님은 앵두할아버지의 등 뒤에서 말하기를, "툇골에서 가장 뛰어난 농부이시다"고 했다. 마늘은 언제 심는 게 좋겠느냐고 찬바람 불 때 이장에게 물었을 때, 앵두할아버지가 가까이 계시니 그분에게 여쭤보라고 말했던 것 같다. 한 인간이 태어나서 농부가 되었고, 아흔 살쯤 되도록 지상에서 한눈팔지 않고 농사를 지었는데, 마을의 젊은 후배 농사꾼이 말하기를 "최고의 농부이시다"라고 그가 듣거나 말거나 사심 없는 찬사를 바친다면, 그 인생은 성공한 인생이 아니겠는가 싶다. 아흔 살이 넘었는데도 앵두할아버지는 올해에도 논에 물을 대셨다. 그래서 할아버지의 굽은 등은 엄숙하고 장엄하기조차 하다.

툇골에 나보다 먼저 들어온 연구소의 정상명 대표는 일찍부터
이웃에 사는 어른들을 '앵두할머니'와 '앵두할아버지'라고
호칭했다. 할머니가 웃으실 때 볼이 발그스레한 모습이 꼭
앵두 같다고 해서 붙은 별명이었다. 볼이 빨갛지도 않건만
할아버지는 덩달아 '앵두할아버지'가 되었다. 어느 날
논두렁에 앉아서 할머니가 풀피리를 불고 있다. 풀피리를
만들어주고 부는 법을 가르쳐준 할아버지는 할머니의 풀피리
연주를 감상하고 계신다.

지난해 추수가 끝난 뒤 우리 연구소 사람들은 빈 들판을 바라보며 말하곤 했다.

"할아버지가 저 논에 다시 물을 대실 수 있을까?"라고.

생각해보니 그런 질문은 그 전해에도 했던 것 같다. 하릴없이 그런 이야기를 한 것은 올해 농사가 할아버지가 짓는 마지막 농사가 아닐까, 그런 아슬아슬한 감정 때문이었는데, 그런 마음 속에는 할아버지가 죽음이라는 자연에 올 한 해도 꿋꿋하게 저항해주시기를 바라는 마음이 어느 한 자락은 담겨 있지 않았나 싶다.

할아버지는 말이 별로 없으시다. 인사를 드리면 웃으면서 대꾸를 하시는데, 그의 손에는 늘 호미나 방금 뜯은 풀더미가 들려 있었다. 근년에는 인사를 드리면, 한 손을 먼저 귀에 갖다 대신다. 잘 안 들린다는 뜻이다.

우리는 언제나 앵두할아버지를 논두렁이나 들판에서 만난다. 한 번도 농사일 외에 다른 일을 하시는 것을 본 적이 없다. 하모니카를 부신 적도 없고, 트랙터를 모시는 것도 본 적이 없다. 수삼 년 전, 논물을 대다가 논두렁에 앉아 앵두할머니와 풀피리를 만들어 부시는 것은 본 적이 있다.

언제나 그분은 홀로 현장에 계시곤 했는데, 그분의 현장은 바로 논이나 밭두렁이다. 풀을 뽑고 계시거나 밭을 일구시고 계신다. 빌 게이츠의 현장은 어디일까? 컴퓨터 모니터 앞일 것이다. 제철회사 사장의 현장은 어디일까? 용광로 앞이어야 할 것이다. 부동산업자의 현장은 벽에 붙여져 있는 지도라 말해도 될까? 어부들의 현장은 천길 만길 물 위에 떠 있는 한 조각 널빤지 위일 것이다. 앵두할아버지의 현장은 흙바닥이다. 자갈을 골라내 그가 60년 전에 만들어 개간한 논이고 밭이 그의 현장이다. 우리가 알기로, 그는 그곳을 이탈해본 적이 없다.

봄이 오면 지난 늦가을에 심었던 마늘밭에서 잎이 돋아난다. 그전에 그 밭에는 쌀겨가 뿌려져 있다. 마늘잎이 돋아날 즈음에 이미 다른 밭은 이랑이 생기고, 고추 모종이 심어진다. 밭 가장자리의 깻잎도 그의 밭은 다른 밭보다도 무성하다. 옥수수는 어느 짬에 심었을까. 씨감자는 골짜기 바깥보다 한 주일이나 열흘쯤 늦게서야 놓는다. 툇골은 골짜기라 4킬로 바깥의 감자 단지보다 기온이 2~3도쯤 낮다. 늦게 심으니까 수확도 당연히 조금 늦다.

몇 해 전 봄이었다. 골짜기로 들어오는 나를 보더니 할아버지가 말을 걸으셨다.

"바깥에 감자 심었던가요?"

할아버지는 누구를 만나도 나이를 벼슬 삼아 하대를 하는 법이 없다. 하지만 불행하게도 나는 그 말이 무슨 뜻인지 처음에는 잘 몰랐다. 그러나 이내 그가 말하는 '바깥'이 서면 언저리의 대단위 감자밭이라는 것을 알아채고, 소리쳐 답했다. "예에, 한쪽 구석에서부터 심기 시작하더군요. 아직 안 심은 밭도 있고요"라고. "아, 그래요, 그렇담 우리는 아직 한 주일쯤 뒤에 심어도 되겠네."

바깥세상 마을을 들락거리는 사람으로서 할아버지의 전령이 된 것이 왜 그리도 기분이 좋던지.

개울의 물을 끌어들이고, 남보다 먼저 옥수수를 키워 올리고, 파를 심고, 닭을 치고, 논두렁이나 밭두렁은 마치 혼인날 신랑의 잘 면도한 턱처럼 잡초 하나 없이 만들어놓으시는 분이 바로 앵두할아버지다. 듣기로 어떤 밭은 1940년대의 대홍수 때 무너져 내려 뒤죽박죽이 된 땅을 오랜 시간에 걸쳐 개간한 것이었다고 한다. 툇골에는 유난히 돌이 많은데, 개간할 때 할아버지가 만진 돌멩이들은 아마도 할아버지의 손길을 기억하고 있을 것이다.

그래서인지 그는 자신이 일군 농토에 대한 애정이 거의 집착에 가까울 정도로 깊다. 한번은 가래나무 가지가 논에 그늘을 만들자 그 가래나무 가지를 아들과 함께 잘라내기도 했다. 다른 식으로 보상해드리겠다고 말하며 가래나무 가지를 자르는 일을 간곡하게 만류했던 나는 그 일로 인해 할아버지에 대해 한 사오 년쯤 깊이 생각해보게 되었다. 정확하게 말해서 앵두할아버지라기보다는 '농사'라는 선택적 작물 재배의 형태로 널리 존중받는 일에 대한 숙고였는데, 결론은 뻔했다. 농부에게는 가래나무보다 그늘로 인해 자라지 못하는 벼가 더 중하다는 것. 그것은 우리가 물만 먹고 살 수 없는 한, 탓할 수 없는 일이라는 것. 어떤 사람에게는 장미가 뽕나무보다 중요하고, 어떤 사람에게는 피아노가 곡괭이보다 중요할 수도 있는 일이건만, 할아버지에게는 그런 다양한 살아가는 방식과 사물에 대한 제각각 존중받아야 할 취향과 집착에 대한 이해를 요구할 수 없다는 것을 받아들일 수밖에 없었다. 그는 무엇보다 이번 생을 농부로 일관했기 때문이었다.

평생 손에 흙을 만지신 할아버지, 어떤 사람에게 세상은 좁아서 몸살이 날 정도의 치열한 싸움터일 수도 있지만, 어떤 사람에게 세상은 손수 개간해 만든 땅을 지키고 아끼며 그곳에서 끝없이 세상이 원하는 작물을 생산해내는 성지일 수도 있다.

구십 평생 외눈 팔지 않고 땅과 같이 산 사람에게는 어찌 됐든 존경심이 일게 된다. 그 존경심의 내용이 무엇일까, 근래 들어 자주 생각하게 된다.

연구소 앞 소롯길에 늘어진 뽕나무에 가득 매달린 시꺼멓지만 달디 단 오디를 따먹는데 할아버지가 땡볕에서 마늘밭의 김을 매고 계신다. 소리쳐 인사를 드려봤자 귀가 어두워 이켠을 알아보지도 못한다. 입가가 멍이 든 것처럼 시커메지도록 오디를 따먹으면서 생각한다. 내년에도 할아버지가 논에 물을 대고, 모를 심고, 추수를 마친 빈 들판에 앉아 구십여 년간 되풀이된 한 해에 대해 생각하는 모습을 보고 싶다고.

논이
사라지고
있습니다

지난겨울부터 들판을 걷기 시작했습니다. 전에 안 하던 짓입니다. 나이 오십이 넘도록 저는 제 몸을 위해 아무것도 한 적이 없습니다. 예수님이 "네 이웃을 네 몸처럼 사랑하라"고 하신 말씀처럼 생각한다면, 저 역시 제 몸을 제 이웃보다 일단 더 아끼기야 했겠지만, 다른 사람에 비해 보약을 먹거나 운동을 열심히 하지는 않았다는 이야기입니다. 젊어서는 불규칙하게 살았고, 나이 들어서는 세상일에 휩싸여 늘 과로를 했습니다. 그러다가 지난 3년 전에 우연히 혈압을 재보았더니 혈압이 180이 넘게 나타났습니다. 깜짝 놀란 주변 사람들의 권고로 병원에 입원을 하기도 했습니다. 지금도 그래서 혈압약을 먹고 있습니다.

　　연구소분들이 어느 날 "우리도 걷자" 할 때, "그럽시다" 하고 선뜻 응한 것은 운동을 하면 혈압약을 끊어도 되겠지, 하는 마음에서였습니다. 연구소 대표이신 정상명 선생님은 이제 곧 육십을 바라보는 나이신데, 그분 역시 몸 생각을 않고 풀꽃운동을 펼치시느라 몸이 많이 망가져 있었습니다. 사무장이신 심현숙님 또한 저보다 나이가 두 살이나 위이신데, 그동안 참 과로를 하셨지요. 하지만 수년 전 단체를 회원들에게 넘기고 난 마당이라 이제는 우리 나이에 맞게 몸 생각을 할 때가 된 것입니다.

　　저희가 걷는 들판은 툇골 입구의 왼쪽에 넓게 펼쳐져 있는데, 길보다 높은 위치에 분지처럼 솟아올라 있는 이상한 지형입니다. 평수나 마지기로 말하기는 곤란하지만, 커다란 운동장 대여섯 개쯤은 되는 너른 들판이 서면(西面) 서상리와 월송리 사이에 펼쳐져 있습니다. 우리는 그 들판에 난 농로를 걷습니다. 처음에는 무작정 걷다가 나중에는 시간과 농로의 길이를 계산해서 5킬로미터가량 되는 코스를 만들었습니다. 들판을 종단한 뒤에 횡단하면서 사잇길로 한두 차례 더 왕복한 뒤, 다른 길을 통해 출발지점으로 돌아오면, 딱 5킬로미터가 되었습니다. 저는 남성인지라 걷는 속도가 조금 빨라 50분가량 소요되었고, 연구소의 두 분은 1시간 내지 1시간 10분가량 걸리는 코스입니다. 그렇게 걸으면 등덜미에서부터 땀이 솟고 몸이 달아오르는 게 아주 기분이 좋습니다. 앞으로 6개월만 더 이렇게 걸으면 혈압약을 안먹어도 되지 않을까 혼자 생각합니다.

하지만 제가 하려는 이야기는 저희 연구소 사람들의 운동이야기가 아닙니다. 툇골에 있는 나흘 동안 두세 차례 들판을 걷는데, 시간이 갈수록 멀쩡한 논이 사라지기 시작했습니다. 날씨가 조금씩 풀리면서 갈 때마다 멀쩡한 논에 트럭이 돌무더기가 섞인 거친 흙을 퍼날라 놓곤 했습니다. 얼마 후에는 거기 화강암이 쌓이더니 집을 짓기 위한 기반시설 공사가 벌어지기 시작했습니다. 그리고 한 주일쯤 후에 들판에 나갔더니 거기 거대한 창고 같은 건물이 후다닥 세워져 있었습니다. 다시 한 주일이 흘러 들판에 나갔더니 이번에도 멀쩡한 논에 시커먼 흙이 퍼부어져 있었습니다. 아마 이번에는 밭을 만들려고 퍼부은 흙 같습니다.

그즈음, 평택에서는 연일 올해에도 농사를 짓겠다는 대추리 사람들과 농민들을 내쫓으려는 국가 공권력이 부딪치고 있었습니다. 또한 대법원에서는 "통일을 대비해 농사지을 땅이 필요하다"는 말도 안 되는 논리를 펴며 새만금 갯벌을 메우려는 범죄에 면죄부를 주고 있었습니다. 그렇게 공권력이 잘못 쓰이고 있는 동안, 우리가 만나고 있는 멀쩡한 논들은 급속하게 사라지고 있었습니다. 봄이 와서 논물을 대고 모심기를 해야 할 논이 매일같이 사라지고 있습니다.

논이 밭으로 변하고 있습니다. 논이 인삼밭으로, 비닐하우

퇫골뿐 아니라 이 나라 전역의 논이 빠르게 사라지고 있다.
그것은 우리나라의 곡물정책이 지나치게 쌀 위주로 편중되어
있어서 현재까지는 쌀의 자급률이 100퍼센트에 가까운 것과
무관하지 않겠지만 쌀을 제외한 식량자급률은 2017년 기준
8.9퍼센트이므로 빠르게 논이 사라지는 일에도 무심해서는
안 될 것이다. 농토가 사라지면 결국은 남의 땅에서 생산된
식량에 의존하는 식량 노예국이 되고 말 것이다.

스로 변하고 있습니다.

　매일같이 들판에는 변화가 일어나고 있습니다. 누구도 더이상 쌀농사를 지으려고 하지 않습니다. 지으면 손해니까, 지으면 슬퍼지니까 농부들이 아까운 논을 팔거나 밭으로 바꾸고 있습니다. 논농사를 포기하는 농부들의 가슴속에서는 피눈물이 흐르고 있을 것입니다. 농부들이 논을 포기하게 만든 것은 신자유주의를 내건 열강들의 시장 개방 압력에 정부가 너무나 쉽게 굴복했기 때문입니다. 쌀농사를 포기하겠다는 정부의 태도는 이 땅에서 이 땅의 산물을 취하며 오래오래 살겠다는 태도가 아닙니다. 나머지 이야기는 다 허구입니다.

　우리는 사라지는 논을 바라보며 서로 이야기 나눕니다.

　"걸어서 우리 몸이 좋아지면 뭐하나, 세상이 쇠약해지고 있는데……"

　어김없이 봄이 오고, 꽃이 피어도 즐겁지 않습니다. 이 일을 어이해야 옳을지 모르겠습니다.

아주 작은
마을까지 엄습한
종자전쟁

툇골 연구소에는 작은 밭이 하나 있습니다. 텃밭이라 불러야 옳을 만한 크기입니다. 날이 풀리기를 기다렸다가 얼마 전에 거기 밭을 갈고, 감자를 심었습니다. 감자를 심기 전에 먼저 한 일은 거름을 넣는 일이었습니다. 겨우내 똥을 모으고, 난로를 태운 뒤 남은 재를 모으긴 했는데 그 양이 대단찮았습니다. 그래서 똥과 똥에 섞은 톱밥, 그리고 재는 삭혔다가 내년에 쓸 작정입니다.

　마침, 이웃 젊은이 한 사람이 '의암호'로 흐르는 개천의 방둑 옆에 버섯 재배한 뒤에 버린 참나무 썩은 것들이 한 무더기 쌓여 있다는 정보를 주었습니다. 그 정보를 처음 접수한 게 눈 내리던 겨울이었으므로, 저는 봄만 오면 그 참나무 썩은 거름을 실어날라 밭에 뿌리리라 다짐했습니다.

어느 날, 큰마음 먹고, 목장갑 끼고, 비닐포대 잔뜩 준비해서 삽이랑 곡괭이 들고 가르쳐준 현장에 가보았더니, 제 마음대로 속으로 제 것이라고 찜해뒀던 그 참나무더미를 누군가 깨끗하게 실어간 뒤였습니다. 얼마나 아쉽던지 가슴을 치고 싶을 지경이었습니다. 로또에 당첨될 복권을 누구에게 줘버린 뒤, 그게 터졌다는 소식을 들었다손 쳐도 그토록 억울하고 비통하지는 않았을 것입니다. 내 참나무를 누가 실어갔을까? 그 누군가는 틀림없이 땅에 쓰려고 가져갔을 것입니다.

농부들이 땅에서 얻어내려는 것은 돈이 아닐 것입니다. 그가 정말 농부라면, 그것을 돈으로 환산해 말하는 것은 그를 모욕하는 일이 될 것입니다. '제 것'이라고 현장에 가보지도 않고 편안하게 봄이 오기를 기다렸던 저를 '물 멕인' 그 사람은 틀림없이 다른 사람이 가져가기 전에 그 참나무 썩은 것들을 땅에 뿌리려고 가져갔을 것입니다. 그것을 실어나르던 그의 마음은 얼마나 설렜을까. 그것은 제 것이 아니었던 것입니다.

허탕을 치고 돌아온 제게 처음 참나무 정보를 준 이웃이 이번에는 왕겨 썩은 곳을 알고 있다며 가르쳐주었습니다. '꿩 대신 닭'이었습니다.

왕겨 소식을 듣자 이번에는 곧바로 행동으로 들어갔습니다. 왕겨를 여섯 포대 자루에 담아 툇골지소 텃밭으로 돌아오는데, 노을이 지기 시작했습니다. 오랜만에 보는 노을이 제가 확보한 거름 때문에 더 아름답게 느껴졌습니다.

왕겨를 밭에 섞은 뒤, 할 일은 씨감자를 구하는 일이었습니다. 하지만 씨감자를 구하는 일은 쉬운 일이 아니었습니다.

마을분들 여럿에게 부탁했건만, 모두들 하시는 말씀이 "심고 나서 (남으면) 주겠다"였습니다. 그분들 모두 작년에 마을 단위로 이장에게 신청을 해서 자기 밭에 심을 만큼만 확보해놓았던 것입니다. 저는 이장에게 올해에 심을 씨감자를 작년에 부탁해놓지 않았던 것입니다. 왜 마을에서 자체적으로 사용할 씨감자가 없는지 처음에는 의아했습니다. 하지만 이내 알 수 있었습니다. 종자가 거대한 힘에 의해 조종되고 있다는 것을. 말하자면 종자전쟁이 시작된 것입니다. 강원도 춘천시 서면의 경우에는 '대관령 씨감자'가 아니라 홍천에서 씨감자를 공급받는 모양입니다. 공급하는 곳은 어디냐? 왜 자기 마을 단위의 종자를 자신들이 확보할 수 없는가? 소박한 의문이 아닐 수 없었습니다.

다른 종자도 마찬가지였습니다. 심을 종자를 마을에서 전년도 농사를 지은 뒤 보관하던 '좋은 시절'이 지나가버린 것입니다. 밭농사조차 거대한 조직에 예속되어 있었습니다. 농부가 땅에 심을 씨를 자신이 확보하지 못한다는 것은 비극적인 일이 아닐 수 없다고 봅니다.

감자의 경우에는 그나마 '이 나라의 씨감자'가 아직 대관령이든, 홍천이든, 제주도든 확보되어 있지만 딸기나 콩 등 다른 종자들은 이미 외국에 로열티를 내고 사용하고 있었습니다.

종자전쟁에 대해 살펴보았더니만, 한국은 2002년 1월 7일 국제신품종보호연맹협약(UPOV)에 가입하여 가입 10년째 되는 2012년에는 UPOV에 등록된 모든 작물에 대해 로열티를 지불해야 한다고 합니다. 이게 현실로 도래하면, 농민들이 현재 죽음을 무릅쓰고 반대하는 쌀 수입 개방보다 더 큰 재앙이 닥칠 것이라는 이야기였습니다. 하지만 정부나 연구기관이나 학계나 언론, 그 어느 곳에서도 이 문제를 본격적으로 공론화하거나 연구하는 모습이 부족한 게 현실이라고 합니다.

미스킴라일락(수수꽃다리), 잉거비비추(옥잠화), 구상나무, 나리…… 등은 수백수천 년간 이 땅의 토종 유전자원이지만, 국민들의 무관심 속에 슬며시 '국적'이 바뀐 종자들이 되어버렸습니다.

한국에 와 있던 미국인이 북한산 절벽에 있던 라일락을 채집하여 미국에서 재배해 UPOV에 자신(미국)의 품종으로 등록을 해버린 것입니다. 놀라운 일은 미국은 식물 품종 확보를 위해 식물학자들을 세계로 파견하고 있으며, 우리나라 남해안 섬 지방까지도 이미 여러 차례 이들이 다녀갔다는 것입니다. 외국에서 이렇게 품종 확보를 위해서 노력하는 동안 우리는 무엇을 했는가. 아무 대비도 안 했던 것입니다.

시골로 온 우리는 떠났던 적이 없으므로 '귀촌(歸村)'도 아니고,
농사로서 자급하려는 다부진 목표를 세우고 시골로 온 것도
아니었으므로 '귀농(歸農)'은 더욱 아니었습니다. 우리는 그저
작은 텃밭 수준의 땅에 쉽게 구할 수 있는 작물을 심고 소량의
수확을 얻곤 했습니다. 씨감자를 얻고, 심는 법을 배우는
일은 마을 어른들이 가르쳐주었습니다. 사진은 칠순이 넘은
앵두할머니가 씨감자를 심는 법을 가르쳐준 뒤에 고랑과 이랑을
만드는 법을 보여주시는 장면입니다.

조만간 우리는 로열티 지급으로 인한 생산비 증가를 견디지 못해 많은 농산물의 재배를 포기해야 할지도 모릅니다. 식량 예속국이 되는 것이지요. 그나마 유전적 자원에 대한 보호운동이 미미하게나마 일고 있지만, 머지않은 장래에 그런 끔찍한 일이 엄습해올 것입니다.

《파이낸셜뉴스》의 2004년 12월 기사에 따르면, 1200억 원대의 국내 종자시장에서 세미니스코리아, 농우바이오, 서울종묘, 동부한농이 전체 시장의 80퍼센트를 차지하고 있다고 합니다. 세미니스코리아는 IMF 이후 종묘업계 1위였던 흥농종묘와 중앙종묘가 다국적기업인 세미니스에 인수되어 설립된 회사이며, 2위인 농우바이오는 순수 국내기업으로 시장의 21퍼센트를 점하고 있습니다.

중요한 것은 한국의 대형 종묘업체들이 모두 세미니스에 인수되었는데, 최근 세미니스코리아의 모회사인 세미니스가 미국의 몬산토에 인수되었다는 것입니다.

몬산토는 어떤 회사인가.

몬산토는 "원자탄 개발을 돕고 암 유발 PCB(폴리염화비페닐)를 생산했으며, 미국이 베트남전에서 사용한 그 악명 높은 고엽제 '에이전트오렌지'에 쓰인 다이옥신 함유 제초제를 만들어낸 회사"(프란시스 무어 라페·안나 라페, 《희망의 경계》, 신경아 옮김, 시울, 2005, 212쪽)입니다. 녹색혁명이라는 이름으로 변형 종자를 양산해 세계의 농산물 자원을 왜곡하고 있는 노골적인 악덕 기업이 바로

씨감자를 구하는 일은 쉽지 않았습니다. 전년도에
마을 단위로 미리 주문해놓지 않으면 구할 수 없었습니다.
마을 사람들은 다른 일에는 인심이 좋았지만, 자신들이
심으려고 구해놓았던 씨감자는 선뜻 내주지 않았습니다.
옛날에는 마을마다, 집집마다 내년에 심을 씨감자를
자체적으로 마련했던 것으로 알고 있는데, 지금은 모든
종자가 특정 지역의 특정 기구에 의해 조정되고 관리되고
있었습니다. 이미 개인의 종자 주권이 사라진 것이지요.

몬산토입니다. 바로 그 몬산토에 한국의 토종 자원의 80퍼센트가 장악되어 있다는 것을 자세히 알고 있는 사람은 많지 않습니다. 저 역시 책상머리에 앉아 존 치버가 어떻고, 머레이 북친이 어떻고, 근본생태주의가 어떻고 해댔지 땅에서 일어나는 일에 대해 잘 모르고 살았던 것입니다. 참으로 부끄러운 일이 아닐 수 없습니다. 몬산토 같은 기업이 이 나라에서 은밀하게 저지르고 있는 짓에 대한 이해보다 더 큰 담론들이 이 나라에 많았다고 생각하면서 살고 있었던 것입니다. 그보다 중요한 일이 무엇이었을까요. 우리는 모두 헛똑똑이들인지도 모릅니다.

나중에, 국도변에서 다른 곳보다 2주일쯤 먼저 감자를 넣는 큰 밭의 주인에게 부탁해서 약간의 씨감자를 얻었습니다.

"툇골에 사는 사람인데, 앞밭에 두세 고랑쯤 심을 것이다"라고 말하니까 "이 정도면 되겠냐"며 밭주인이 선뜻 준 것입니다. 소량이라 돈을 안 받겠다는 것을 "그러시면 제 마음이 편치 않다"며 1만 원을 건네주었습니다. 아주 소량의 씨감자를 얻은 뒤 돌아오는 길이 편치만은 않았습니다. 그 정도 양으로는 성이 안 차서 마을분들에게 심고 남은 것을 다시 부탁했지만, 더 이상 구하지는 못했습니다.

전년도에 신청해서 간신히 심을 만큼만 확보한 씨감자를 마을 사람들이 선뜻 내놓기 힘든 노릇이라는 게 너무나 잘 이해되는 일이었습니다. 만약 예전처럼 내년에 심을 종자를 마을분들이 스스로 확보하고 있었다면, 그러시지 않았을 것입니다.

종자전쟁이 이미 아주 작은 마을에까지도 엄습하고 있음을 실감할 수 있었습니다.

오늘 중요한 일은 무엇인가. 내 땅에 우리 종자를 심기 힘들어진다는 일보다 중요한 일이 따로 떠오르지 않습니다.

'길'에 관한
다섯 개
허튼소리

1. 민들레길

내가 일하는 툇골지소에는 '내 책'이 있다. 남들 돈 벌 때 나는 돈은 못 벌고 책만 자꾸 모았던 모양이다. 나이 오십이 되었는데도 돈벌이보다는 책을 모아들이는 일에 시간을 쏟았다면, 이번 생에는 하는 수 없는 일이다. 누구에게나 그렇겠지만, 수만 권의 책이 있는 장소는 특별할 수밖에 없다. 유명한 책벌레 보르헤스도 천국을 거대한 도서관일 것이라 상상했다. 하지만 책 이야기를 하려는 게 아니라 오늘은 길 이야기다.

거기 내 작은 도서관에 이르는 데 비포장의 작은 길이 있다. 그 이야기를 하려다가 책 이야기로 잘못 시작했다. 폭이 좁은 차 한 대 겨우 들어갈까 싶은 농로인데, 길이는 한 100미터쯤 될까. 작년에 집을 지을 때, 면에서 포장을 해줄 테니 원한다면 신청하라고 했다. 아주 잠시 갈등하다가 "신청 않겠다"고 답했다. "그러면 불편할 텐데요." 면의 친절한 건축 담당자가 말했다.

사람들은 왜 길을 포장할까. 잘은 모르지만, 포장을 하면 신발에 흙을 묻히지 않아도 되고, 그보다 더 큰 이유는 차가 드나들기 편하고 매끄러워서일 것이다. 흙먼지가 나지 않는다는 것도 한 이유일지 모른다. 흙을 밟지 않고, 먼지가 안 나고, 차의 흐름이 매끄러우면 좋은 길로 간주되고 있는데, 포장길은 대체로 그 정도 요구를 흡족하게 만족시키는 것 같다.

도로 포장을 사절한 데에 무슨 거창한 생태적 이유 같은 것은 없었다. 동물들의 이동로가 단절된다는 상식은 나중 일이었다. 무엇보다 그 작은 길이 매우 아름답기 때문이었다. 잘 다져진 흙길을 밟는 즐거움도 포장을 사절한 이유 중의 하나였는지 모른다. 책을 다시 옮길 엄두가 나지 않기 때문에 아마 그 길은 이제 내가 세상에 살아남아 있는 시간 동안, 내 발걸음에 의해 다져질 것이다. 면의 직원은 신청하면 포장해주겠다는데도 거절하는 사람을 이해할 수 없다는 표정을 짧은 순간, 지었다.

겨울에 눈이 왔다. 눈이 녹자 땅이 질척거리기 시작했다. 그때에는 길 복판, 눈이 덜 녹은 쪽을 밟고 다녔다. 다시 봄이 왔다. 길 복판부터 가늘고 길게 초록이 돋아나기 시작했다. 이름은 각각 다르겠지만, 모두 영춘화(迎春花)라 불러도 마땅할 노릇이었다. 주로 겨우내 고무바퀴가 아니라 내가 밟고 다니던 부위였다. 땅이 다져져 있어서였을까. 다져진 흙을 뚫고 솟아나온 초록의 행렬이 눈부시고 시원스러웠다. 민들레는 특히 눈물겹도록 빠르고 급하게 노란 꽃을 피워 올리더니 순식간에 저버렸다. 하지만, 꽃잎을 떨군 민들레가 거기서 한 해의 할 일을 다 마친 것은 아니다. 민들레는 꽃잎을 떨구고 나자 서둘러 키를 더 키웠다. 마치 발뒤꿈치를 들고 먼 곳을 보려는 의지 같기도 했다. 키를 훌쩍 키운 민들레는 허공 중에 동그랗게 솜 같은 작은 씨뭉치를 키웠다. 그 크기는 이 세상에 아무런 해도 끼치지 않겠다는 작은 규모였다. 민들레는 남은 힘을 씨뭉치를 살리고 키우는 데 전력투구하는 게 역력했다. 바람에 그 씨뭉치들은 흔들리다가 흩어져 날아갔다. 그게 바로 민들레가 바라던 일이었다. 키를 키운 것은 풀씨를 더 멀리 퍼뜨리기 위한 민들레의 전략이었다. 길 가장자리에는 낙엽송이 떨어져 조용히 썩고 있다. 발로 툭 건들라치면 썩는 향이 기분 좋게 허공에 솟구친다.

포장 신청을 하지 않길 잘했다. 포장을 했더라면, 민들레의 오래된 전략을 느끼지 못하고 말았을 것이다. 포장을 했더라면, 포장하지 않은 길의 독특한 향내를 어떻게 느낄 수 있을까.

그 길을 우리는 '민들레길'이라고 불렀다. 어느 해 민들레의
천이(遷移)가 눈부시게 일어나서 자두나무집에서 3만 권의
책을 안고 있는 내 개인 도서관인 연구소에 이르는 길이 온통
노란 민들레꽃으로 덮인 뒤에 붙여진 이름이었다. 나는 이 길을
오르내리면서 매번 수혈이 되었다. 몸속 탁한 피가 빠지고
민들레빛 새 피로 채워지니 걸음은 나도 모르게 춤이 되었고,
몸짓은 출렁출렁 흐느적흐느적 두리뭉실 노래가 되었다.
이 일을 어찌하면 좋을까, 나는 늘 어쩔 줄을 몰라 했다.

그즈음, 가로등도 달 수 있었는데, 가로등 신청도 포기했다. 가로등을 만약 달았다면, 작고 구불구불한 100미터가량의 내 도서관 진입로가 얼마나 맹목적인 가로등 불빛으로 번쩍였을까. 가로등을 달지 않았기 때문에 어둠이라는 원초적 두려움과 불편을 감내해야 한다는 대가는 치르고 있지만, 간혹 달밤이면 허공에 뜬 다리처럼 시퍼렇게 떠오르는 밤길을 느낄 수 있다. 그 길에 혹 아는 사람이라도 떠 있다면, 사람과 길이 그보다 아름다울 수가 없다.

2. 풀꽃상을 받은 골목길

한참 지난 것으로 생각되는 풀꽃운동 초창기 시절, 네 번째 풀꽃상을 '골목길'에 드린 적이 있다. 1999년 겨울의 일이었다. 그 이전의 풀꽃상은 동강의 비오리, 보길도 해변의 돌멩이, 가을 억새들에게 드렸다. 갑자기 골목길에 풀꽃상을 드리자 사람들이 혼란감을 느꼈던 모양이다. "골목길은 자연물이 아닌데, 왜 풀꽃상을?" 하는 시선을 받았다. 그래서 답했다. "골목길은 사람들이 만든 인공적인 공간이긴 하지만, 가장 친환경적이고 자연스러운 생활 속의 작품이 아니겠는가", 하고. 작품이라면 연출자도 없고 시나리오도 없는, 생활이 빚어낸 작품일 것이다. 사람들은 그 말에 고개를 끄덕이는 눈치였고, 더러는 풀꽃상 대상의 확대로 받아들이기도 했다.

그때 골목길에 풀꽃상을 드리면서 바친 헌사를 다시 들춰내본다.

> 골목길은 무하지역(無河地域)에 흐르는 개울과 같습니다.
> 이 길을 지날 때
> 우리는 한 마리 왜가리처럼 느긋해집니다.
> 우리의 발걸음에 여유를 주고
> 시간의 깊이를 느끼게 해준
> 골목길에 우리는 감사하는 마음으로
> 제4회 풀꽃상을 드립니다.

우리는 그때 골목길을 '하천이 없는 지역'의 개울에 비유했다. 말하자면, 오아시스로 이해했다고 해도 틀린 말이 아니다.

큰길이 거센 물이 콸콸 흐르는 거대한 시내라면, 그 사이 사이 있는 듯 없는 듯 이어져 있는 지선(支線)인 골목길은 작은 개울로 간주되었다. 고속도로는 그런 비유의 연장에서 홍수가 난 강이 될 것이다. 교통방송에서 러시아워를 중계할 때 상투적으로 쓰는 말이 '자동차의 홍수'일진대, 이런 경우에도 같은 비유를 사용하는 상상력의 일치에 갈채를 보내야 할지 모를 일이다.

골목길에 바친 헌사는 그 내용의 소박함과 설득력으로 인해 많은 이들이 고개를 끄덕였던 것 같다. 속도에 밀리면서도 한

편 적잖이 경쟁과 속도에 지친 탓이었을 게다.

당시 인사동의 몇 가게들이 돈 많은 건물주에 의해 문을 닫을 지경에 놓여 있었다. 여기저기에서 가게 살리자는 운동이 작은 깃발처럼 일어났다. 그 가게들도 상당히 돈벌이 잘하는 집들이었지만, 그보다는 다닥다닥 붙어 올망졸망하던 가게들이 허물어지고 그 자리에 높은 빌딩이 들어설 일에 대한 아득한 감정 때문에 가게 살리는 운동에 공감했던 기억이 있다. 하지만, 골목길에 풀꽃상을 드리자고 결정한 이래 어느 곳의 골목길에 드릴 것인가, 하는 풀꽃운동의 구체화 과정에서 어쩔 수 없이 특정 골목길을 선택해야 했는데, 마침 거기에서 가게 폐업 소동이 일어났기에 그 장소를 '인사동'으로 정했을 뿐, 딱히 인사동 골목길에 대한 남다른 애정 때문은 아니었다. 인사동 골목길이야말로, 전통과 문화라는 당의정을 뒤집어쓰고 그 어느 곳보다 심리적으로 복잡한 감정을 야기하는 특별한 상업 지역이 아니겠는가. 그곳이 정말 오염되지 않은 실개천이었을까. 아니다. 그것을 당시에도 못 느끼고 있었던 것은 아니었다.

골목길에 주목하는 까닭은 골목길 자체의 고즈넉함과 심미적 추억의 가치만큼이나 골목길이 유지하고 있는 느림의 가치 때문일 것이다. 느림의 가치에 주의를 기울이면 그것 자체가 속도에 대한 비판을 포괄하고 있을 것이기 때문이다. '자전거'에 문명적 시각으로 주의를 기울일 때, 그 행위 자체가 '자동차 비판'과 이어지고, 그래서 자전거 예찬이 곧 자동차 비판과 등가의

목길은 실개천처럼 이어지면서 끝없이 흐른다. 때론 막히기도
하지만 그 벽이 차갑지는 않다. 아이들은 돗자리를 깔고 엎드려
숙제를 하고 깡통 차기도 하고 노인들은 꽁초 한 대를 손가락
사이에 끼고 고우(古友)와 시끄럽지만 곧 흐지부지될 멱살잡이도
한다. 전봇대 아래는 오줌 자국이 있고, 찌그러진 깡통과 연탄재가
쌓여 있다. 그 옆 화단에는 맨드라미와 백일홍, 분꽃, 채송화가
바람에 흔들린다. 그래서 골목길은 삶이 흐르는 시(詩)다.
이 사진은 평생 골목길만 찍으신 고 김기찬 선생께서 생전에
"풀꽃상을 받은 골목길이 멋지다"고 흔쾌히 "이 작품을 사용해도
좋다"고 허락하신 그의 〈골목길〉 연작 중 하나다.

언어로 작동되는 것과 마찬가지이다.

우리는 풀꽃상을 드릴 때마다 《풀씨》라는 이름의 무가지 소책자를 펴냈다. 밤을 새워 책을 편집해 풀꽃상 시상식 때 회원들과 거리에서 만난 사람들에게 드리려고 했다.

당시 서둘러 만든 책에 시인 심재상의 짧은 에세이를 담았다.

그 길모퉁이에서 우리가 되찾게 되는 것들은 무엇일까? 언제나 한가로운 길모퉁이 찻집, 쌀가게 앞에 서 있는 낡은 짐자전거, 온종일 문가에 나앉아 안경 너머로 지나가는 사람들을 건네다 보는 할아버지, '소변 금지'라고 쓰여 있는 담벼락, '주차 금지'라고 쓰여 있는 길바닥, 드문드문 서 있는 외등…… 골목을 들어서는 순간, 우리는 익명의 존재에서 벗어나 자신의 실존을 되찾는다. 우리는 느긋하게 거닐고, 기웃거리고, 지나가는 사람과 눈을 맞추고, 올 리 없는 옛 애인을 기다리고 공연히 설레고, 밑도 끝도 없이 흐뭇해하고, 느꺼워한다. 행복의 감각, 살가운 감각의 행복을 되찾는다. 그 어디쯤, 고즈넉이 쪼그리고 앉아, 그 골목 안을 흐르는, 보이지 않는, 맑고 투명한 실개천의 흐름 소리에 귀를 기울이고 싶어진다.

—심재상, 〈골목길〉, 《풀씨》 4집, 13~14쪽.

"올 리 없는 옛 애인"이라는 구절은 나이 오십이 넘었는데도 여전히 가슴 뛰게 한다. 내 경우에도 20년도 더 지난 오랜 시절, 옛 애인이 사라진 곳이 골목길이었다. 또각또각 구둣발 소리가 사라지면서 골목 저 끝으로 옛 애인의 모습이 사라진 뒤, 텅 빈 골목길에는 갑자기 어디에서 발원했는지 모를 한 줄기 바람이 피어올랐었다. 그 바람에 철시(撤市)한 시장의 낡은 천막이 소리를 내며 펄럭거렸었다.

3. 텅 빈 백봉령 고갯길

정선에서 한번은 백봉령을 넘었던 적이 있다. 한낮이었다.

　백두대간 언저리의 영(嶺)이든, 재든, 고개든 다 그렇지만 그 길들은 구배(句配)가 참으로 많은 길이다. 그래서 그곳 길을 외지 사람들이 운전할 때에는 현기증이 난다고 말한다. 그래서 맨날 그 길을 돌아다녀 그 구배에 익숙한 '강원도 운전사'라는 말이 생기기도 했다.

　백봉령이라면 〈정선아라리〉에 나오는 고갯길이다. 정선 사람들이 산나물이나 약초를 말려 등짐을 지고 단지밥을 해먹으면서 백봉령을 넘어 북평이나 묵호, 삼척의 바닷가로 떨어지는 길이다. 그 바닷가에서 소금이나 생선을 사서 다시 백봉령을 올라 산길을 걷다 어두워지면 가랑잎이나 솔가지를 긁어모아 단지밥을 해먹으며, 구슬프게 〈정선아라리〉를 부르던 옛 고개가 바로 백봉령이다. 그 북쪽의 삽답령이든 대관령이든 진고개든, 더 멀리로 한계령이든 진부령이든…… 영서 사람들이 영동지방과 교류하던 방식이 모두 그랬다.

오늘, 백두대간의 모든 고갯길은 사정없이 큰길로 포장되어 있다. 관광의 이름으로, 물류 유통의 이름으로 길들이 닦였고, 닦인 길들이 차량으로 넘치자 다시 산을 허물고 계곡을 덮으며 길을 넓혔다.

백봉령의 한낮은 그날 차량이 거의 없었다.

어떤 구배는 아주 오래도록 혼자 달리고 있었다.

너무 넓은 길이 너무나 잘 닦여 있었던 것이다.

이것은 참으로 심각한 낭비다, 그런 생각이 분노처럼 치밀었다.

온 국토가 목하 건설 중이다. 경(敬)한 마음으로 잘 누리고, 온전히 물려줘야 할 산천이 지금 토건업자 몇몇 놈들과 거기 기대어 경제성장률 높여야 한다는 무지막지한 정치가들 때문에 흉측하게 거덜이 나고 있다. 들리기로 그 잘난 OECD 국가들 중, 토건 사업에 경제를 가장 많이 의존하고 있는 나라가 대한민국이라 한다. 오죽 정신 나간 친구들이라면, 국가보다 오래가야 할 산천을 파먹는 것으로 당대의 소리(小利)에만 이토록 집중할 수 있단 말인가. 반환경적 태도를 지적하기 전에 무책임과 철면피와 폭력의 극치라 아니 할 수 없다.

굳이 파헤치지 않아도 될 백두대간의 산길, 진종일 달려도

앞뒤로 차 한 대 안 보이는 통행량에도 불구하고, 널찍하게 많이 닦아야 남는 떡고물이 있다고 달려드는 탐욕과 무책임은 가히 인두겁을 쓴 제정신으로는 못 할 짓이다. 그런데 그 범죄적 토건업자와 정치가들 뒤에 기왕 닦을 길, 넓게 잘 닦았다고 이구동성으로 박수 짝짝 치는 이 시대의 국민들이 떠받치고 있다. '경제'가 산하가 망가지는 것보다는 급선무라 생각하는 국민들이 있기 때문에 토건업자들이 죄의식 없이 산천을 파괴하고, 정치가들이 경제성장률 높였다고 흰소리를 치는 것이다.

이 일을 어찌 이성적인 태도라 할 수 있을까. 하지만, 국가가 언제 이성적인 선택을 한 적이 있었던가 싶기는 하다. 오랫동안 여기 버티고 있었던 이 나라 산하에 면목 없다. 이곳의 산하는 왜 하필이면 이런 사람들을 품고 키웠을까.

4. 로드 킬

길바닥에서 참 많은 동물들이 죽어가고 있다. 이른바 로드 킬(road kill)이다.

지난해, 국정감사 때 건설교통위의 한 국회의원이 발표한 자료가 보인다. 자료에 의하면, '지난 1998년 이후 올 9월까지 로드 킬을 당한 야생동물은 모두 3961마리인데, 1998년 105마리, 1999년 158마리, 2000년 254마리, 2001년 429마리, 2002년

577마리, 2003년 940마리, 금년 9월 현재 1498마리 등으로 해마다 급증하고 있다'고 했다. 1998년 이후 로드 킬 당한 동물 중 고라니가 1495마리로 가장 많았으며, 이어 너구리 1462마리, 노루 305마리, 토끼 258마리 등이라고 그 자료는 밝히고 있었다.

그나마 이 땅에 생존하고 있는 얼마 안 되는 야생동물들이 천적에 의해서가 아니라 자동차 문명에 의해 이렇듯 죽어가고 있었다. 아연할 노릇이다. 그것도 해가 갈수록 그 수효가 늘어나고 있다.

길을 가다보면, 육신이 으깨지고, 뇌수가 흘러내리고, 창자가 터지고, 가죽에 바퀴 자국이 찍힌 야생동물들을 어렵잖게 만날 수 있다. 외면하는 것으로 사람들은 그 현장을 피하지만, 야생동물을 친 사람이 몰던 자동차는 그때 그 감각을 기억하고 있을 것이다. 하지만, 그 감각의 기억은 좋은 방향으로 사람들을 선회시키지 못한다.

야생동물뿐 아니라 길에서 죽어가는 인명의 손실은 무릇 얼마이던가.

이 나라는 여전히 세계 최고 수준의 윤화(輪禍) 기록을 보유하고 있는 것으로 알고 있다. 근래 다소 줄어들었다지만, 자동차 문명으로 인해 너무나 많은 사람들이 비극의 주인공이 된다. 지지난해 말 통계로 이 작은 나라의 자동차 보유 대수는 1460만 대, 승용차만 해도 일찍이 1000만 대를 돌파했다. 가히 눈부신 자동차 생산국에 세계적인 자동차 보유량이 아닐 수 없다. 하지

　　자동차가 만들어지고 길이 넓어지고 더 좋은 길들이 자꾸만
만들어지면서 로드 킬은 늘어나고 있다. 옛날 어스름 녘에 나그네가
해 떨어지기 전에 주막을 찾던 시절에는 동물들이 차에 치여 온몸이
찢어지고 부서져서 걸레짝처럼 죽어나가 자빠질 일은 없었다.
로드 킬은 인간에 의해 일상적으로 벌어지는 대규모 살상이다.
얼마나 많은 동물들이 차에 치여 죽는지 정확한 통계도 없고,
그들을 덜 죽이려는 노력을 안 하는 것은 아니지만, 그 실효는
턱없이 낮다. 다행히 툇골은 외길이라 과속하기가 어렵고,
일부 정신 나간 사람들이 속도를 높이지만 다행히 아직은 청솔모나
두더지, 고라니, 들고양이 들이 적절하게 알아서 피하고 있다.

만 대가도 엄청나다. 1960년부터 1999년까지 40년 동안 윤화로 목숨을 잃은 사람은 40만 명, 그리고 600만 명이 중경상을 입었다. 대기오염, 토지와 생태계 파괴, 인간관계의 단절 등은 값으로 헤아릴 수 없는 손실을 야기했다.

그런데도 세상은 근본적인 질문을 하지 않는다. 다른 사람에게는 일어나도 내게는 그 비극적 참화가 안 일어난다고 생각한다. 가히 어리석음의 극치가 아닐 수 없다. 여전히 자동차는 아무런 질문 없이 광적으로 사랑을 받는다. 이런 기막힌 자가당착과 비이성적 태도는 따로 없을 것이다.

생각 같아서는 그렇다. 만약 자신이 몰고 가던 차가 누군가 다른 생명체를 치었다면, 그 순간의 감각이 '마음의 근육'에 아로새겨질 것만 같다. 그토록 많은 사람들이 자동차에 의해 목숨을 잃거나 다른 생명체의 목숨을 앗아가며 살고 있는데도, 세상은 왜 다른 선택을 하려고 하지 않을까. 자동차 문제는 단지 에너지 효율에만 국한되는 문제일까. 자동차 문제는 단지 대기오염의 문제만일까.

자동차 문명은 인간성의 황폐와 관계된다. 왜 자동차 문명은 이토록 당연시되어야 할까.

길에서 너무나 많은 일들이 일어나고 있는 것만은 분명하다. 대개, 죽임의 일들이다.

5. 난행(亂行)은 안 된다

일설에 의하면 조선 후기 문신인 이양연의 것이라고도 하지만, 서산대사의 것으로 더 널리 알려져 있는 길에 관한 시가 있다.

> 답설야중거(踏雪野中去) 눈 덮인 들판을 걸어갈 때
> 불수호란행(不須胡亂行) 어지러이 가지 마라
> 금일아행적(今日我行蹟) 오늘 나의 발자취는
> 수작후인정(遂作後人程) 후인들의 길잡이가 될지니

지금 우리가 걷는 길이 눈 덮인 깨끗한 들판은 분명 아니다. 깨끗한 들판이기는커녕 걸레처럼 만신창이가 다 된 타락한 물신(物神)의 들판, 그리하여 회복 불가능할 지경으로 오염된 들판이 아니겠는가. 산하가 그렇고, 정신의 들판이 그렇다. 설사 그렇더라도 난행(亂行)은 안 된다. 이럴 때일수록 단정하게 한 걸음, 한 걸음, 길이 아니면 가지 말아야 한다.

딱히 후인들의 발자취 때문에서만은 아니다. 난행은 옳지 않기 때문이다. 모델은 많다. 게바라가 간 길도 있고, 스콧 니어링이 간 길도 있고, 백범이 간 길도, 남명 조식이 간 길도 있다.

'송곳이 살갗에 꽂혀서야 알아채는 것은 둔한 말이다. 날쌘 말은 채찍 그림자만 보고도 내달린다.' 이 말은 불가(佛家)의 말씀이다.

환경문제를 고민한다는 것은 둔한 말이 될 수는 없다는 책임의식과 다름없다.

가끔 자전거를 탄다. 자전거를 타면 특별한 기분이 든다.
생각할수록 자전거는 신기한 물건이다. 페달을 밟으면
없던 바람이 생기고, 그 순간에는 어제 저지른 잘못에 대한
반성도 않고, 용서해야 할 인간들의 이름도 얼굴도 생각나지
않으니 얼마나 상쾌하고 마음 편한 시간인가.

새끼 거위 다섯 마리가 툇골에서 태어났다. 거위알을 품은 것은 제 어미가 아니라 암탉 무꽁지였다. '무꽁지'는 장닭이 하도 때 없이 올라타서 쪼는 바람에 꽁지 털이 다 사라져버려서 붙여진 이름이다. 장닭이 다른 암탉들에게 한눈파는 사이 무꽁지가 장난 삼아 거위알을 품었다. 에미 거위들은 가만히 지켜만 보았다. 마침내 새끼들이 세상에 나왔다. 얼마나 눈부시고 아름답던지 볼 때마다 환호가 터져 나왔다.

이 모습은 아기 거위들이 태어나서 처음 마시는 물이었다. 아기 거위들은 "세상에 태어나보니 햇살도 좋고 물맛도 좋다"고 이야기하는 것 같다.

아기 거위들은 한동안 암탉 무꽁지가 자기 엄마인 줄 알고 졸졸 따라다니다가 조금 더 크자 알만 내지르고 품지도 않은 에미 거위에게 가버렸다. 단지 같은 종이라는 이유 때문에. 죽어라 하고 알을 품어 세상에 자신들을 내놓은 무꽁지를 거들떠보지도 않고 버렸다. 무꽁지는 아기 거위들의 배신으로 인한 슬픔 때문에 얼마 후 세상을 떠났다. 우리는 깊은 슬픔 속에서 무꽁지의 장례를 정중하게 치러주었다.

조선 후기의 실학자 이덕무(李德懋)가 스스로 붙인 별명은 '간서치(看書痴)'였다. 간서치는 '책에 미친 사람'이라는 뜻이다. 나 또한 어쩌다가 책 읽는 사람이 되었는데, 간서치에 가깝다. 하지만 후회는 없다. 내가 혹시 자서전을 쓴다면 "툇골 골짜기에 책에 미친 바보 맹꽁이가 있다"로 시작하면 된다.

툇골 연구소에 놀러 오는 사람들이 간혹 "몇 권이나 되나요?"라고 물으면 대답하기 곤란했는데, 어느 날 3만 권의 서재 구경을 한 적이 있다는 사람이 놀러 와서 "와, 그 집보다 많겠는데요!"라고 하는 바람에 대략 그 정도로 대답을 해치운다. 손님 중 열에 일곱은 "이거 다 읽었나요?"라고 묻곤 하는데, 그럴 때 대답하려고 마련해둔 멋진 말이 있었는데, 까먹었다.

책을 좋아하는 사람이 되지 않았더라면, 나는 아마 '다른 사람'으로 살고 있을 것이다. 나는 책을 좋아하는 '지금 이 사람'으로 살고 있는 게 좋다.

여름

ㅅ

개
울
에
빠
진
거
위

버려진
것들의
생명력*

아파트 빈터에 잘려 버려진 버드나무를 "옳다구나" 하고 시골의
연구소 지소에 실어나른 때는 지난겨울이었다. 땔감으로 쓰기
위해서였다. 껍질은 대기오염 탓이었는지 거무튀튀했는데, 유
난히 무거웠다. 도끼질을 해 난로에 집어넣었더니 당연한 일이

* 이 글은 《고등학교 문학》(좋은책신사고 발행, 2013년 검정) 교과서에 실린
  글입니다.

지만, 잘 타지 않았다. 방금 잘린 나무라 수관에 물이 잔뜩 차 있었던 것이다. 그래서 창고 뒤쪽에 아무렇게나 던져놓고 마른 나무를 먼저 태우는 것으로 골짜기의 겨울을 났다. 그리고 봄이 왔고, 이내 초여름으로 접어들었다.

그런데 지난주, 우연히 창고 뒤쪽의 목재를 정리하다가 보았는데, 놀라워라, 잘린 버드나무 몸통에서 싹이 돋아나고 줄기가 뻗어 있었다. 제법 무성했다. 토막 난 버드나무는 외진 데서 살려고 기를 쓰고 있었던 것이다. 도마뱀 꼬리가 눈앞에서 쑥쑥 자란다 한들 이보다 놀랐을까. 나무토막은 "비록 영문 없이 뿌리는 잃었지만 나, 결단코 죽지 않았다오"라고 조용히 외치고 있는 듯했다. 그런 외침보다, 푸르디푸른 잎을 어떻게 하면 햇살을 더 많이 받아 뻗칠 것인가, 오로지 내 할 일은 그뿐이라는 자세였다.

잘 말려서 겨울에 땔감으로 쓰리라는 생각은 그 순간 사라져버렸고, 악착같이 살겠다는 녀석들을 어떻게 하면 살릴 수 있을까, 거기 몰두하게 되었다. 동강 난 몸체만 남았지만 싱싱하게 푸른 잎을 밀어올린 버드나무의 생명력은 식물에게도 혼이 있다면, 그것은 결단코 하급의 층위가 아니라는 것을 웅변하고 있었다. 잎이 특히 무성한 것들만 네 토막을 골라 마당 복판의 작은 우물에 일단 담가두었다.

아파트단지든 길거리에서든 눈에 띄는 대로 주워오는 것은 잘린 버드나무뿐이 아니다. 버린 침대 밑바닥의 널조각도 외면하기에는 너무 아깝다. 개중에는 향이 진동하는 질 좋은 나무도 있다. 깨끗한 자개상도 벌써 다섯 개나 모아뒀다. 큰 밥상도 있고, 개다리소반도 있다. 멀쩡한 책상은 왜 그리도 자주 버리는지 알 수 없다. 선반이나 책장, 고가의 장식장도 적잖다. 튼튼한 의자도 심심찮게 눈에 띈다. 버리는 이유야 소상하게 알 수 없지만 흠집이 났다고, 유행에 뒤떨어졌다고, 산 지 오래되어 싫증이 났거나 촌스럽다고 생각해버리는 모양이다. 버리는 일에 도무지 주저가 없어 보인다. 버려진 물건들의 번듯함과 엄청난 양을 생각하면 몹시 우울해진다. 이렇게 멀쩡한 것들을 이토록 손쉽게 버리고, 새것만 죽자 살자 사들이는 민족은 반드시 망해야 정신 차린다는 혼잣말이 절로 튀어나온다. 적어도 전에는 이렇게 살지 않았던 것 같다.

　망치를 들고, 때로는 드릴을 들고 폐기물 수거하는 사람들이 오기 전에 먼저 물건들을 해체한다. 수거하는 사람들은 아무리 번듯한 물건이라도 가차 없이 빠루(노루발장도리)로 요절 내고 해머로 박살을 내서 신속하게 부피를 줄인 뒤, 차에 싣는다. 차에 실리는 순간 그것들은 '되살려 쓸 여지가 있는 자원'이 아니라 쓰레기가 되어버린다.

　내가 주로 눈독을 들이고 반가워하는 것들은 버려진 목재들이다. 플라스틱 가구들은 그 고형성 때문에 변형도, 재활용도 힘들다. 태워도 안 되고, 묻어도 곤란한 버려진 플라스틱이 갈 길을 생각하면 참으로 심란해진다. 하지만 목재들은 조금만 손을 보면 그럴듯한 '다른 물건'이 될 수 있다.

우리는 너무 많이 버리고 산다. 버리는 곳이 바로
우리가 사는 곳이다. 그것들이 모두 고스란히 우리에게
되돌아온다. 버려지는 것들에 생각이 미치면 슬퍼진다.
아파트에 살 때였는데, 버드나무가 잘려 있었다. 땔감으로
사용하려고 차에 싣고 툇골로 가져왔다. 며칠 후에 봤더니
새 가지가 움트고 있었고 거기 달린 녹색 잎사귀가 너무나
아름다웠다. 물에 담갔더니 잎사귀들은 더욱 무성해졌다.
"나는 살 수 있어요"라고 말하는 것 같았다.

물건들이 시골의 앞마당에 자꾸 쌓이자 내 작업도 톱과 망치, 드라이버만으로 부족해 제대로 된 공구들이 조금씩 갖춰지기 시작했다. 드릴과 전기톱, 그라인더 등이 그것이다. 잘라낸 송판과 대패질을 새로 한 각목들이 설계대로 조립되면 세상에 하나밖에 없는 누더기 탁자가 탄생한다. 잠깐 뚝딱거리면 의자도 생긴다. 널찍한 개집도 만들었다. 균형을 맞추느라 자꾸 덧대다 보니 내 작품들은 좀 무거운 게 흠이다. 그렇지만 내 조악한 목공 작품들을 친구들은 아주 좋아한다. 이 엉터리 무면허 목공에게 주문이 들어오기 시작했다. 독서대도, 앉은뱅이 탁자도 주문받았다. 주문에 고무된 나는 주워온 나무들로 뭐든 만들 수 있을 것 같은 행복한 착각에 빠지기도 한다. 그뿐인가. 딸애 키에 맞춰 화장대도 만들어주었다. 딸애는 결혼할 때 갖고 가겠다고 기뻐했다. 그러고 보니 어렸을 때, 아버지가 마당에서 썰매도 만들어주셨고, 병정놀이 때 쓸 멋진 나무칼도 깎아주셨던 기억이 난다. 지금도 내 책상 위의 작은 책꽂이 하나는 돌아가신 아버님이 만들어주신 것이다.

　사람들이 어느 날 느닷없이 도시로 몰리고 손끝 하나 까딱 않고 뭐든 쉽게 사들이면서 타고난 손의 기능은 퇴화하기 시작했다. 사소한 것들을 손수 만드는, 바꿀 수 없는 기쁨도 사라져버렸다. 오래 쓰고, 고쳐 쓰고, 다시 쓰는 일보다는 새것을 사는 게 더 멋진 삶이라고 광고는 쉴 새 없이 부추겼고, 사람들은 그 거짓말에 쉽게 굴복했다. 유한한 자연 자원과 그것들이 사람한

살겠다는 의지를 강력하게 보인 버드나무를
어느 날 땅에 심었다. 나무에게 말했다. "네가 살겠다고
했으니 살아나거라. 그게 네가 할 일이다"라고.
그리고 잊어버리고 있다가 한참 후에 봤더니 정말
버드나무가 살아났다. 버드나무는 이태쯤 후 전봇대보다
더 높이 자랐다. 〈버려진 것들의 생명력〉이라는
이 글의 제목은 버드나무가 지은 셈이다

테 오기까지 걸린 시간에 모두들 무감각해져버렸다. 이런 무신경과 난폭한 낭비는 정말 벌받을 짓이 아닐 수 없다. 쓰레기가 어디로 가는지 아무도 신경 쓰지 않는다. 고작 태우거나 묻어버리는데, 묻어도 능사가 아니지만 태우면 더욱이나 안 되는 것들을 너무 많이 만든다. 이른바, '불필요한 생산'이다. 하지만 자본주의는 불필요한 생산이라도 돈이 된다면 추호의 망설임도 없다. 이렇게 과감한 소비생활은 외양이 아무리 화려해도 문명이라는 이름의 야만과 어리석음의 극치가 아닐 수 없다. 어찌 생각하면, 모두들 허무주의자들 같기도 하다.

"지구라는 우주선에는 승객은 없다. 모두 승무원일 뿐이다"라고 말한 이는 맥루한이었다. 이 행성에 대한 최소한의 책임은 커녕, 시방 우리는 오만한 승객인 양 착각의 삶을 살고 있다. 물에 담가둔 버드나무 토막을 보고 사람들이 "어쩌면 살겠네!"라고 한마디씩 건넨다. 나무는 아마 자신을 두고 한 소리라 알아듣지 않겠나 싶다. 살든 못 살든, 물이 좀 올랐다 싶으면 대문 옆에 심을 생각이다.

모든 아파트에서 지금도 그러고 있겠지만,
내가 보기에는 멀쩡한 것들을 너무 많이 버리고 있다.
나는 조금이라도 멀쩡한 구석이 있는 것들은 개미처럼
부지런히 주워 툇골로 실어날랐다. 그리고 어떤 것은 의자로
만들고, 어떤 것은 탁자로 만들었다. 손님이 오면 내가 만든
조악한 물건들을 선물하기도 했다. 당시에 나는 내가 주워온
것들로 만들지 못할 물건은 없다고 자만할 정도였다.

내 등판은
거위 놀이터다

뱀

8월 하순이면, 이제 거위와 같이 산 지 3개월쯤 된다. '겨우' 3개월 되었다고 말해야 겸손한 사람으로 간주될 것 같다. 널리 알려진 비교행동학자 콘라트 로렌츠는 야생거위와 1년을 살았다고 한다. 그 정도 시간을 보낸 뒤에야 동물과 같이 사는 문제에 관해 설(說)을 풀 때, '관찰의 의미'와 그때 요구되는 덕목으로서

'인내심'을 말할 수 있을 것이다. 나는 다행히 비교행동학자가 아니다. 아무것도 아니기 때문에 누리는 자유가 적잖다.

내가 거위와 동거하게 된 것은 순전히 여름날 시골 연구소 땅에 출몰하는 뱀 때문이었다. 큰길에서 벗어나 골짜기에 들어앉아 있는 연구소는 한쪽으로는 산을 끼고 있고, 대문 바깥으로는 개울에 연해 있어서 뱀이 나타나지 않으면 되레 이상한 곳이다. 낫으로 베어내고, 하염없이 뽑아도 여름철 풀을 이길 장사가 어디 있겠는가. 풀이 무성하니 당연히 뱀이 있을 수밖에 없다. 해마다 여름이면 반드시 몇 마리 뱀과 만나곤 했다. 이번 여름에는 연구소 현관 계단에서 한 마리, 개울가 '민들레길'에서 한 마리, 그리고 개복숭아나무 아래에서 또 한 마리, 모두 세 마리를 만났다. 그중 한 마리는 임신을 했는지 다행히 동작이 느려 집게로 집어 멀리 대문 바깥 개울가 숲에 던질 수 있었다. 집게로 집었지만 손에 전달되어오는 감촉이 좋을 수 없었다.

고향 친구는 나무 작대기로 머리통을 후려쳐 없애야 없앤 만큼 뱀이 줄어드는 법이라고 충고했지만, 타고나기를 그런 비위는 못 되었다. 이 동네 뱀들은 구렁이도 아니고 물뱀도 아니고, '꽃뱀'은 더욱 아니다. 눈에 띄었다 하면, 독사다. 몸체가 가느다랗고 거무튀튀하고, 머리가 삼각형인 독사다. 풍기는 기운이 매우 야무지고 사뭇 긴장감을 자아낸다. 사람을 만나면 뱀이 더 놀란다는 말도 있고, 그 말에 십분 공감도 하지만 안 만나면 사실 더 좋은 생물이 바로 뱀이다. 뱀이 보이는 순간 그 일대의 공기 밀도가 달라진다. 언젠가 20년도 전의 일이지만, 속초에서 오징어배를 타고 먼바다로 나갔을 때였다. 동이 튼 지 얼마 안 되었는데, 검고 아주 큰 물고기가 뱃전 옆을 부드럽게 지나친 적이 있었는데, 일순 바다의 공기가 확, 달라지는 느낌을 받은 기억이 있다. 하지만, 실제로는 큰 물고기나 뱀은 가만히 있는데 공연히 사람이 호들갑을 떠는 것일지도 모른다.

지난봄부터 나는 고향 친구들과 뒤늦은 나이에 인터넷 카페를 만들어 놓고 있었다. 뱀 이야기를 카페에 올렸더니만, 정선에 사는 시 쓰는 한 선배가 "거위를 키우면 뱀이 안 나타난다"고 조언했다. 본시 나는 귀가 얇은 데다 그 선배가 직접 거위를 키우고 계신 분이라 그 말을 듣는 순간, 믿었다. 선배는 뱀이 종소리를 싫어한다는 말도 덧붙였다.

거위를 구하는 일보다 종을 구하는 일이 더 쉬워서 나는 일단 철물점에서 작은 종을 얼른 구했고, 있던 풍경(風磬)도 그 이음새를 다시 살핀 뒤 밤에 마당에라도 나갈라치면 소학교의 소사아저씨처럼 때 없이 흔들어대곤 했다. 그러면서도 "거위를 구해야지, 거위와 함께 살아야지", 다짐하기 시작했다.

거위집

거위를 키우기로 작심한 뒤, 내가 처음 한 일은 거위집을 짓는

뱀이 종소리를 싫어한다는 소리를 듣고 종을 구했다.
뱀은 도처에서 나타났다. 집 앞에서, 마당에서,
민들레길에서 뱀을 만나는 일은 일상이었다.
종을 구했고, 밤에 집 밖에 나갈 때에는 반드시 종을
흔들었다. 이 사진의 종은 툇골에 있는 여러 종 중
하나인데, 밤에 흔들면 아름다운 소리가 울렸다.

일이었다. 마당 끄트머리 개울가 미루나무와 뽕나무 사이에 마침 삼각형의 땅이 보였다. 대충 머릿속으로 설계를 마친 뒤, 철물점으로 갔다. 면사무소 앞의 '왕성철물점' 주인은 자주 들락거리다보니 내게 외상도 준다. 철망과 기둥으로 삼을 파이프 몇 개와 모이를 주면 절로 흘러내리는 거위 밥통을 샀다. 주일의 며칠 동안 연구소를 비우기 때문에 물 문제를 해결하기 위해 비닐호스도 한 10미터쯤 구했다. 서너 평짜리 우리를 먼저 만들고, 그 안에 다시 비바람을 피할 거위집을 지었다. 우리 속의 거위집은 아파트에 버려진 합판과 침대 머리판 따위로 벽면을 만들고, 바닥에는 발판처럼 바닥과 틈이 벌어진 나무판자를 깔았다. 공기도 통하고 오줌똥이 바닥에 떨어지라는 배려였다. 그러고는 거위 의사와는 관계없이 목공소에서 얻어놓았던 변소에 있던 톱밥을 잔뜩 깔아주었다.

거위를 만나기 전에 땀을 뻘뻘 흘리며 거위집부터 짓는 나를 보고 연구소 사람들이 웃었다. 그 웃음은 비웃음 같은 건 절대 아니고, 순서를 잘 밟고 있다는 격려의 웃음이었다.

우리와 그 속의 별채를 짓는 일은 이야깃거리가 못 된다. 누가 지어도 거기에서 거기일 테니까. 다만, 물 문제를 해결하는 게 작은 일이 아니었다. 사람이 없는 동안 녀석들이 마실 물통을 어떻게 설치하는가, 그게 문제였다. 진작부터 마당에 흐르던 우물에 비닐호스를 연결해 우리 속 플라스틱 함지박에 연결하는 수밖에 없었다. 땅을 팠다. 그리고 우물에 떨어지는 물의 수위를

거위집을 지을 때 산야초님의 도움을 받았다. 그분은 내가
할 줄 아는 게 별로 없다는 것을 일찍이 간파하고, 그게 몹시
딱해 보였는지 시간이 날 때마다 툇골에 와서 여러 일들을
해주셨다. 거위집을 지을 때에는 기둥이나 칸막이 등등
여기저기에서 주워온 것을 최대한 사용했고, 꼭 필요한 철망만
면사무소 앞 철물점에서 구입했다. 골짜기를 지나가던 마을
사람들이 거위집을 짓는다고 하니 빙그레 웃었다.

조절해 호스를 연결했고, 마치 어렸을 적에 보았던 지엠시 트럭의 조수들이 휘발유통에 연결된 관에 입을 대고 휘발유를 빨아들이듯이 호스를 입에 물고 물을 빨아들였다. 땅바닥에 엎드려 호스 속의 공기를 흡입하기를 여러 차례, 마침내 마당의 우물과 연결된 시냇물이 거위집 한가운데 파묻은 물통에까지 흘러내리기 시작했다. 플라스틱 물통 윗부분에는 다시 구멍을 뚫어 일정 수위 이상의 물은 다시 개울로 흘러내려가도록 설치했다. 결국 시냇물이 마당으로 들어왔다가 개집 앞과 거위집을 관통해 다시 시내로 흘러내리게 된 셈이다. 대수롭지 않은 장치지만, 나로선 짐승들과 같이 살기 위해 공들여 설계한 장치가 아닐 수 없다.

우리도 지었고, 거위들이 거처하실 집도 지었고, 흐르는 물로 그득 찬 물통도 구비되었다.

이젠 거위만 모셔 오면 된다. 어디를 가야 거위를 만날까.

부화장

그때가 5월 말께였다. 어디로 가야 거위를 구해야 할지 몰라 2주에 걸쳐 '삼칠 화천장'과 '이팔 춘천장'에 가서 거위를 찾았다. 닭전에도 가보았고, 병아리 부화장에도 가보았다. 두 군데 장터를 샅샅이 뒤졌지만 아무도 거위의 소재를 아는 사람이 없었다.

문득, 정선 사는 선배가 한 말이 떠올랐다.

"아무도 거위를 안 키우니 거위가 거의 멸종 상태라는 소리도 있더라구. 구하기가 그리 쉽지는 않을 거야."

화천장터에 먼저 갔는데, 전방이라 그런지 재봉틀을 갖춘 군인용품 문방구는 많이 보였지만 방둑에 새로 만든 장터에도, 신설한 재래시장에도 거위는 없었다. 거위의 소재를 아는 사람도 없었다. 시장통에서 만난 나이 든 이에게 물었다.

"거위라, 가만 있자, 그러고 보니 전에는 더러 보였는데, 요샌 통 안 보이네."

새까맣게 그을린 노인네가 혼잣말처럼 답했다. 그 눈동자가 듣고 보니 중요하고 재미있는 풍경을 하나 잃었다는 듯이 비어 있었다. "전에는 거위가 보였다"고 분명 그가 말했다. 나도 그렇게 말할 수 있다. 내 어렸을 적에도 거위 키우는 집이 있었던 것이다. 그의 텅 비어 있는 눈동자 속에 '거위가 보이던 세월'이 뭉청 빠져버린 것이다. 학교에서 집으로 돌아오는 천주교 옆 골목길에는 도랑이 흘렀고, 탱자나무 담이 쳐진 마당이 넓은 초가가 있었다. 벌써 40년도 전의 일이다. 그 집 마당에서 꽥꽥, 거위가 멀쩡히 공부 잘 하고 집으로 돌아가는 소년을 향해 울어댔던 것이다. 몸체는 소년만 했는데, 그 기세는 아주 사납고 자태는 오만방자하기 짝이 없었다. 개와는 다르게 위협적이었다. 그래서 그 집 앞을 지날 때에는 아주 처치 곤란한 심정이 되어 긴장하곤 했었다. "뭐 저딴 동물이 다 있단 말인가?" 그게 거위에 대한 내 오랜 첫 기억이다.

그러고 보니 교과서에도 거위가 있었다. 한 선비가 도둑으로 누명을 쓰고 갇혔는데, 이튿날 아침 거위 똥에서 선비가 훔친 것으로 짐작되었던 옥구슬이 나와서 누명을 벗고 후한 아침상을 받았다, 뭐 그런 이야기였다. 그 선비가 누구였는지는 까먹었지만, 도덕 교과서로 짐작되는 그 책에 실린 선명한 흑백 컷만은 또렷이 기억된다. 하마터면 배가 갈라질 뻔했던 교과서의 거위는 온순하고 평화롭게 그려져 있었던 것 같다.

거위는 정말 사라져버렸는가. 거위는 간데없고, '황금알을 낳은 거위' 어쩌구 하는 복합상가 전단지의 광고만 남았단 말인가. 그런 말장난을 하면서 한 주를 더 기다렸다가 춘천장에 가서야 확실한 정보를 알게 되었다. 그 정보는 갓 부화한 병아리를 장날에 갖고 온 어떤 할머니가 제공했다. "춘천역 가는 길 굴다리 근처에 부화장이 있어. 어여, 거길 가봐."

그렇지만 부화장은 닫혀 있었다. 문을 두드려 한참 만에 열린 부화장에는 말더듬이 처녀가 우리를 맞이했다. 커다란 보일러 같은 부화기가 여럿 있는 부화장에는 연속적인 모터 소리와 똥냄새로 범벅이 되어 있었다. 강제로 생명을 부화하는 곳이 고상하고 우아한 장소라고 착각하면 큰코다친다. 첫날은 실패하고, 여러 차례 연락을 한 뒤에야 아주 이른 아침, 명랑 만화책의 맘씨 좋은 아저씨처럼 생긴 부화장 주인을 만날 수 있었다. 그는 거위를 진짜 살 사람인지 확인하기 위해 오전 7시 정각에 전화를 하라고 요구했다. 그 시각에 전화를 해야 농장에서 거위를 부화장에 갖다 놓겠다는 것이었다. 오전 7시라면 반(半)시골살이를 하고 있지만 여전히 늦게 잠드는 내게 얼마나 맞추기 힘든 시간인가. 그와 약속한 오전 7시에 전화를 하기 위해 '따르릉 시계'를 구해놓고 잠들었다. 참으로 애타는 노릇이었다. 그러는 도중에 연구소 마당에는 다시 세 번째 뱀이 나타났다.

마침내 6월 초순의 어느 이른 아침, 부화한 지 20일쯤 되었다는 주먹만 한 거위 새끼 두 마리를 만났다. 모가지 털은 다 빠져 있었고, 놀라서 똥질을 해대고 있는 게 도무지 거위 노릇을 못할 것 같은 비참한 꼬락서니였다. 부화장 주인이 라면박스 속에 들어 있는 어린 거위 모가지를 휘어잡고 들었다 놓았다, 얼마나 거칠게 다루는지 보다 못해 부아를 터뜨렸다.

"아저씨, 내 아저씨 모가지를 잡고 한번 휘둘러볼까요? 좋나, 안 좋나!"

그가 달라는 대로 계산을 치른 뒤, 한번 찌푸렸더니 부화장 아저씨가 멋쩍게 씩, 웃었다.

생명을 부화시키는 사람들은 생명을 참 거칠게 다룬다는 것을 그때 알았다. 그들은 거칠게 다뤄야 팔아넘길 '상품'이 튼실하다는 게 손님에게 증명된다고 생각하는 것 같았다.

작명

라면박스에 들어앉아 찍찍거리는 새끼 거위를 차에 싣고 춘천역 굴다리 부화장에서 툇골로 돌아오는 그 뿌듯한 순간을 잊을 수 없다. 어렵게 구한 거위 새끼들이라 우리 연구소 사람들은 한껏 상기되었다. '풀꽃운동'을 창안하신 정상명 선생도 새끼들의 비참한 상태는 염려했지만, 상기된 기분을 감추지 못하셨다. 마침 무슨 이야기 끝에 쓸데없이 철학자들 이야기를 하게 되었다. 그들이 별의별 현란한 헛소리들을 해봤자 "삶에는 답이 없다. 지 혼자 답을 찾는 수밖에 없다", 그런 헛소리를 하게 되었다. 뉘 있어 세상을 구원할 것인가. 극좌파일까, 극우파일까, 중도좌파일까, 중도우파일까? 아니다, 세상의 구원은 먼저 자기구원에서 비롯될 일, 정직하게 혼자 힘으로 헤쳐나가는 수밖에 없다, 어쩌구저쩌구, 할 때였다. 바로 그 순간, 뒷좌석의 라면박스 속에서 "꿕, 꿕!" 하는 소리가 선명하게 들렸다. 아직 어린놈이라 비록 연약했지만, 그것은 병아리 소리와도 오리 소리와도 달랐다. 어리지만 그 목소리는 틀림없이 거위 소리였다. 희한한 일이지만, 그 순간 그 소리가 "맞다, 맞어!" 하는 소리로 들렸다. 그래서 소리를 낸 놈의 이름이 '맞다'가 되었다. 아무 소리도 안 낸 놈은 자연스레 '무답(無答)이'로 작명되었다. 그런 결정적 순간을 신화학자 조지프 캠벨은 '신화적 순간'이라 했던 것 같다. 맞다와 무답이가 이제 우리 남은 시간의 운명이 된 것이다.

각오

거창하게 들릴지 모르지만, 신화적 순간은 또 있었다. 연구소 마당에 맞다와 무답이를 라면박스에서 풀어놓은 뒤, 이미 오래전에 잘 지어놓은 거위집으로 모시던 순간이 그때다. 녀석들이 처음으로 자기 집으로 들어가는 순간은 두 번 되풀이될 수 없는 일이었다. 최초로 딱 한 차례, 자신들을 위해 정성껏 마련해둔 곳으로 입주하는 것이었다. "흐르는 물에 두 번 발을 담글 수 없다"는 말은 유명한 말이지만, 얼마나 부적절하게 자주 쓰이곤 하는가. 거위 새끼들 역시 그 순간에 대해 깊이 이해하고 있는 듯, 아주 긴장된 걸음걸이로 자신들의 거처로 조심조심 입성했다.

애처롭도록 어린 맞다와 무답이를 우리는 우리 바깥에서 오래도록 지켜보았다. 그곳에서 이제 녀석들이 40년, 그들의 평균수명을 채우게 될 일이었다. 부화된 지 20일 만에 그들이 나를 만났는데, 내 나이 이제 쉰둘이니 나는 틀림없이 맞다와 무답이보다 먼저 이 세상에서 사라진다. 내가 사라져버리고도 맞다와 무답이는 별일 없는 한, 세상에 잠시 더 머물게 될 것이다. 그러니 내가 할 일은 나보다 더 오래 세상에 머물 맞다와 무답이를 잘 섬기는 일밖에 없다. 복잡할 것 없다. 내 계산법과 맞다와 무답이를 대하는 자세는 대충 그렇게 정리된다. 내 죽고 난 뒤의 맞다와 무답이는 어찌 될까. 공부자(孔夫子)처럼 말해서 그 일은 나도 모르고 어쩌면 내 능력 밖의 일, 그저 내 살아생전에 맞다와 무답이를 성심껏 돌볼 따름이다. 그들이 연구소 마당에 들어서는 순간, 뱀을 퇴치할지도 모른다는 그들의 효용은 까마득히 잊어버렸다. 단지 그 존재만으로도 이미 그들은 할 일은 다하고 있는 것 같았다.

들고양이

맞다와 무답이가 연구소에 오던 그날 저녁이었다. 꽤 오랫동안 안 보이던 손님이 같이 왔다. 들고양이었다. 연구소 앞은 논이고, 오른쪽은 개울이고, 뒤쪽과 옆은 우거진 산이었는데, 녀석은 늘 산에서 나타나 논둑으로 사라지곤 했다. 밭 가장자리 뽕나무 아래 퇴비를 만드는 음식물쓰레기장 근처를 순찰하는 것이 녀석의 일과였다. 어떤 때에는 대담하게도 현관 앞의 데크에까지 나타나 나의 반응을 살피곤 했다. 나는 잿빛 털로 뒤덮인 그 들고양이가 들판에서 혼자 헤쳐나갈 험하고 가파른 시간을 생각해서 녀석이 나타나면 얼른 먹을 것을 준비해 그에 대한 나의 친밀감과 우정을 맺고 싶은 열망을 전달하려고 애쓰곤 했다. 그런 내 행동 속에는 고양이에 대한 연민보다는 들고양이처럼 민감하고 조심성이 깊은 녀석과 최소한의 우정을 맺고 있다는 허영심을 채우고 싶은 욕망 때문이었는지도 모른다. 두 계절 정도의 시간이 흐르고 나서야 녀석은 내가 준 음식물에 가까이 다가왔다. 그렇지만 경계심을 푼 것은 아니어서 내가 얼마간 거리를 두었을 때에만 음식물만 가로채고 잽싸게 사라지곤 했다. 어쨌거나 고양이는 나와 최소한 적대적인 관계를 맺고 있지는 않았다.

그 정도 관계가 형성된 데에는 나이가 들면서 내게도 조금쯤 생긴 인내심 때문인지도 모른다. 그의 털을 만져본 적은 없지만, 그가 내 존재를 우호적인 존재로 간주하고 있다는 것을 확인한 것만으로도 나는 만족했다. 들고양이와 그 이상의 관계 맺기는 사실 누구라도 힘들 것이다.

그런데 그날따라 녀석은 음식물쓰레기장에 관심이 있는 것이 아니었다. 자꾸만 거위집 울타리를 맴도는 것이었다. 뽕나무 가지에도 훌쩍 올랐다가 다시 미루나무 아래 웅크리고 내 반응을 오래도록 살피기도 했다. 그러곤 내가 앉아 있던 데크 쪽보다 더 오래 응시하는 곳은 이제 막 자신이 살 집에 도착한 맞다와 무답이 쪽이었다.

아아, 그때서야 어린 맞다와 무답이가 고양이에게는 훌륭한 먹잇감이라는 것을 알아챌 수 있었다. 그것을 깨닫는 순간, 고양이와 맺고 있던 옅었으나 그나마 유지되었던 교감은 살벌한 이해관계로 돌변하고 말았다. 내가 평생 같이 살기로 작정한 맞다와 무답이가 녀석에게는 잡아 죽여 뜯어먹을 먹잇감이라니. 세상에 이럴 수는 없다. 나는 벌떡 일어나 현관 안쪽 신발장에 세워져 있던 야구방망이를 집어 들고 거위집으로 뛰쳐나갔다.

"가라, 짜샤. 아무리 들고양이로기서니 어찌 오늘 우리 집에 처음 온 거위 새끼들을 잡아먹으려 드냐? 넌, 참 염치도 없는 자식이구나."

잠을 이룰 수가 없었다.

랜턴 불을 밝히고, 거위집의 울타리를 더 높이는 수밖에 없었다. 삼각형 모양의 땅에서 녀석이 타고 넘을 수 있는 취약한 곳부터 쓰다 남은 철망과 베니어합판을 이용해 울의 높이를 높였다. 그러고 나서도 이튿날 서울에 약속이 있어 일찍 툇골을 떠나야 했건만 잠을 이룰 수가 없었다. 고양이는 그 밤에 서너 차례 이상 기습을 시도했다. 나는 그보다 더 오랜 시간 거위집 근처에서 야구방망이를 들고 맞다와 무답이를 지켰다. 어린 거위 새끼들도 뭔가 수상스러운 살기를 느꼈는지 울타리 한쪽 구석에서 진정을 못했다.

새벽녘, 동이 트자 다시 거위집으로 달려나갔다. 내 방에서 거위집까지의 거리가 그렇게 멀게 느껴질 수가 없었다. 다행히 거위들은 무사했다. 첫날밤을 잘 넘긴 것이다.

고양이는 그 후로도 몇 차례 더 방문했다.

그 시간 동안 맞다와 무답이는 사료를 먹기 시작했고, 고개를 허공으로 뽑아 올리며 물을 마시기 시작했고, 어서 빨리 커서 고양이로부터 스스로를 지키기 위해 애를 쓰는 것 같았다.

들고양이가 자주 나타났다. 나는 녀석하고 친해지려고 했지만,
녀석은 나를 친구로 여기지 않는다는 것을 알게 되었다.
고양이는 내가 애지중지하는 거위 새끼들을 먹잇감으로
생각했다. 어찌 그럴 수가, 싶었지만, 이해가 되는 일이었다.
고양이는 자신이 잡아먹을 수 있는 모든 산 것들을 다 노렸다.
그것을 깨닫자 나는 새끼 거위를 지키는 사람이 되었고,
순식간에 고양이와는 적대관계가 되었다.

춤추는 거위들

맞다와 무답이가 크는 속도는 정말 놀라운 속도였다. 호박이 그렇게 자랄까? 오이가 그렇게 자랄까? 맞다와 무답이는 눈에 띄게 빨리 자랐다. 마치 시간이 그들의 작은 몸체에 바람을 넣고 있는 것 같았다. 몸통도 동그랗게 벌어지기 시작했고, 목은 더 가늘고 길게 늘어났다. 불가사리처럼 퍼진 발도, 여린 부리도 하루가 멀다 하고 튼튼해졌다. 시간을 사용하는 방식이 나와는 달랐다. 더러 땡볕에서 풀을 뽑고, 집수리를 했고, 피할 수 없는 원고를 썼다 하더라도 나는 시간을 낭비하거나 헛되이 죽이고 있었는 데 반해, 맞다와 무답이는 시간을 살과 피를 만드는 일로 채웠다. 몸체를 늘리고 키를 늘리는 데 사용했다.

맞다와 무답이를 만난 지 이제 3개월, 이미 키가 내 무릎을 넘어선 맞다와 무답이는 낮 시간은 연구소 마당에서 논다. 기러기과에 속하는 그들은 둘 사이에 매우 견고한 서열이 있다. 어떤 행동이든 둘 중의 한 놈이 먼저 행하고 다른 놈은 따라 한다. 모이를 먹고 물을 마시고, 우리 바깥으로 나오고, 풀을 뜯어먹고, 개집 근처에서 개를 놀리고, 날개를 편 채 마당에서 춤을 추고, 다시 우리로 돌아가는 일련의 모든 일들이 한 놈이 먼저 행하면 다른 놈이 따라 하는 방식을 택했다. 어떤 동작도 둘이 동시에 하는 일이란 거의 없다. 지독한 위계관계다. 그렇지만 나는 아직 둘이 싸우는 것을 본 적이 없다. 엄격한 위계는 있지만, 질투도

맞다와 무답이는 참 빨리 자랐다. 자고 나면 눈에 띌 만큼
자라 있었다. 들고양이는 순식간에 자기보다 더 자라버린
거위들을 더는 먹잇감으로 볼 수 없게 되었다. 맞다와
무답이는 무슨 행동이든 똑같이 했다. 서로가 서로의 거울
같았다. 수컷인 맞다가 먼저 어떤 행동을 개시하면 무답이는
아무런 의심도 반발도 없이 똑같이 따라 했다.

초조도 경쟁도 독점도 선점도 없다. 다만 먼저 가는 놈과 뒤따르는 놈이 있을 뿐이다. 그래서 한 놈에게는 말할 수 없는 책임감이, 다른 놈에게는 엄청난 신뢰의 능력이 발달되어 있을 것만 같다. 아직도 나는 맞다와 무담이가 헷갈린다. 처음에는 발의 작은 구멍을 보고 구분했는데, 자라며 그 구멍이 메워지면서 지금은 또 헷갈린다. 부리의 색깔로 구분하지만 그것도 불분명하다. 누가 더 희고, 누가 더 눈부신가? 그것도 아니다. 둘 중의 한 놈은 외로운 결단자이고, 다른 한 놈은 충직한 추종자라는 사실, 그것만이 분명하다.

나는 하염없이 거위들을 바라본다. 거위는 사람을 명상하게 만든다. '명상'이라는 말이 무책임하고 정신 나간 사람들에 의해 몰현실적으로 남발되고 오용되는 것 같아서 나는 좀처럼 그 고요하고 격조 높은 말을 입에 담지 않는 편이다. 그렇지만 거위를 바라보는 내 마음은 내용 없는 명상에 잠긴다. 이렇게 신비로운 동물이 있었던가, 싶다.

내가 나타나면 맞다와 무담이는 날개를 편다. 활짝 날개를 펴고 소리를 내지르며 내 주위를 빠르게 뱅뱅 돈다. 반갑다는 뜻이다. 날개를 활짝 펴고 빠르게 원무를 추는 거위를 본 적이 있는가. 그 세찬 나래짓에 내 바짓가랑이가 펄럭일 때 나는 감격에 겨워서 거의 쓰러지고 싶은 심정이 된다. 나를 사심 없이 알아주는 희디흰 털을 가진 눈부신 생명체가 이 세상에 두 마리나 있다는 게 아무리 생각해도 믿어지지 않는다. 폴 발레리는 "부는 바

거위는 한 해에 한 번 대략 열흘에서 보름쯤 알을 선사했다.
첫 알을 만날 때의 황홀함은 잊을 수가 없다. 거위가 알을 낳다니.
알의 크기는 거의 달걀 두 개 크기였다. 무겁고 희고 아름다웠다.
두 손으로 알을 받쳐 들면 저절로 탄성이 터져 나왔다. 그것은 사람의
두 손으로 받쳐 들 수 있는 것들 중에서 최상의 생명체였다. 그 속에
생명이 있다는 것을 생각하면 전율이 일었다. 한동안 거위알을 낳다가
어느 시기가 오면 거위 암컷이 알을 품기 시작한다. 그럴 때면 거위집에
전년도에 준비해뒀던 마른 짚을 깔아주었다. 하지만 거위알에서 새끼
거위가 탄생한 것은 암탉이 품었을 때뿐, 거위들은 여러 이유들로
부화에 늘 실패했다. 거위가 알을 품고, 달빛 속에서 수컷 거위가
바깥에서 암컷을 지키던 그 시간들은 참 아름다운 시간이었다.

람 때문에 살아야겠다"고 노래한 모양인데, 나는 나를 반기는 거위들 때문에 살아야겠다고 시방 다짐하고 있다.

어쩌다 주저앉아 마당의 풀을 뽑을라치면 맞다와 무답이는 내 등 뒤로 살그머니 다가온다. 그러곤 그 신비로운 부리로 내 등판을 쪼기 시작한다. 처음에는 긁듯이, 나중에는 콕콕, 재봉틀 바늘처럼, 더 나중에는 아스팔트를 뚫는 기계처럼 내 등판을 쫀다. 암살을 당할 일이 아니라면 아무짝에도 쓸모없을 것 같았던 내 등판이 이렇게 유용하게 쓰일 줄 오십 평생 정말 몰랐다. 두 놈이 내 등판을 쪼아댈라치면, 처음에는 간지럽고, 나중에는 시원하고, 더 한참 뒤에는 비명을 지를 만큼 따갑고 아프다. 아프지만 나는 참는다. 가히 감미로운 피학증이라 할 만하다. 둘 중 한 놈은 옆구리에 부리를 박고 앞가슴을 내 엉덩이에 밀착시킨다. 말할 수 없이 좋다. 행복이란 어떤 상태일까. 어린 거위의 앞가슴이 내 몸에 부드럽게 밀착된, 그 짧은 순간이 황홀이 아니라면 무엇이란 말인가.

이젠
사람이 아니라
거위를
섬길 때다

'맞다'와 '무답이'가 저희를 처음 만난 때는 지난해 5월 말께였습니다. 맞다와 무답이는 제가 툇골 연구소에서 키우고 있는 거위 이름입니다. 겨울을 처음 났으니 나이로 말하면 이제 두 살이지요. 주변에 닭이나 오리를 키우는 사람은 많아도 거위를 키우는 사람들이 없어서 맞다와 무답이를 만나는 일이 쉽지는 않았지요. 간신히 한 부화장에 거위가 있다는 소리를 듣고, 여러 차례 약속 끝에 부화장에 찾아갔습니다. 어렵게 구했다는 이야기입니다. 갓 부화된 주먹만 한 놈들을 싣고 툇골로 돌아오는데, 이놈들이 찍찍거리며 사람들 대화에 끼어들었습니다.

그때, 저희 연구소의 정선생님과 저는 아마도 지구온난화에 대해 이야기하고 있었을 겁니다. 제대로 정신이 박힌 누군들 그렇지 않겠는가만, 저희들은 환경 쪽의 일을 하는 사람인지라 하루에도 몇 차례 지구온난화에 대해 이야기하게 됩니다. 다른 이야기를 하다가도 이야기 끝자락에는 그쪽으로 화제가 모아지곤 합니다.

"이런 식으로 계속 살겠다고 한다면, 아마 10년, 20년 안에 큰일이 날 거예요."

제가 말했습니다. 아마 텔레비전에 나오는 화려한 아파트 광고 이야기를 하면서 그런 말을 했는지도 모릅니다.

"큰일은 진즉에 시작됐지요. 이미 기후 체계가 흔들리기 시작했고, 전 잘 모르지만 북극의 얼음만 해도 그렇다고 하지요. 녹기 시작한 빙하를 인간의 힘으로 녹지 않도록 멈추게 할 재간은 없다고 그래요."

정선생이 말했습니다.

할 말이 없었습니다. 이미 녹기 시작한 빙하를 어떻게 무슨 재주로 막을까요. 얼마 전 신문을 보니, 대기 중의 이산화탄소를 포집해서 고체로 만들어 땅속 깊이 묻어버리는 기술을 개발 중이라 그러던데, 참으로 한심한 발상이 아닐 수 없지요. 물론 그런 노력이라도 하는 게 아무 노력도 않는 것보다야 낫겠지만, 그것은 문제를 해결하려는 올바른 접근법이 아니지요. 과학과 기술에 대한 지나친 맹신과 편리하게 잘 살겠다는 욕망이 지구를 이 지경으로 만들었는데, 문제 해결을 위해서도 그 방법이 만능인 양 달려드니 그보다 어리석은 생각이 어디 있을까요. 그런 태도는 또한 '지금 이대로' 살면서 배출되는 쓰레기와 오염 총량을 해결하겠다는 이야기이니까요. 삶을 바꿔야 한다는 이야기는 어디에서도 잘 안 들리는 것 같아 참 안타깝지요.

바로 그때였습니다. 라면박스 속에 있던 거위들 중 한 놈이 "궤궥!", 하고 울었습니다. 그때 그 울음소리가 마치 "맞다, 맞아요"처럼 들렸습니다. 너무나 놀라, 한바탕 웃은 뒤, 저희의 어두운 이야기에 곧바로 동조한 놈의 이름이 '맞다'가 되었습니다. 한 놈은 아무런 대답을 안 했기 때문에 '무답(無答)이'로 쉽게 결정되었습니다.

맞다와 무답이가 오기 전에 저는 저희 연구소에서는 거위 집을 이미 마련해놓았던 터였습니다. 그놈들이 마당에서 자기 집으로 처음 들어가던 순간을 잊을 수 없습니다. 그런 순간은 억만 겁 중에서도 딱 한 번밖에 허락되지 않지요. 모든 순간이 그렇겠지만, 어떤 생명체가 사람을 만나 사람이 지어준 자기 집으로 처음 들어가는 순간은 '결정적 순간'이라 할 만하지요. 툇골 연구소는 저희가 '풀꽃세상'이라는 환경단체를 창립해 새나 돌멩이, 풀이나 지렁이, 자전거 등에게 풀꽃상을 드리는 방식으로 4년여 환경운동을 하다가 단체를 회원에게 넘겨준 뒤, 강원도 시골에 자리 잡은 공간입니다. '툇골(退谷)'이라는 지명은 조선시대 어떤 선비가 들어왔다가, 너무 외져 살기 힘들어 나갔다고 해서 붙여진 이름인 모양입니다. 그러니 수천 명의 회원들과 부대끼며 수년간 밤잠 안 자고 시민운동 하던 저희들이 앞날의 시간은 시골에서 보내자고 작정한 곳의 지명 유래로는 안성맞춤이었습니다.

맞다와 무답이는 처음 두세 달 동안 마치 풍선에 바람이 들어가 부풀어지듯 부쩍부쩍 자랐습니다. 자고 나면 어제보다 부쩍 부풀어져 있었습니다. 하얀 털에는 윤기가 나기 시작했고, 진홍색의 딱딱한 부리와 발도 제 모양을 갖춰갔습니다. 알도 연(年)에 30~40개밖에 안 낳아 경제성이 없고, 고기는 식용으로도 잘 안 쓰니까 키우는 사람이 점점 줄어들어 거의 멸종 직전이라는 이야기도 들립니다. 저희가 거위를 키우기로 작심한 것은 뱀때문이었습니다. 듣기로, 거위를 키우면 뱀이 안 보이게 될 것이라고 해서 평소 귀가 엷은지라 그 말을 선뜻 받아들였던 것입니다. 그런데 거위를 키워 뱀을 쫓으리라는 애당초 목적은 어느새 증발해버렸습니다. 거위가 자라는 모습이 그만큼 귀엽고 놀랍고 신비로웠기 때문입니다.

여름쯤 되니까 놈들이 기회만 있으면 제 등판을 쪼기 시작했습니다. 밥을 주는 이가 저라는 것을 알아챘고, 물을 갈아주는 것도 저라는 것을 알아챘기 때문에 제 등판을 쪼아대는 것은 놈들의 애정표현이었습니다. 저는 참 지극정성으로 거위를 대했습

　거위는 물을 엄청 좋아했습니다. 마침 연구소 옆에 개울이 흐르고 있었고,
그 물을 일찍부터 마당에 끌어들였기에 거위는 물을 좋아하는 천성대로 살 수
있었습니다. 문제는 겨울이었습니다. 퇫골의 겨울은 영하 30도까지 기온이
내려가기에 겨우내 물통 속 물이 버쩍버쩍 얼었습니다. 나는 거위와 살던
15년여 동안 겨울 아침마다 매일 물통의 얼음을 불에 녹였습니다.
　그러곤 개울의 얼음을 깨서 물을 새로 갈아주었습니다. 하루에 세 번,
어떨 때는 아침저녁 두 번, 얼음을 녹이고 물을 갈아주었지요. 왜 그랬을까?
타고난 게으름뱅이인 나는 아마도 그때 미쳤었나 봅니다.

니다. 돌아가신 부모님을 거위 대하듯 섬겼더라면 진작 효자 소리를 들었을 것입니다. 때 맞춰 먹을 것을 챙겨주었고, 물을 갈아주었고, 열심히 채소나 과일을 썰어주었고, 튼실한 알을 낳으라고 멸치나 계란 껍데기를 갈아주었습니다. 사람이 있을 때에는 늘 마당에 풀어주어 운동도 열심히 시켰지요. 연구소 사람들은 제가 거위에게 너무나 지극정성인 것을 보고 비웃기조차 했습니다. 마당의 개보다 저는 거위를 돌보는 일에 더 집중했습니다. 아마 어린 것들이기 때문에 그랬을 겁니다.

이제 맞다와 무답이가 그들 생애 첫 겨울을 나고 두 번째 여름을 맞이하게 되었습니다. 얼마 전부터는 무답이가 계란 크기의 서너 배 되는 알도 낳기 시작했지요. 이놈들 수명이 40년이라고 합니다. 제 나이가 이제 오십대 초반에서 중반을 향해 가고 있지요. 제가 아무리 아주 착한 마음으로 몸을 잘 추슬러 소문날 만큼 오래 산다고 해도 아흔 살까지 살기는 어려울 것입니다. 그러니 맞다와 무답이는 제가 이 세상을 떠나고 난 뒤에도 지상에 더 남아 있게 될 것입니다. 제가 떠난 뒤에도 세상에 남아 있을 늙은 맞다와 무답이를 생각하면 쓸쓸하다기보다 갑자기 머리통이 선선해지는 게 없던 생기가 나기도 합니다. 그런 셈본을 하다 보면, 지금 여기에 이렇게 멀쩡하게 살아 있다는 것이 놀랍고 신비로운 일이 아닐 수 없습니다.

맞다와 무답이가 수명을 다할 때까지 인간이 저지른 욕망의 죄업으로 인해 이 푸른별에 별일이 없기를 바랄 뿐입니다. 그렇지만 지구의 여러 불길한 변화에 속도가 붙었다는 징후는 도처에서 드러나고 있습니다. 모두들, 참 겸손한 마음으로 다른 삶을 모색해야 할 텐데, 싶습니다.

쥐와 싸우면
못 이긴다

누가 들으면 참으로 부러운 이야기일지도 모르지만, 우리 집 마당에는 거위 두 마리가 산다. 집이 산속에 있기 때문에 겨울 한철을 빼고는 늘 긴장해야 한다. 뱀 때문이다. 뱀은 어떻게 해볼 재간이 없다. 한 해를 나자면 뱀을 보통 예닐곱 마리 정도 만나곤 한다. 뱀이 야기하는 공포의 뿌리에 대해서 나는 잘 모른다. 혐오가 수반된 그 공포가 오랜 학습의 결과인지 본능인지 잘 모르겠다. 처치 곤란한 것만은 틀림없다. 물리면 필경 따끔하고 아플 것인데, 아픈 게 문제가 아니라 독이 문제다. 《강원도민일보》에는 여름철에 반드시 밭에서 일하다가 뱀에 물린 농부 이야기가 한두 차례 실리곤 한다. 그 기사의 주인공이 되면 곤란하지 않겠는가.

정선에 사는 오랜 선배 한 분이 뱀 걱정을 하는 내게 권하셨다.

"거위를 키워봐!"

그는 시인이라 긴말을 안 했다. 나는 그가 만약 '진정한 시인'이라면 그 말을 뿌리치지 못하는 습성이 있었다. 그분은 진짜 시인이었다. 나는 군말 않고 선배의 말을 따랐다.

거위와의 동거는 그렇게 시작되었다. 나는 멋도 모르고 거위우리를 지어줬는데, 거위는 우리 속에 갇혀 있는 것을 좋아하지 않는 눈치였다. 놈들이 비록 야생거위는 아니지만, 비좁은 우리에 하루종일 갇혀 있는 것보다 널찍한 마당에서 자유롭게 돌아다니며 살고 싶어 하는 것은 무리한 요구가 아니었다. 우리 문을 확 열어젖혀 주었더니 놈들도 좋아하는 눈치라 나 역시 마음이 편했다. 거위는 풀도 먹고, 먹다 남은 음식찌꺼기도 먹고, 사과껍질 수박껍질도 환장하게 좋아했다. 토마토는 눈알이 튀어나오도록 좋아하는 것 같았다. 그러나 주식은 중병아리 사료와 방앗간에서 사온 쌀겨다.

참 빨리도 자라 거위는 어느덧 내 허리께까지 컸다. 마당에 흰 거위가 기우뚱기우뚱 걸어 다니다가 더러 똥도 찍찍 싸긴 하지만, 가끔씩 고개를 하늘 높이 빼들고 꿱꿱, 소리 지르는 모습을 바라보노라면, 그 순간 속진(俗塵)이 씻겨나간다. 비록 선배의 말씀처럼 거위들이 성공적으로 뱀을 퇴치하지는 못했어도, 그 하얗고 신비로운 생명체들로 인해 내 인생이 아주 풍요로워진 것만은 사실이다.

그래서 거위에 대한 내 사랑을 스스로 단속하지 않았다. 그런데 어느 날부터 내 사랑하는 거위의 밥이 매우 신속하게 사라지기 시작했다. 이를테면 저녁답에 거위 밥통을 가득 채워줬는데, 아침에 일어나보니 깨끗하게 비어 있는 것이다.

"이놈들이 벌써 임신을 했나?" 중얼거리며 다시 거위 밥통에 쌀겨와 사료를 잔뜩 넣어주었다. 밥통은 시내 아파트에서 버린 책상 서랍을 주워온 것이다. 그런데 그 이튿날도 밥통은 아주 깨끗하게 비어 있었다. 아, 이건 참으로 이상한 일이다. 그래도 명색이 거위 주인이라, 거위의 평소 먹는 양을 잘 아는지라, 연속적으로 밥통이 비워진 일이 예삿일이 아니라는 것을 이내 느낄 수 있었다.

그 궁금증은 이내 풀렸다. 들쥐들이 내 사랑하는 거위의 밥을 훔쳐먹는 것이었다.

'괘씸한 놈들 같으니라구! 아무리 내가 음식물 쓰레기를 많이 내놓지 못하고, 들판에 먹을 게 별로 없기로서니, 남의 거위 밥을 빼앗아먹다니!' 다른 동물들도 그렇겠지만 인간은 문제를 발견하면 본능적으로 해결하려는 버릇이 있는지라, 나는 이 사태를 해결하기 위해 잠시 머리통 속의 전두엽을 사용했다. 살상은 내 천성이 아닌지라, 쥐약이나 덫을 놓아 잡는 일은 왠지 문제를 평화적으로 해결하는 것이 아닌 것만 같았다. 결국 거위 밥으로부터 들쥐를 분리시키는 방향으로 해결의 실마리를 찾았다. 그리하여 채택된 내 묘책은 거위 밥통을 허공에 높이 매다는 것이었다.

서랍을 허공에 매달자니, 밥통의 구조도 다소 변형해야 했다. 나는 비록 솜씨는 없지만 망치질과 못질, 톱질을 좋아하는지라, 밥통의 한 면을 제거하고 다른 세 면보다 낮게 턱을 만들었다. 그래야 거위 부리가 쉽게 밥통 안의 먹이에 닿을 수 있기 때문이었다. 허공에 밥통을 매다는 문제는 마치 어린 가로수를 보호하기 위해 지방자치단체에서 둘레에 각목을 세워주듯이 그런 방식을 택했다. 그래서 나중에는 밥통이 마치 그네에 매달린 형국이 되었다. 지상에서 떨어진 밥통의 높이는 바로 길쭉한 거위 모가지의 7할 정도 위치로 잡았다. 그러고는 그 보람찬 작업을 마친 만족스러운 얼굴로 허공에서 흔들리는 밥통을 내려다보았다.

하지만 나는 바보였다. 나는 내가 대단히 뛰어난 사람은 아니지만, 최소한 거리에서 흔히 만나는 내 이웃 정도의 평균적인 상식인은 되리라 믿고 있었다. 그러나 나는 쥐에 대해 매우 무지했고, 심지어 쥐들의 능력에 대해 오해하고 있었다는 것을 알게 되었다.

밥통을 허공에 매달고 난 뒤에도 여전히 멍청한 거위들은 쥐들에게 밥을 빼앗기고 있었다. 거위는 얼마나 아량이 넘치고 자애심이 깊은 생물인지, 자기 밥이 상시적으로 약탈당하는데도 속수무책, 쥐들과 일전(一戰)을 벌여 쫓기는커녕 뱀한테 무심하듯이 그 사태에 대해 마냥 무심했다. 하지만 농협구판장에서 피 같은 돈으로 사료를 사오고 방앗간에서 무거운 쌀겨를 구해 세심하게 잘 섞어 밥을 주는 주인의 입장은 그리 태평하게 이 약삭빠르고 탐욕적인 약탈자들을 좌시하거나 간과할 수 없었다.

궁리 끝에 나는 밥통의 위치를 조금 더 높였다. 이번에는 밥통의 위치를 거위 모가지의 8할 정도로 잡았다.

그러나 그다음 날 이른 새벽에도 나는 밥통을 향해 아주 가볍게 점프해 뛰어오르는 쥐들을 목도하고야 말았다. 나는 낭패감과 함께 내 지혜가 묵사발이 된 데 대한 수치감과 억누르기 곤란한 분노로 몸을 떨었다. 내 비록 싸움과 살상을 별로 좋아하지는 않지만, 이놈들을 기어이 응징해 내 마당에서 퇴각시키고야 말리라, 굳게 다짐했다. 인간과 쥐의 대결이 불가피해진 마당이라, 그 순간 나는 모든 인간을 대신해 인간의 자존심을 곧추세우기 위해서라도 이 싸움에서 반드시 이겨야겠다고 결의를 다졌다.

흔히 쥐들은 놈들이 출현하는 상황과 무엇이든 닥치는 대로 갉아먹는 타고난 파괴의 습성, 그리고 유럽 인구의 3분의 1을 죽음으로 내몬 흑사(黑死)의 중세 때 떨친 끔찍한 악명으로 인해 '자연의 조직폭력배' 혹은 '동식물을 유린하는 연쇄살인범'이라는 명성까지 획득해 '공공의 적'이라고 단죄되고 있었다. 거기까

쥐는 쥐대로 살고, 거위는 거위대로 살고, 나는 나대로 살면 딱 좋을
일이었지만 쥐는 평화공존보다는 공것을 더 탐내는 후안무치의
족속이었다. 거위가 먹을 싸래기를 쥐가 약탈했던 것이다. 딴에는
머리를 쓴다고 거위 밥통을 철사에 매달아 거위 모가지 높이만큼 허공에
올렸지만, 쥐들은 점프를 해서 쌀알을 훔쳐먹었다. 마을의 후배는 자루에
무시무시한 덫을 담아왔지만, 인두겁을 쓰고 잔혹하게도 덫을 사용할
수는 없는 일이라 돌려보냈다. 나는 봉을 들고 피나는 수련을 거친 뒤에
쥐가 나타나면 일격을 가하리라 열심히 무공을 닦았다.

지는 쥐의 역사이고 쥐의 평판이지 내 일이 아니었다. 그런데 이 무슨 기구한 운명의 장난으로 내 고요하고 아름다운 시골 마당에서 이놈들과 피치 못할 한바탕 격전을 치르게 되었단 말인가. 하지만 이 전쟁은 내 탓이 아니라 거위 밥을 선전포고도 없이 무시로 약탈하기 시작한 쥐의 탓이라, 이후에 일어날 불상사에서 내 책임은 거의 없다고 나는 확신했다.

쥐와의 일전을 불사하자면 일단 저 위대한 병법의 천재 손자(孫子)가 말했듯이 지피지기(知彼知己)의 단계를 밟는 수밖에 없었다. 나는 그리 학구적인 사람은 아니지만, 전에 없이 안경알을 정성스레 닦은 뒤 진지한 얼굴로 문헌을 뒤지기 시작했다.

그리하여 쥐는 천지창조 신화에서 현자(賢者)와 같은 영물로 등장했다는 것을 알게 되었다. 천지창조 때 미륵이 해와 달과 별을 정돈했지만, 물과 불의 기원을 몰라 생식(生食)을 할 수밖에 없어서 쥐를 한 마리 잡아 볼기를 치며 "네가 물과 불의 근원을 아느냐?" 하고 물었더니, 쥐가 말하기를 "그걸 가르쳐드리면 내게 뭘 주는데요?"라고 물었다. 미륵이 말하기를 "가르쳐주면 이 세상의 모든 뒤주를 네가 차지하게 해주겠다"고 하자, 쥐가 물과 불의 근원에 대해 '썰'을 풀어주고 뒤주를 차지하기 시작했다. 그러니 인간보다 먼저 출현한 쥐가 후에 출현한 인간이 애써 농사지어 모아놓은 뒤주의 곡식을 선점하게 된 연유는 쥐에게 있다기보다 미륵에게 있다는 이야기였다. 할 말이 없는 쥐의 권리였다.

"쥐띠 해에 태어난 이들이 잘산다"는 속설은 쥐들의 근면성이 추장(抽獎)된 데에서 유래했고, 쥐들의 말리지 못할 다산(多産) 능력은 그 놀라운 성공률로 인해 저 훼손할 수 없는 12지신(支神)의 위치에까지 오르게 된 배경이기도 하다. 다이옥신이나 중금속 등 만연해 있는 환경호르몬으로 인해 젊은 사내들의 정충 수가 급격히 감소된 탓도 있지만, 사교육비 부담으로 지레 겁을 먹고 아이를 안 낳으려는 작금의 추세에 쥐의 다산성이 특히 모범적으로 높이 칭송되는 것도 쥐의 입장에서는 경사라 할 만한 일이 아니겠는가 싶다.

역병을 옮기고 곡식을 축내는 악덕을 잠시도 간과해서는 안 되겠지만, 쥐가 인간에게 기여한 업적도 실로 만만치 않다는 것을 새삼 알게 되었다. 실험쥐들이 의학 발전에 살신성인하는 것은 차치하고라도, 쥐가 우리 곁에 살지 않았더라면 속담 사전은 아주 얇아졌을 것이다. 약자의 약삭빠름에 빗대어 탄생한 '얼굴에 생쥐가 오르락내리락한다'는 속담은 그 비유의 절묘함도 그렇지만, 얼마나 시적인가.

쥐가 문학이라는 변변찮은 인간활동의 내용을 기름지고 풍요롭게 한 것도 결코 빠뜨려서는 안 될 것이다. 다산 정약용은 간신과 탐관오리의 수탈을 "백성들은 쥐 등쌀에 나날이 초췌하고 / 기름 마르고 피 말라 뼈마저 말랐다네"(《이노행(狸奴行)》)라고 절규했고, 《아함경(阿含經)》에서는 인간의 일생을 비유하는 유명한 설화를 통해, 쥐를 밧줄을 갉는 '시간'을 상징하는 지위로 등

장시킨다. 독일 하멜른 지방을 무대로 탄생한 《피리 부는 사나이》는 쥐를 동원해 공포의 분위기를 배가한, 얼마나 끔찍한 동화인가. 사내는 자신을 학대하던 마을 사람들에 대한 복수로 마을 어린이들을 몽땅 피리 소리에 맞춰 산속으로 몰려가는 쥐새끼로 변신시키지 않았던가. 하지만 동양의 유쾌한 문사 김성탄(金聖嘆)은 쥐를 그렇게 표독스레 바라보지 않았다.

아무도 없는 텅 빈 방 안에 멍하니 나는 혼자 앉아 있다. 그러자 베갯머리로 쥐가 다가와 점점 성가시게 군다. 도대체 무엇을 하고 있는 것일까. 무엇을 쏠고 있는 것일까. 내 어느 책을 쏠고 있는 것일까. 이렇게 생각하면서 어떻게 하면 좋을지 결단을 내리지 못하고 있는데, 느닷없이 무서운 얼굴을 한 고양이가 무엇을 노리고 있는 듯이 꼬리를 움직이며 눈을 부릅뜨고 가까이 다가온다. 나는 숨을 죽인 채 꼼짝하지 않고 잠시 기다린다. 그러자 쥐는 순식간에 '바삭' 하는 소리를 남겨놓은 채 바람처럼 사라져버린다. 아아, 이 또한 흐뭇한 일이 아니겠는가.

그뿐인가. 우리 땅이 낳은 뛰어난 글쟁이 이규보의 〈주서문(呪鼠文)〉은 아예 쥐를 얼렀다 호통쳤다 다시 달래고, 나중에는 사정하고 애걸복걸하면서 부드럽게 타이른다.

나도 고양이를 기를 줄 몰라서 기르지 않는 것은 아니다. 나는 (네가 고양이에게 사지가 찢겨 먹이가 되는) 그 잔인한 꼴을 보기가 싫어서 기르지 않고 있단다. 내가 그러한 영성스러운 관념이 없었더라면 너희들은 쥐구멍도 찾지 못했을 것이다.

뉴욕의 뒷골목에서 주야장천 쥐만 연구한 로버트 설리번이라는 백인 친구는 "인간이 사는 모든 곳에 쥐들이 산다"고 단언하면서 쥐의 주거지와 인간의 주거지가 완벽하게 겹친다는 내용의 방대한 책을 펴내기도 했다. 세상없이 정력적인 동물애호가라 해도 이 피조물에게만은 좋게 말하지 않는데, 누가 인간에게 그런 자격을 주었느냐고 그는 묻고 있다. 쥐의 해악에 대해서도 그는 관찰하고 연구했지만, 밤이면 사슴의 눈처럼 반짝반짝 빛나는 까만 눈을 가진 이 난공불락의 동물을 그는 사랑했다.

쥐와의 전쟁 기간 동안, 내가 만난 인물 중에는 헨리 데이비드 소로도 있었다.

당신 발밑의 작디작은 곰팡이가 이 세상 어느 것, 또는 다른 어떤 세상의 그 무엇과 비교해서도 달갑지 않은 존재라고 생각한다면, 당신에게서는 희망을 바랄 수 없다.

소로는 놀랍게도 곰팡이에 대해서조차 예의지심을 다해야 한다고 말했다. 나는 쥐에 대해 지나치게 적대적이었던 며칠간의 내 심사와 행적이 다소 부끄러워졌다. 나는 쥐의 의사와는 아랑곳없이 나 혼자 비장한 얼굴로 결론을 내렸다. 쥐하고 싸우지 말아야지, 하고.

그 결심과 함께 나는 아직 사용하지 않은 깨끗한 서랍을 꺼내 거위 밥통 옆에 마치 제삿날 제기(祭器)를 놓는 마음으로 정중하게 설치했다. 그리고 그곳에 쥐와의 공존과 화해를 바라는 마음을 담아 약간의 중병아리 사료와 쌀겨, 그리고 식은 밥을 넣어 주었다.

정자 기둥을 잘라
평상을 만들다

3년 전, 우리 연구소 사람들은 시골의 한 작은 골짜기 구석에 나무로 집을 지었다. 하루라도 빨리 시골에 가서 표 안 나는 일들로 소일하면서 시간을 온통 쓰고 싶은 대로 쓰며 탱자탱자 사는 게 옳다는 것을 알아버렸기 때문이다. 알제리 출신의 농부철학자 피에르 라비가 말했듯이, 텃밭 하나를 제대로 가꾸는 것도 이런 정신 나간 소비사회에 대한 분명하고도 확실한 저항이라는 데에 우리는 동의했다.

건물이 올라설 바닥만 시멘트로 기초를 하고, 나머지 작업은 몽땅 나무로만 했다. 나무라고 해도 이 나라에서 키운 멋지고 비싼 적송이나 떡갈나무를 오래 말린, 그런 고급재가 아니라 먼 나라에서 싸게 수입한 방부목이었다. 벌레가 안 갉고 쉽게 썩지 않도록 하기 위해 포르말린에 적신 나무라니, 사실 인체에 좋은 나무는 아니다. 그렇지만 그 보완책으로 칠을 하니까 '그런가 보다' 하면서 일단 싸고 짓기 쉬운 맛에 돈이 별로 없는 사람들이 많이들 쓰는 모양이다.

연구소 소장인 내가 방부목을 선뜻 택한 이유는 무엇보다 성미가 급해서였다. 좋은 나무를 구해 오래 말리고, 설계도 치밀하게 해서 손수 수년에 걸쳐 농사짓지 않은 진흙이나 그런 친환경적인 소재로 집을 짓는 사람들은 복받은 사람들이다. 우리 연구소 건물은 그렇게 지을 여유가 없었다. 필요하다고 생각되는 시점에, 후닥닥 지어 올려야 했다. 30평 바닥에 내부 2층으로, 1층은 연구소 사람들과 일을 하는 공간으로 삼았고, 2층은 서재로 설계했다. 겉에서 보면 무슨 상자를 엎어놓은 듯한 기이한 구조인데, 사람들이 모두 와보고선 재미있는 설계라고 입을 모았다.

연구소 건물 이야기를 하려는 게 아니다. 마당 한구석의 정자 이야기를 하려고 한다. 길고 끄트머리가 뾰족한 땅 모양을 보고 일찍이 거기가 좋겠다고 생각해, 본체를 올린 뒤 뚝딱 개울가 옆에 목수의 권유에 따라 만들어 세운 정자는 보기에는 매우 그럴싸했는데, 살다보니 3년이 지나도록 단 한 차례도 쓸 일이 없었다. 정자에 이르는 길은 매년 제때 베지 못한 풀에 점령당했고, 정자 아래로는 뱀이 똬리를 틀었다. 거위집을 마침 정자 옆에 신설했는데, 거위라는 놈들은 뱀을 쫓기는커녕 서로 본 척도 안 하며 공존했다. 정자는 결국 거위 밥을 올려놓는 진열대 구실밖에 하지 못했다. 그렇게 정자가 무용(無用)하게 버티고 있는 것을 안타까워하던 어느 날, 나는 정자를 마당 복판의 우물가로 옮기기로 작심했다.

마침 매년 여름 툇골 연구소를 방문하곤 하던 독서회 회원들이 올해에도 모였다. 모두 여름독회에 참석한다면 남정네가 여덟 명쯤은 되었다. 그런데 온다던 남정네 회원 몇이 그만 사정이 생겨 빠지고 말았다. 얼마나 밉던지. 결국 다섯 명의 남자만 툇골 여름독회에 참석했다. 그 다섯 명에게 나는 간곡하게 호소했다. 정자를 옮기자고. 명색이 남자들인데, 그나마 붙어 있는 근육을 이때 안 쓰면 언제 쓸 것이냐고. 근육을 안 쓰고 사는 것은 몸에 죄를 짓는 일이라고. 헬스클럽에 가서 쓸 근육을 이때 좀 쓰자고 호소했다.

일단 다섯 명의 회원이 마지못해 떨떠름한 얼굴로 무용의 위치에 서 있는 정자 주변으로 모였다. 기둥 하나씩 잡고 대충 흔들어보더니 "야, 무겁다! 도저히 우리 다섯으론 안 되겠다. 포기하기 바란다", 그게 회원들의 한결같은 반응이었다. "에잇, 못난 놈들! 해보지도 않고", 그게 내 항변이었는데, 그들은 들은 체도 않고 정자에서 물러섰다. "사람을 불러야 할 거야. 한 열댓 명은 불러야 옮길걸!" 그중 한 친구가 진지한 얼굴로 충고해주었다.

그렇게 정자 옮기기 작전은 실패로 돌아갈 뻔했다. 그런데 일주일쯤 후, 색다른 손님이 툇골 연구소에 왔다. 수년간 사이트에서만 만나온, '산야초'라는 아이디를 쓰는 육십대 초반의 어른과 삼십대 후반의 젊은이가 그들이었다. 산야초님은 마침 다니던 직장에서 퇴직을 하고 어디 가서 오매불망하던 노후를 보낼 땅을 찾을 것인가, 궁리 중이던 이로서 시찰 삼아 툇골에 오신 것이었다. 젊은이는 20년쯤 전에 컴퓨터 조립기사로 우연히 만난 아우 같은 녀석이었다. 어쨌거나 이들이 정자를 옮기자는 내 제안에 표한 반응은 점잖고 교양 있는 독회 회원들과 달랐다. "까짓것, 한번 해보지요, 뭐." 그게 그들의 첫 반응이었다. 나는 깊이 감격했다.

나까지 합쳐 단 세 사람이 가로 220센티미터 세로 230센티미터 넓이에, 무거운 방부목 소재에 재생합판 지붕에 아스팔트 싱글을 더께더께 올려붙인 몇 톤짜리 정자를 옮기는 일은 어불성설이었다. 그렇지만 어디 한번 대들어보자, 그 자세가 나를 감동시켰다.

하지만 역시 역부족이었다. 그렇다고 그냥 물러설 수는 없었다. 선뜻 나선 그들이 너무나 고맙고 감격스러워 나는 정자 기둥을 잘라버리자고 말했다. 무슨 일이든 할 태세가 되어 있는 그들을 실망시킬 수는 없었다. 실제 다섯 명이 모였을 때도 나는

2004년 목수가 처음 집을 지을 때
마당 귀퉁이에 서비스로 만들어준 정자는 그 위치가 안 좋았다.
마당에서 너무 떨어져 있어서 한 번도 가서 놀지 못했다.
어느 날 산야초님과 디풀이 툇골에 왔기에 벼르고 벼르던 정자를
일부 해체해서 마당 복판으로 낸 물웅덩이 옆으로 옮겼다.
그러곤 시장에서 사온 비닐장판을 깔았다. 거위집 짓다 남은
비닐을 잘라서 커튼까지 치고 나니 마당 한복판에 방이 생겼다.
그곳에서 커피도 마시고 차도 마시고 막걸리도 마시고,
읽고 있던 책을 머리에 괴고 낮잠도 잤다.

잘라버리자고 했었다. 그런데도 그들은 손사래를 쳤었다. 어쨌거나 무모한 우리 세 사람은 톱으로 정자의 네 기둥을 잘라버렸다. 기둥을 잘라 육중한 지붕을 성공적으로 내려앉히는 일도 쉬운 일이 아니었다.

기둥을 잘라버리니 정자는 평상이 되었다. 평상이 되어버린 정자를 원하는 위치에 낑낑거리고 옮긴 뒤, 우리는 해체한 지붕의 아스팔트싱글에 박힌 못을 뽑았다. 그리고 잘라버린 기둥을 평상 위에 다시 덧댔다. 비록 쓸모없었지만 목수가 만들었기에 제법 그럴싸하던 정자는 순식간에 누더기 평상이 되어버렸다.

그 '순식간'이 꼬박 하루였다. 비 그친 뒤 잠시 갠 무지막지한 폭염에 옷은 땀으로 비 오듯 젖었고, 어깨는 새까맣게 탔고, 몸은 탈진되었으나 툇골 마당에서 벌어진 그 대역사(大役事)는 장엄하기 이를 데 없었다.

나는 지금 뭔 이야기를 하고 있는가.

1. 책이나 읽는 사람들은 대체로 근육을 쓰려 하지 않는다.

2. 혹시 시골에 집을 짓게 되어 정자까지 즐기려면 정자 위치를 잘 잡아야 한다. 이 세상의 다른 일들도 마찬가지다.

3. 마음의 땀도 좋지만, 같이 '몸의 땀'을 흘린 사람들 사이에는 특별한 우정이 샘솟는다. 이상 끝.

철근이와
구리

'철근이'와 '구리'는 시골에서 내가 키우고 있는 거위 이름이다. 이름을 붙여주기 전에는 날지 못하는 그저 하릴없이 뒤뚱거리는 하얀 새일 뿐이었다. 우리 식문화에서는 고기도 별로고, 겨우 두 마리 거위털로는 아무것도 못 만드는 그저 무용의 집짐승일 뿐이다. 단지 드물다는 것이 이 녀석들의 가치를 조금이라도 드높일까. 그런 것 같지도 않다. 세상을 뒤덮고 있는 능률과 실용의 정신으로 볼라치면 이 녀석들은 무용하다. 그런데도 이 녀석들은 연구소 마당을 정신없이 환하게 만들고, 급기야는 그 장소에 눈부신 광택을 부여해 갑자기 의미 있는 공간으로 변화시키곤 한다. 이를 일러 '무용의 용'이라 하는가, 모르겠다.

부드럽고 연약하면서 민감하기 짝이 없는 거위 두 마리가 철근이와 구리라는 메마르고 견고한 쇠붙이 이름을 가지게 된 데에는 사연이 있다. 그것은 이 녀석들보다 먼저 2년간 같이 살았던 '맞다'와 '무답이' 때문이다. 맞다와 무답이는 두 번씩이나 봄꽃이 피었다 지는 것을 보았고, 여름철마다 털갈이를 했고, 낙엽이 떨어지고 눈이 내리는 것을 같이 봤다. 그러던 어느 늦봄에 수리부엉이로 짐작되는 날짐승에게 습격을 당해 세상을 떠났다. 40년을 산다기에 나보다 더 오래 지상에 남아 있을 줄 알았는데, 겨우 2년간 이 세상에 머물다 갔다. 십장생과 산다 해도 사고는 일어날 것이다.

슬픔을 잊기 위해 얼마 후 다른 거위들을 만났다. 그러곤 어떤 맹금류의 발톱도 파고들지 못하게 쇠붙이 이름을 붙여주었다. 수리부엉이뿐 아니라 멧돼지도, 오소리도, 들고양이의 발톱도 이 애들의 가녀린 몸에 침입하지 못하게 단단하게 '단도리'를 해준 것이다.

이름을 붙여준다는 것은 무엇인가. 이름을 붙여주는 순간, 거위의 일과 나의 일이 무관하지 않게 된다. 내가 부르고, 녀석들이 화답하는 순간, 이 호혜적 관계는 설명할 수 없는 고리에 의해 녀석들과 내가 연결되어 있다는 것을 확인시켜준다.

  내가 만난 첫 거위였던 맞다와 무답이가 어느 날 아침에
  깨어보니 세상을 떠났다. 맞다는 개울 한쪽에 털만 남기고
몸체는 온데간데가 없었다. 무답이는 아무런 상처도 없이 죽어
있었다. 맞다가 기습을 받고 죽은 뒤 깃털이 뽑힐 때, 무답이는
너무나 슬프고 절망적이어서 그 비통함 때문에 스스로 절명한 것
  같았다. 너무나 놀랍고 분하고 슬퍼서 벌어진 입이 다물어지지
  않았다. 수사관처럼 현장을 꼼꼼히 살펴본즉, 날짐승의 짓
  같았다. 아마도 며칠 전에 마을 입구에서 봤던 수리부엉이 짓이
아니었을까, 추측했다. 맞다와 무답이의 죽음은 오랫동안 툇골에
  살던 사람들을 깊은 슬픔에서 헤어나지 못하게 만들었다.

햇볕 환한 한낮에 풀숲을 천천히 뒤뚱거리며 철근이와 구리가 중얼거리듯 낮은 소리를 낼 때 뜰은 말할 수 없이 평화로워진다. 비 그친 오후, 날개를 활짝 펼치고 마당을 가로질러 달릴 때 그 순결한 기쁨의 몸짓은 형언하기 힘들게 아름답다. 정성껏 부리로 몸을 씻고 외다리로 오수에 빠지며 자신에게 주어진 시간을 철저하게 즐기는 철근이와 구리는 쉽게 분해되는 얼마간의 똥과 바람에 날리는 깃털 외에는 세상에 흔적을 남기지 않는다. 그 존재 방식이 너무나 가볍다. 인간이 거위나 짐승들에게서 배우는 것들 중의 절정이 바로 거기 있다. 그들은 자연을 개조하려고 하지 않는다. 개선도 개악도 그들의 관심사가 아니다. 살아 있다는 벅찬 경탄에 감사하기는커녕 늘 타자와 비교하면서 이미 넉넉하건만, 더 풍족한 상태를 욕망하는 인간은 그 순간 부끄러워진다. 잘 흐르는 강에 '검은 손'을 대려고 하고, 땅속의 것들(석유)을 지상에 꺼내 모조리 태우고, 바다를 쓰레기장으로 사용하는 존재는 지상에 오로지 인간밖에 없을 것이다.

맞다와 무답이를 잃고 두 번째 만난 거위들에게는 '철근이'와
'구리'라는 쇠붙이 이름을 지어주었다. 다시는 수리부엉이 같은
기분 나쁜 맹금류의 발톱과 부리가 아름다운 거위 몸체에 파고들지
못하게 하려는 주술심리가 작동해서였다. 수리부엉이 말고도
툇골은 야생의 기운이 센 곳이라 멧돼지, 오소리, 들고양이, 심지어
담비까지 서식하고 있었기에 단단한 이름을 붙여주고 싶었다.
툇골의 2세대 거위인 철근이와 구리는 이름대로 단단하고 야무지게
잘 자라주었다. 이미 1세대 거위들과 살아봤기에 철근이와 구리랑
같이 사는 일은 처음처럼 어렵지 않았다. 맞다와 무답이는 쇠뜨기를
엄청 좋아했지만, 철근이와 구리는 편식하는 풀이 없었다.

오두막 한 채는
내 오래된 꿈이었다

뭐니 뭐니 해도 세계에서 가장 유명한 오두막집은 월든 호숫가에 헨리 데이비드 소로가 지은 오두막집일 것이다. 호숫가 숲속의 오두막 근처에 콩을 심고 두더쥐와 싸우면서 쓴 《월든》은 당시에는 철저하게 묵살당했지만, 지금은 명실상부한 고전이 되어버렸다.

모두 알고 있는 이야기다.

그런데 우연히 얼마 전에 책을 뒤적이다가 하이데거도 산에 오두막집을 짓고 즐거워했을 뿐 아니라 그곳에서 그의 난해하기 짝이 없는 저술 작업을 했다는 것을 알게 되었다. 그 사실을 접하자 나는 갑자기 마치 그 오두막집 짓기에 나도 참여한 것처럼 기분이 좋아졌다. 하이데거의 오두막집은 제자들과 같이 지었던 모양이다. 슈바르츠발트의 토트나우베르크에 지은 산장이라는데, 분명하고 인상적인 사실은 하이데거 역시 소로처럼 오두막집에 전기도 수도도 안 들어오게 설계했던 모양이다. 농촌을 살려야 한다고 역설했고, 기계문명 사회를 심각하게 우려했으며, 유전자 조작을 1940년에 예견했고, 유난히 들길을 좋아했던 하이데거가 말한다.

"나의 작업 전체는 이러한 산과 농부의 세계에 의하여 지탱되고 인도된다. 가끔 저 위에서의 작업은 여기 아래에서의 회의나 강연을 위한 여행, 토론, 교육 활동을 통해 오랫동안 중단된다. 그러나 내가 다시 위로 올라와 오두막집에 들어서는 순간부터 이전에 내가 사로잡혔던 물음들의 세계 전체가 내가 그것을 떠났던 그대로 나에게 몰려온다. 나는 사유의 고유한 운동 속으로 내던져지며 그것의 은닉된 법칙을 전혀 제어할 수 없게 된다."

그곳 오두막집에만 들어서면 들어서기 전의 세속적 잡사들을 잊고 곧바로 《존재와 시간》과 같은 그의 야심찬 주제가 요구하는 은닉된 사유 운동의 법칙에 자신을 온전히 몰아넣을 수 있었던가 보다. 북구 쪽에는 그리그였던가, 오두막집에 틀어박혔을 때에만 작곡을 했던 음악가도 있었던 것 같다. 듣기로 구스타

프 말러도 적막하고 아름다운 오두막집에서 작곡을 했다고 한다. 그러고 보니 그렇구나. 우리 문화권에는 곳집이나 방앗간에서 처녀 총각이 만났다는 이야기는 있지만, 오두막집 이야기는 참 빈약하구나. 매월당이 오두막집에서 시를 썼다는 소리도 없고, 허균이 오두막집에서 농세(弄世)를 했다는 소리가 안 들리는 것을 보면.

내게는 남모르는 두 가지 소망이 있다. 하나는 논농사를 지어보고 싶은 욕망이고, 다른 하나는 작은 오두막집을 하나 갖고 싶은 것이 그것이다.

얼마 전이었다. 정선에 사는 오래된 선배가 한 분 있는데, 외지를 떠돌다 태어나 자라던 집을 개축해 들어가 산 지 10년 만에 마침내 금년부터 논농사를 짓기 시작했다고 한다. 정년을 얼마 앞둔 늙은 교사가 되어버린 그는 학교에 출근하기 전에 두 시간, 퇴근하고 해지기 전까지 두 시간, 논둑의 김을 매고, 논물을 살피고, 피를 뽑는다고 했다. 부지런한 농부의 발걸음 소리를 벼가 느끼고 알아본다는 게 그의 터무니 있는 믿음이다.

그 소식을 접하자 선배가 얼마나 부럽던지 그와 통화하게 된 용건을 모두 잊어버릴 정도였다. 아아, 그가 먼저 시작했구나. 장마와 때 없이 닥칠 태풍을 잘 넘기고 가을이면 마침내 벼를 벨 것이고, 벅찬 얼굴로 탈곡해서 겨울이면 자신의 농사로 지은 밥을 천천히 먹겠구나, 생각하니 진실로 부럽고 배 속에서부터 시퍼런 시샘이 피어올랐다.

"한마디로 말해서 부럽네. 형!"

"으음."

그가 내 시샘을 전량 흡수했다. 논농사는 그 자체로도 '폼다구' 나는 일이지만, 그런 일의 가치에 동감하는 후배로부터 사심 없는 부러움을 받았을 때 한층 더 빼길 수 있는 용도로도 사용될 줄은 그도 몰랐을 것이다.

논농사는 아직 내게 쉽게 허락되지 않는 일이다. 매년 풀 반 채소 반으로 변해버리는 작은 밭뙈기야 있지만, 우선 내게는 논이 없기 때문이다. 하지만 언젠가 나도 논농사를 지어보리라, 하는 마음으로 열심히 이웃 노인네들이 한 해 논농사를 어떻게 짓는지 유심히 살펴볼 따름이다. 옆집 앵두댁 노인네가 올해 아흔 셋인데, 금년부터는 너무 연로해서 다른 젊은이에게 논농사를 맡긴 눈치다. 새로 농사를 짓게 된 젊은이의 나이는 칠순이다. 구순 노인네에게 칠순 노인네는 어떻게 보일지 몰라도 칠순이나 구순이나 모두 아득하고 놀라운 나이들이다. 지금 이 나라 시골의 논농사는 모두 그런 세대들이 짓고 있다. 내 시방 잘 놀고 있는 툇골만 해도 오십대가 가장 젊은 축에 속한다.

논농사는 어떻게 진행되는가. 우선 봄에 논을 갈고, 그다음에는 물을 대고, 어느 날 좋은 날을 받아 모를 심는다. 그런 다음에 할 일은 물 관리와 논의 잡초를 뽑는 일이다. 가끔 약도 치는 것 같다. 그것도 때가 있는 모양인데, 나는 몰라도 된다. 내가 지을 논농사는 약은커녕 논의 풀도 안 뽑을 천하의 태평 농법일 테니까. 나는 내 멋대로 농사지을 것이지만, 그래도 마지막 가는 세대들의 관행 농법에서도 틀림없이 배울 게 있을 것이므로 다만 지금은 유심히 지켜볼 따름이다. 장마 때 할 일은 무엇일까? 마음 졸이며 논둑이 터져 내리지 않을까 삽을 들고 논에 가 사는 일일 것이다.

어쨌거나 꿈꾸다보면 언젠가 논이 생기겠지, 지금 그러고 있다.

하지만 오두막집을 하나 짓는 소망도 그 실현이 그렇게 힘든 일일까. 생각해보니 오두막집을 하나 갖고 싶다는 소망을 나는 아주 오래전부터 키워온 것 같다.

어렸을 때는 불알친구들과 눈만 뜨면 모이는 장소를 우리는 1960년대 반공과 멸공 시대의 아이들답게 '본부'라 불렀다. 뒷동네 방앗간의 쌀겨가 흘러나오는 귀퉁이 벽에 판자로 얼키설키 만든 우리 본부에는 별의별 장식이 다 되어 있었다. 움베르토 에코도 모든 건축물은 장식적일 수밖에 없다고 했는데, 우리도 그랬다. 우선 방앗간 판자벽에 나무칼을 걸어둘 못을 가지런히 박았다. 잘 부러지지 않도록 '구리스' 기름을 번질거리게 발라놓은 우리의 나무칼은 조잡하지만 칼집도 있었고, 손잡이에는 끈이 매달려 판자벽의 못에 걸 수 있게 되어 있었다. 한 놈이 그런 그럴싸한 나무칼을 구비해 지니자 다른 놈들도 질세라 모두 나름대로 열심히 장식했던 것 같다. 추수 후 이웃 동네 애들과 연례행사처럼 한 판 싸울 때에는 어린 악동들도 모두 가세했기에 우리 본부에는 대격전 때 사용할 자전거 체인과 찢긴 고무 타이어도 한쪽 구석에 보물처럼 잘 모셔져 있었다. 겨울이면 방죽에서 엉덩이에 깔고 미끄럼을 탈 포댓자루도 몇 장 깨끗하게 접혀서 포개져 있었고, 그 외에도 우리를 한없이 푸짐하게 하고 만족시켜주었던 갖가지 밧줄이니, 어디선가 주워온 벽돌이니 새총이니 등속의 잡동사니들이 본부에는 그득했다. 어떤 짓궂은 녀석은 산에서 잡은 뱀을 산이 허락한 전리품인 양 본부의 한쪽 귀퉁이에 훈장처럼 걸어놓기도 했던 것 같다. 집이나 학교보다 우리는 우리가 함께 만들고 가꾼 본부를 더 사랑했고, 그 본부에서 보낸 시간을 어떤 시간보다 더 소중하게 생각했다.

눈만 뜨면 본부에서 주야장천 유년 시절을 같이 보내던 친구들은 중학 시절에 일어났던 한 슬프고 비극적인 사건으로 인해 어느 날 들판에 뿌려진 낱알들처럼 뿔뿔이 흩어져버렸다. 사복 경찰이 마을에 기습해 한 놈 한 놈 서캐를 뽑듯이 잡아갈 정도의 사건이었으니까, 조용한 소도시에서 일어난 사건치고는 제법 큰 사건이었다. 그 후 세월이 흘러 내게 수음을 처음 가르쳐주었던 한 녀석은 우연히 지하철에서 만난 적이 있지만, 다른 녀석들은 지금도 소식을 모른다. 살아 있는지 죽었는지도 모른다. 내 어쩌다 변변찮은 글 쓰는 작자가 되어 나도 모르게 '내걸린 사람'이 되어버렸건만 어렸을 적 친구들이 수십 년이 흘러도 단 한 번도 연락이 없는 것으로 보아 다행히도 친구들은 글 같은 것을 안 보고 살고 있는 게 틀림없다. 내게 연락을 않고 사는 것이야 그럴 사정이 있겠지만, 책이나 신문 같은 것을 안 보고 사는 일은 참으로 잘하는 짓이 아닐 수 없다.

오두막 이야기를 꺼내다 나도 모르게 떠올린 본부 이야기 때문에 어릴 적 불알친구들의 얼굴이 마치 어제 헤어진 것처럼 떠오른다. 갑자기 가슴이 애틋해진다.

오래 꿈꾸면 그 꿈에 발이 달려 성큼성큼 걸어서 다가오는 법인가.

툇골 입구 서면에는 감자밭이 많다. 출하를 남보다 먼저 해 이문을 많이 남기려고 서면은 다른 지방보다 감자를 일찍 심는다. 감자를 심은 지 얼마 안 되던 지난봄이었다. 나이가 나보다 여섯 살쯤 위인 지인 한 분이 호숫가 옆의 감자밭 한 뙈기를 벼르고 벼르다가 마침내 구했다. 그리고 말하기를,

"올 감자농사 끝난 뒤, 땅의 농약 기운도 뺄 겸 지금 형편으론 한참 동안 그 땅에 나무나 심고 비워둘 참인데, 정히 오두막 집 타령을 해대니 원한다면 하나 지으세요."

평소에 내가 그에게 오두막집 이야기를 자주 했던 모양이다.

얼마나 고맙던지.

정말이냐고? 거기 정말 내가 오두막집을 먼저 지어도 되냐고, 나는 거듭 물었다. "감자 캐고 나서 지으세요", 그가 다시 말했다.

내게도 마틴 루서 킹 목사처럼 꿈이 있었다.
하나는 논농사를 지어 내가 지은 쌀로 밥을 해먹고 싶은
것이었고, 다른 하나는 오두막 한 채를 짓고 싶은 게
그것이었다. 첫 번째 꿈은 논이 허락되지 않은 채 세월만
흘러가서 접었지만, 두 번째 꿈은 마침내 허락되었다.

그의 마음이 변하기 전에 나는 그 즉시 오두막집 설계를 시작했다.

설계라 할 것도 없다. 나는 그에게 딱 다섯 평만 달라고 했다. 그리고 내가 지은 오두막집에서 차도 마시고, 더러 트랜지스터로 배철수가 진행하는 노래도 들으면서 놀자고 했다.

그러고 난 뒤였다. 참으로 이상한 일이다. 전에는 안 보이던 나무가 보이기 시작했다. 마을에 마침 오래전부터 비어 있던 낡은 구옥(舊屋)을 헐고 서울 사는 노부부가 집을 새로 짓기 시작했는데, 헐어버린 집에서 목재가 나온 것이다. 전 같으면 으음, 누군가 새집을 짓는구나, 하고 넘어갔을 철거 현장이었건만, 이번에는 한쪽 구석에 집을 헐 때 나온 목재를 쌓아놓은 게 보이는 것이었다. 평범하고 허름한 시골집이라 거기서 나온 목재가 대단한 양은 아니었지만, 문지방이나 대들보, 서까래는 이미 몇십 년간 집의 일부로서 잘 말라 있는 상태라 내 오두막집의 원재료로는 금상첨화의 나무들이었다. 상량목(上樑木)의 벗겨진 붓글씨를 보니 '병신년(丙申年) 구월(九月)' 전주 이씨, 어쩌구 하는 글자가 적혀 있었다. 단기 4천 몇 년이라 쓰여 있었지만, 집이 허물어지는 과정에서 글씨가 날아가버려 정확한 건립 연대는 알 수 없었다.

음료수값 정도로 19개의 귀한 목재를 얻어 밤나무 아래에 쌓아뒀다가 한쪽 끄트머리를 잡고 더운 여름날 길바닥에 질질 끌면서 옮기고 있는데, 그 꼴이 상당히 보기 흉했는지 마을회관

언덕배기에 사는 이씨가 얼른 창고에 들어가 트랙터를 몰고 나온다. 나무를 싣고 이씨가 운전하는 트레일러 한쪽 귀퉁이에 엉덩이를 걸치고 민들레길을 꺾어 들어올 때, 세상에 이 여름에 나보다 더 횡재를 한 사람 있으면 나와보시라, 그런 기분이 되었다.

내 설계는 간단하다.

우선 바닥은 군데군데 독립 기초를 한다. 집이 기울지 않으려면 여섯 군데 정도는 독립 기초를 해야 한다. 나는 시멘트를 억수로 싫어하기 때문에 주춧돌을 사용하기로 하고, 불가피한 곳에만 최소한의 시멘트를 사용할 생각이다. 그리고 허락받은 면적이 딱 다섯 평이기에 단층으로 가되, 천장을 조금 높여 한쪽 면에는 다락을 하나 만들 생각이다. 까치지붕을 따로 만들어 다락에서도 바깥을 내다볼 수 있게 할 생각이다. 기둥이나 문지방, 천장의 대들보는 구옥에서 구한 나무들을 대패질만 해서 그대로 사용하고, 벽체는 굵은 송판으로 간다. 구옥에서 얻어온 나무로는 턱없이 부족할 테니 제재소에 가서 통나무도 얼마간 구할 수밖에 없다. 감자밭 언저리가 벌판이라 겨울바람 때문에 송판 안에 넉 자 여섯 자 합판을 대고, 방습지를 넣는다. 그런 뒤 박스 인슈레이션을 넣고 내장도 외장과 같은 방식으로 방습지, 송판으로 가는 것이다. 벽체 군데군데에 폼으로 적색 파벽돌도 박아 넣는다. 천장은 너와로 가면 좋지만 비쌀 게 틀림없으므로 벽체와 같은 송판으로 가되, 비가 새면 안 되니까 방습에 신경을 특별히 써야 할 것이다. 재료가 무엇이든 지붕에는 흰 칠을 할 작정이다. 빛을 조금이라도 반사하는 게 옳기 때문이다. 그러고 보니 온 세상의 지붕에 모두 흰색을 칠하면 지구온난화를 상당히 지연시킬 수 있을 것이라고 제안했던 학자가 있었던 것 같다. 학자가 아니라 예술가인지도 모르고, 환경운동가인지도 모른다. 이론적으로 누구도 그의 제안을 반박할 여지가 없다. 태양에너지로 전기를 만들려면 집열판이 너무 비싸 나는 아예 지붕에 구멍을 널찍하게 뚫어 유리를 넣음으로써 태양에너지를 아예 햇살로 받을 생각이다. 그러면 천장에서 떨어지는 빛이 지나치게 밝아 허공에 매달릴 특별한 해 가리개를 발명해야 할지도 모르겠다. 달 좋은 밤에는 천장에서 쏟아지는 달빛이 실내로 그냥 쏟아져 내릴 것이다. 아주 환상적인 밤도 많이 겪을 것이다.

　오두막집에 들어갈 내용물은 탁자 하나, 의자 둘, 창호에 이어 있는 선반 하나, 그리고 옛날 영동선 야간열차에 더러 있던 2층 침대 하나, 그리고 빈 벽에는 선반이나 몇 개 시원스레 갖다 매달면 끝이다. 아 참, 나는 전선의 병사들 생각으로 난로 없이 겨울을 났던 시몬 베유를 따라 할 수 없는 사람이기에 한쪽 구석에는 난로도 하나 있어야 한다. 다섯 평밖에 안 되는 공간이라 연통은 아무래도 수직으로 빼야 할 것 같다. 연통을 수평으로 뽑아낸다면 연통 위에 빨래도 널 텐데, 아쉽지만 할 수 없다. 좋은 참나무 화목을 땐다면 연통에서는 목초액 냄새가 진동할 것이다. 바닥은 디뎠을 때 경박하게 울리지 않을 만큼의 굵은 널빤지로 하고, 신발을 신고 출입을 할 생각이다. 바닥 틈이나 모서리에서 벌레나 뱀이 올라올 수 있기 때문에 구석구석 잘 메꿔야 할 것이다. 일부 통나무는 껍질을 벗기느냐, 그대로 쓰느냐, 그 문제가 남아 있지만 작업하면서 천천히 결정할 생각이다. 벽체에 비가 덜 들이치게 하자면 아무래도 지붕에서 처마를 좀 길게 빼야 할 것 같다. 길게 뺀 처마 아래는 의자가 한두 개 놓일 데크가 될 것이다.

마을 헌 집에서 구한 19개의 잘 마른 나무를 어떻게 살리느냐에 따라 이 집의 아름다움이 결정될 것 같다. 마른 나무는 벌어지거나 비틀어지지 않겠지만 새 나무를 썼을 때에는 반드시 나무가 마르면서 갖가지 문제를 일으킬 것이다. 하지만, 문제가 일어나면 그때그때 해결하면 될 것이다. 창호는 기성품을 구입해 달 것인가, 틀을 만들어서 유리만 끼울 것인가? 그 문제도 아직 고민 중이다. 커튼은 의외로 돈이 많이 들어 나는 오두막집에는 유리 안쪽으로 덧문을 달아 매일 아침 해를 맞이할 때 천천히 덧문을 열면서 조금은 정숙한 마음을 지닐 생각이다.

지붕에 떨어지는 빗물은 관을 따라 집 바깥에 만들 빗물통에 저장해서 발도 씻고, 채소밭에도 사용할 것이다. 목장갑을 그 물로 빨아도 좋을 것 같다.

내 설계도에는 화장실이 없다. 수도도 물론 없다. 그뿐인가? 전기도 안 들일 생각이다.

그러므로 이것은 엄밀한 의미에서 집이 아니다. 말 그대로 밭 한 귀퉁이의 작은 오두막집일 따름이다. 화장실과 수도가 없으니 정화조를 땅에 묻을 일도 없고, 전기를 들이지 않을 생각이니 한국전력이나 전업사에 전기 좀 넣어달라고 부탁할 일도 없다. 전기와 수도를 들이지 않을 테니 오두막집 본채만 완성되면 그 뒤로는 돈 들어갈 일이 없다.

나는 내 어렸을 적 불알친구들과 공동소유하면서 같이 열심히 가꾸던 '본부' 한 채를 나이 들어 우연히 기회가 되어 지을 따름이다. 그런데도 이런 코딱지만 한 오두막집도 면사무소 건축 담당에게 신고를 해야 할까? 창고로 분류될까? 이것도 집으로 분류될까? 어떻게 분류되든, 신고를 해야 한다면 해버리면 그만일 일이지만 면사무소에 들락거릴 일은 생각만 해도 머리가 지끈거린다. 관리들은 어쩌면 설계사가 그린 설계도를 내놓으라고 할지도 모른다. 5년 전에 골짜기 안쪽에 연구소 건물을 지을 때에도 내가 그린 설계도를 관리들은 우습게 여기면서 설계사의 그림을 갖고 오라고 해서 고래고래 소리 지르며 대판 싸웠던 적이 있었다. "왜 내 집의 설계도를 꼭 설계사가 그려야 한단 말인가? 왜 내가 그리면 안 된다는 것인지 나를 설득해봐라", 그게 내가 소리를 지른 내용이었다. 준공 검사를 해주는 관리 녀석과 대판 싸웠으니 이후에 감내해야 했던 고생이 실로 막심했다. 관리들을 만나야 하는 일은 정말 싫다.

쓸데없는 서류를 많이 제출하라고 그러면 나는 "물도 안 들어오고, 전기도 안 들이려는 오두막집도 설계도가 있어야 하느냐?"고 침착하고 조용한 어조로, 겸손하게 되물을 생각이다.

오두막집에 들어갈 탁자나 의자, 선반 따위는 모두 나무로 만들 것인데, 그러자면 장비를 좀 구해야 할 것 같다. 톱이나 망치, 대패, 그라인더, 조각도 수준의 칼로는 어림도 없을 것 같다. 이 기회에 장비를 좀 마련해야겠다. 얼마 전, 클린트 이스트우드가 만든 〈그랜토리노〉라는 영화를 봤더니만, 그랜토리노가 주차되어 있는 주차장 겸 창고에는 그가 평생 모은 수백 종의 장비가 벽에 가득 걸려 있었다. 영화 속의 소년도 벽에 잘 정돈되어 있는 백인 노인네의 장비를 입을 벌리면서 부러워했지만, 나 역시 그랬다.

집의 한 귀퉁이는 직선을 피하고 곡선으로 갈지도 모르겠다. 이른바 이 오두막집은 자유 건축에 속할 것이다. 어떤 일이 있어도 이 세상에 태어난 이상 심심하면 안 된다. 나무로 된 집이라 벽이 어느 날, 난데없는 문짝이 될 수도 있다. 내 설계도는 경전(經典)이 아니므로 자주 바뀔 것이다.

감자도 다 캐고 감자밭이 훤하게 열렸으니 이제는 오두막집 짓는 일을 시작해야 한다. 다섯 평짜리 집에는 얼마만큼의 목재가 필요할까? 아무리 작은 집이지만, 내 재주와 힘으로는 어림도 없으므로 결정적인 순간에는 시간 많고 사람 좋은 목수 한 사람쯤의 도움을 받아야 할 것이다. 그나저나 전기도 수도도 없는 작은 오두막 한 채를 나는 사실 얼마나 오랫동안 갖고 싶었던가.

생각만 해도 설렌다.

언제 완성될지 모르지만, 오두막집이 완성되면 밤에는 아마 남폿불을 켜야 할 것이다. 기왕이면 60년대식의 남폿불을 구해 켤 생각이다. 밤을 밝히는 잊혀진 여러 도구들에 대해서 나는 아마 새롭게 눈을 뜨게 될 것이다. 망할 청계천 공사 때문에 사라져버린 황학동 벼룩시장은 어디로 이동했을까? 양초는 상점에서 사서 쓸 게 아니라 만들어 쓸 생각이다. 트랜지스터도 필요할 것이다. 전기를 들이지 않을 것이므로 애들 기저귀를 채울 때 쓰던 노란 고무줄을 구해 트랜지스터 본체에 두부모만 한 배터리를 챙챙 감아서 선반 위에 올려놓고 듣는 것이다. 트로트도 나오고, 내가 별로 좋아하지 않는 인간들의 거칠고 헤픈 웃음소리도 들릴 것이다. 혹시 국민을 너무나 실망시킨 대통령이 어느 날 '4대강 죽이기'도 포기하고, 미디어'악'법도 포기하겠다는 경천동지할 긴급발표를 할지도 모른다. 그러나 그런 일은 절대 안 일어날 것이다. 그는 재임 내내 우리를 비참하고 무력하게 만들 것이다.

그곳에서 나는 뭘 할까?

밤에는 별을 볼 것이고, 감자밭 너머 호숫가에 떨어진 달그림자를 바라볼 것이다. 별도 달도 없는 밤이면 해 떨어지자 담요를 머리통까지 다 뒤집어쓰고 일찍 잠을 청할지도 모른다. 그리고 아마도 평생 안 하던 짓이지만 동이 트자 일어나기 시작할 것이다. 오두막집에서 잠이 깨 만나는 새벽은 얼마나 향기롭고 신선할까. 평생 밤도깨비로 살아왔던 돌이키지 못할 한심스러

감자 캐는 날, 풀꽃세상 때부터 인연을 맺어왔던
오랜 지인들과 함께 감자를 캤다. 그해 감자농사는
비료도 농약도 안 치는 내 텃밭에서 생각보다 풍작이었다.
땅속에서 바깥으로 나온 감자도 그것을 끄집어낸
사람들도 모두 한마음으로 기뻐했다.

운 지난날을 오래오래 자탄할 것이다. 벽에는 어떤 그림을 붙일까? 빈센트 반 고흐를 붙일까. 이중섭의 칡소를 붙일까? 흔하고 통속하다. 만델라 할아버지를 붙일까? 너무 잘생겨서 늘 주눅이 드는 체 게바라의 사진을 붙일까? 아름답고 기품 있게 잘 늙은 아메리카 인디언의 그림도 좋을 것이다. 시인의 얼굴도 좋겠지만 떠오르는 시인이 없구나. 존 던의 얼굴을 구할 수 있을까. 아서라. 벽에 붙여진 그림으로 곧 나를 판단해버릴 못난 친구들도 있을 테니 그런 시선이 귀찮아서 나는 아무것도 안 붙일지도 모른다. 어떤 식이든 장식이 다 끝난 뒤, 나는 뭘 할까? 아직 존재한다는 경탄과 기쁨보다는 끝없는 근심과 자책을 요구하는 책 따위보다는 아마 하염없이 멍하니 앉아 있거나 몸을 써 주변의 풀을 뽑거나 주워온 나무들로 뭔가를 깎을 것이다. 틀림없는 사실 하나는 겨울에 난로에 넣을 땔감을 마련하기 위해 나는 때 없이 도끼질을 해댈 것이다.

내게는 한없이 편할 오두막집이 나를 찾아올 친구들에게는 어쩌면 불편하기 짝이 없을 것이다. 그러나 생각지도 않았던 '불편'을 무슨 횡재처럼 여기면서 기꺼이 놀러 올 친구들도 더러 있을 테니, 친구들이 오면 바로 눈에 띄게 현관 앞에 "有朋이 自遠方來하니 不亦樂乎아"라고, 대문짝만 하게 써 붙여야겠다.

마침내 내게도 오두막이 하나 생겼다.

본래 그 터는 거위가 살던 곳이었는데, 거위집을

마당 귀퉁이로 옮기고, 저지대였던 바닥을 높인 뒤에

여러 사람의 도움을 받아서 오두막 한 채를 뚝딱, 지었다.

오두막 완공 날, 독서회 여인들이 축가를 불러주었다.

"이 오두막에서 모두들 오래도록 빈둥거리시라~~!"

깻잎이
자야한다

인도 바라나시에서 12년여 한식 식당업을 하던 후배와 제자 부부가 지난 초여름에 농사짓겠다고 툇골에 왔다. 그들 결혼 때 내가 주례를 섰던 사이인지라 그 결심을 허투루 들을 수가 없었다. 거친 남의 나라에서 라면이나 볶음밥을 팔며 견디는 일이 피곤해서 잠시 허풍을 떠는 게 아닌가 조심스레 살폈더니, 그게 아니었다. 어렸을 때부터 입에 들어가는 것을 제 손으로 짓고 싶었다고 그들 부부 중에 남성인 후배가 말했다. 내 제자인 그들 부부

중에 여성은 남편의 뜻을 존중하겠노라고 말했다. 비록 내 것은 아니지만, 마침 내가 감당하지 못하고 있던 묵정밭이 있었던지라 숙고 끝에 오라고 했다.

굳이 세상에 있는 표현에 맞추어 말한다면 나는 얼치기인지라 '귀촌'에 가까운 셈이고, 그들은 '귀농'인 셈이었다. 아니나 다를까 귀국한 지 몇 개월 후 그들은 국립농산물 품질관리원에 가서 농업경영체 등록까지 '필' 했다. 내가 끌던 고물 트럭을 선물로 주었더니 명의변경을 마치는 날, 밭가에 서서 후배는 "꿈에도 그리던 농부가 되었다"고 감개무량한 표정을 지었다. 그 후에 일어난 일들은 좌충우돌의 연속이었다.

하지만, 오늘은 그들 이야기를 하려는 게 아니다. 그들 때문에 생긴 시골 연구소의 변화와 그 변화로 인해 생긴 깻잎 이야기다. 이 녀석들이 시골에 오자 거처를 만들어줘야 했기에 할 수 없이 마당 한구석에 있던 책창고의 앵글과 책들을 들어낼 수밖에 없었다. 그 공간도 본래는 농기구 창고였지만, 만고에 쓸데없는 책들이 자꾸 넘치자 책창고로 삼고 있었던 터였다. 지리한 장마철과 이어서 닥친 유난했던 폭염 내내, 3개월여 여름 동안 죽어라 하고 공사를 했다. 새 농사꾼들의 거처를 마련해주는 김에 마당에 내놓은 책들을 옮길 서고 공사까지 병행했기 때문이다. 본체의 창을 뜯어 문을 낸 뒤, 벽체와 이어지는 허공에 복도를 만들고 닭장 터와 연결했다. 닭들이 족제비에게 다 잡아먹혀 마침 닭장이 비어 있던 김에 그 공간을 본체와 이은 것이었다. 이제 이 책창고를 지으면 이번 생은 여기 책무더기 속에서 놀다가 마감하리라, 남들이 웃을까 염려되지만 나는 다소 비장한 마음으로 이번 공사에 임했다.

굳은 날씨에 맞춰 공기를 당기려 하다보니, 더러 해 떨어진 뒤에도 마당이 훤하도록 불을 켜고 일을 하게 됐다. 어느 날 초저녁, 이웃집 앵두할머니에게서 전화가 왔다.

"최선생, 밤에는 불을 좀 꺼줘요. 깻잎이 자야 해요."

앵두할머니는 너무나 힘든 부탁을 했다고 생각했는지 그 말씀 이후에는 어쩔 줄을 몰라 하셨다.

"예, 할머니 그러지요. 너무나 미안합니다."

나는 대답을 하면서도 깻잎보다 공사 소음으로 인해 긴 시간 동안 폐를 끼친 것을 더 미안해했다. 할머니는 우리가 냈던 소음에 대한 사과는 들은 체도 않고 계속 깻잎 이야기만 하셨다.

"깻잎이 못 자면 괜히 잎만 푸르고 깨가 안 열려. 요때 봉오리가 맺히려 할 때 자야 해. 몇 해 전에 가로등 때문에 그만, 깨를 하나도 못 건졌어."

할머니 연세는 팔순이고, 깨밭은 바로 연구소 오솔길 옆에 있었다.

"아, 예, 할머니 이젠 낮에 일할게요. 밤에는 불을 끌게요."

"깻잎이 눈이 멀어. 너무 밝으면 눈이 멀어."

나는 거듭 사과를 하고 밤에는 캄캄하게 지내리라 다짐했다. 아주 짧고 간단한 통화였지만 그날 이후, 깨밭을 지나는데

할머니는 자신의 요구가 비록 정당하지만 그 요구에 의해
다른 사람의 마음에 아주 작은 요동이라도 이는 것을
힘겨워하셨다. 그분의 힘겨움 때문에 나는 감동받고
부끄러워졌다. "우리가 잃은 것은 가치 있는 것들이었던 반면,
얻은 것은 보잘것없는 것들이었다", 웬델 베리가 한 말이다.
우리는 할머니가 보여준 것과 같은 마음을 잃어버렸고,
후안무치를 키우면서 하찮은 것들에 목매달고 살아가고 있다.

밭의 푸른 깻잎이 다른 때와는 달리 느껴졌다. 너무나 오랜 시간 이런 생각만 하면서 밤낮없이 법석을 떨었구나, 싶었다.

나중에 할머니를 만났을 때, 할머니는 그 전화를 하기 전에 일주일여 동안 망설였고, 그런 의미심장한 요구를 입 밖에 낸 데 대해 몹시 미안해하셨다. 세상은 여전히 엉망진창이고 요지경 속이지만, 그 순간 나는 할머니가 세상의 중심(重心)이 아니겠는 가, 하고 생각했다.

배나무
지팡이

마을 입구에 '나비야'라고 부르는 이웃이 있다. 칠팔 년 전에 그가 내게 작은 배나무 한 그루를 선물했다. 나무 탐이 많았던 나는 나무 선물이 고마웠다. 당시에는 나무 심는 법을 잘 몰라 그저 구덩이를 깊게 너르게 파고, 시커먼 부엽토 따위를 그러모아 듬뿍 깔아주고, 그 구덩이에 물을 가득 퍼부은 뒤 물이 스며드는가 싶자 뿌리가 펼치던 방향을 잘 살펴서 조심스레 웅덩이 속 허공에 나무를 띄우고, 잔뿌리가 웅덩이 바닥에 닿을락 말락 하는 접점에서 나무를 허공에 수직으로 세웠다. 그다음엔 부드러운 흙을 깔고, 나무의 맨 아랫부분 뿌리에 흙이 닿기 직전에 마치 그곳이 발화점인 양, 세계의 중심을 그곳으로 삼겠다는 넘치는 마음으로 흙을 구덩이에 정성스레 채우면서 천천히 다져 올렸다. 그러고는 주변의 흙과 잔돌까지 동원해 밑동을 두텁게 감싸줘 나무의 주소를 마련해주었으니, 이후 사람이 할 일은 이 세상 한 귀퉁이에 곧추세워진 나무 한 그루의 무탈과 장성을 기대하는 마음으로 그저 담배나 한 대 피워 무는 일밖에 없었다.

겨울이 오자 나무는 얼마 안 되는 잎을 다 떨구었다. 이듬해 새봄이 오자, 죽었는가 살았는가 살폈더니만, 새 잎을 돋우기 시작했다. "아, 살았구나. 내가 심은 배나무 한 그루가 이제 이 세상에 속하게 되었구나", 기분이 좋았다.

그런 뒤 나는 시골의 여러 일들로 배나무의 존재를 아득하게 잊었다. 배나무가 다시 화제에 오른 것은 수년 후, 그 키가 내 머리를 넘자 사람들이 하늘로 치솟으려는 윗가지를 잘라주라고 주문을 하기 시작할 때부터였다. 그냥 놔두면 배를 얻지 못한다는 이유 때문이었다. 나는 그럴 때마다 "나는 과수원 주인이 아니다. 배를 얻으려는 게 아닌데, 왜 자른단 말이냐!", 어쩌구 하면서 가지치기를 극구 사양했다.

다시 삼사 년이 흐르자, 녀석의 키가 좋이 5미터가 넘게 되었다. 배는 한두 개 열렸으나 먹을 수 있는 상태는 아니었다. 그런데 배나무가 그렇게 높이 자라자 그만 고추밭에 그늘을 드리우기 시작했다. 그렇잖아도 내 밭은 개울 양안의 비좁은 산골짜기에 있기에 볕이 늘 부족했던 터였다. 나는 '배나무 문제'로 솔직히 말해서 2년쯤 고심했다.

그러다 마침내 이번 여름에 배나무를 다리 건너 큰 밭으로 옮기기로 결심했다. 땅을 파보았으나 도무지 깊숙이 뻗어나간 뿌리를 온전하게 캐낼 재간이 없었다. 다시 몇 주일 더 고민하다가 마침내 잘라버리기로 작심했다. 나는 배나무 앞에 서서 살 곳을 잘못 잡아준 데 대해 사과했고, "네 그늘 때문에 나는 괴롭다. 나는 고추가 필요하다"고 납득시켰다. 그러곤 전광석화처럼 달려들어 밑동을 잘랐어야 옳았는데, 그만 톱질을 못하고 말았다.

톱을 들고 배나무 아래에 갔다가 그냥 돌아오기를 두세 차례. 나는 이상하게도 배나무 쪽은 눈길도 안 주려고 노력하고 있었다. 밭으로 가는 발걸음조차 줄어들었다. 이게 심해지면 상담을 받아야 하지 않겠는가 싶을 지경이었다. 왠지 나무가 내 작심을 알아챈 것만 같았다. 곧 죽을 나무와 나무를 죽이겠다고 작심한 둘의 관계는 매우 어두운 관계로 돌입했다. 해가 뜨면 "오늘은 나무를 잘라야지" 하고 결심했다. 그런데도 무슨 사정인가로 또 자르지 못하고 어두워졌다. 나무가 말하는 것 같았다. "오늘은 살아 있지만 내일은 어떻게 될까?" 이 다소 우스꽝스러운 긴장은 아마도 네댓새는 지속되었다.

오래전 히말라야에서 네팔 사람 하나가 소를 잡으려고 해머를 들었다가 헛쳤는데, 헛친 다음에는 밭두렁에 주저앉아 서너 시간을 물끄러미 소를 바라보던 광경도 생각났다. 나는 히말라야 산중 사람도 아닌데, 꼭 그 형국이었다.

　　마침내 그저께였다. 나는 비장한 결의로 맹목의 병사처럼 단호하게 달려들어 나무를 잘랐다. 잘린 나무를 낫으로 한참 정리하다가 꼭 그러려고 한 것은 아닌데, 지팡이 하나를 건져냈다. 이 지팡이가 내게 혹시 할 말이 있다면, 그것은 두고두고 경청해볼 작정이다.

감히 파리채로
뱀을 기절시키려
들다니

톳골생활 첫해에는 뱀과 맞닥뜨렸을 때 크게 놀랐다. 장성해서는 줄곧 도시에서 살았기에 뱀을 볼 기회가 없었기 때문이다. 연구소를 짓던 첫해에 목수들이 장난처럼 말하긴 했다. "뱀이 많더군요." "그래서요?" 했더니, "잡아먹었지요"라고 목수들 중 한 사람이 답했다. 턱에 털이 많이 난 친구였다. 더 듣고 싶지 않았지만, 그들은 마치 나를 놀리듯이 계속 말을 이었다. "처음에는 그냥 한두 마리 보이기에 잡다가 하도 많아서 나중에는 아예 잔뜩 잡아 솥을 걸어 끓여먹었지요. 그 힘으로 지금 이 집을 짓는 겁니다." 듣자하니 참으로 어이가 없었다.

그러고 이제 툇골생활 3년째. 매년 여름과 가을 사이에 뱀을 만나곤 했다. 어떤 때는 창고 앞에서, 마당의 우물 옆에서, 때로는 장작더미에서, 대부분은 밭에서 뱀을 만난다. 뱀을 만난 위치는 좀처럼 기억에서 사라지지 않는다. 뱀이 출몰했던 지점에서 뱀을 잡기 위해 많은 에너지를 쏟았기 때문일 것이다.

'잡았다'라는 우리말에는 중의적인 뜻이 있다. '죽였다'는 뜻도 있고, 말 그대로 산 채로 '잡아' 다른 곳으로 이동시켰다는 뜻도 된다. 내 경우에는 비위도 약하고 담력도 약해서 목수들처럼 죽이지는 못하고, 조심스레 집게로 집어 멀리 다른 곳으로 이동시켰다. 높은 생명의식으로 살상을 기피하겠다는 엄숙한 결의 때문은 물론 아니었다. 잡아 죽인다는 게, 설명할 수는 없지만 참으로 난감하고 힘든 노릇이었다.

뱀 대가리를 집게로 집어 멀리 큰길가 개울 너머로 던지는 일을 거의 매년 되풀이했다. 첫해에는 집게를 통해 전달되어오는 감각이 그토록 싫더니만, 그것도 자주 하니까 이젠 익숙해졌다. 사람이란, 익숙해지지 않을 일은 없는 것 같고, 하려 들면 못할 짓이 별로 없는 것 같다.

올해도 어김없이 뱀들이 출몰했다. 연구소 좌우측이 산인데다 풀들을 제때 베어주지 못해, 뱀이 출몰하지 않는다면 되레이상한 일이긴 하다. 그래서 우리 연구소 사람들은 늘 장화를 신고 일을 한다. 밤이면 모두 손전등 하나씩을 주머니에, 손목에 꿰차고 산다. 뱀 공포로 인한 주의는 거의 생활화되어 있다. 늘 발밑을 살펴야 했다. 겁나는 일은 자신도 모르게 뱀을 밟는 일이었다. 갑자기 놀란 뱀이 독을 사용하면 그보다 난처한 일은 다시 없을 것이다. 지역방송 뉴스에서는 가끔 한 해에 뱀에 물려 입원한 사람과 사망한 사람의 수를 보도하곤 했다. 공연히 방심했다가 그런 통계에 보태지는 일은 극구 사양할 일이었다.

태풍이 지나간 뒤에 뱀이 더 자주 눈에 띄었다. 놈들은 밭가에 심어놓은 나팔꽃 줄기 밑에 똬리를 틀고 햇볕에 몸을 말리곤 했다. 꽃밭의 뱀이라! 그림이 될 것 같아서 카메라를 가지고 와보니 그때서야 스르르 몸을 움직여 뽕나무숲으로 들어가버린다.

그러던 어느 날 저녁, 기어이 사건이 터졌다. 연구소 아랫집인 자두나무집 현관에 뱀이 나타난 것이었다. 처음 발견한 이는 연구소 대표 정선생님이었다. 나는 우선 그분의 비명소리부터 제압했다. "놀라 소리친다고 뱀이 사라지나요? 그러니 이젠 비명소리 내지 마세요." 그렇게 안심을 시켜놓고, 막대기와 집게를 부탁했다.

나는 그사이에 뱀이 어디로 이동하는지 감시했다. 녀석은 현관에 있던 종이상자 옆에 몸을 감추고 있었다. 들켰다는 사태를 느꼈는지 놈도 긴장한 것 같았다. 집게를 가지러 간 정선생님이 얼른 오지 않자, 나는 파리채를 손에 들었다. 어차피 내 관례에 따라 죽일 작정은 아니었으므로, 파리채로 머리 부분을 세차고 빠르게 여러 차례 때리면 아마 기절을 하지 않겠나, 그게 내 '통빡'이었다.

잠시 후 집게를 손에 든 나는 파리채로 뱀을 기절시키려던 내 계획이 얼마나 허술한 전략이었는지 또렷이 알 수 있었다. 전모를 다 드러낸 뱀의 크기가 장난이 아니었던 게다. 어른의 팔 길이는 좋이 될 큰 놈이었다. 등에 황색 줄무늬가 있고, 피둥피둥 살이 올라 있었는데, 꾸물거리는 동작으로 봐서 독사는 아닌 것 같았다. 이름을 알면 공포가 줄어든다. 흔히 시골에서 '밀뱀'이라 부르는 놈이었다. 독사라면 그 풍기는 기운이 달랐을 것이다.

간신히 집게로 몸통을 집었는데, 이놈이 집게 속에서 용틀임을 해서 그 머리를 내 손 쪽으로 이동시켰다. 자신에게 고통을 가한 적을 향해 공격하려는 자세였다. 놈의 세모난 머리가 내 손을 향해 돌진해오자, 독사든 아니든 간에 내 심장은 세차게 뛰기 시작했다. 우아, 뱀에 물린다는 게 이런 것이구나. 놈의 머리와 집게를 잡은 내 손의 거리가 한 뼘 정도 되자 나는 더 이상 놈을 집고 있을 수 없었다. 담 밖으로 휘익, 던졌다. 담 밖에는 앵두집에서 감자를 캔 뒤에 깨를 심어놓은 터였다. 놈이 떨어지자 깻잎이 크게 흔들거렸다.

그리고 잠시 후, 거짓말처럼 똑같은 놈을 현관에서 또 발견했다. 비가 너무 오래 오니까 따뜻한 곳을 찾아 문틈으로 두 마리가 들어온 것이었다. 암수 한 쌍이라 말해야 옳을까. 처음 놈과 달리 이번에는 침착하게 끌어내 놈의 머리를 집게로 집었다. 머

툇골에 서식하는 뱀들은 거의 다 독사였다.
만나지 않으면 가장 좋은 종류의 뱀들이었다.
많게는 하루에도 서너 마리를 만날 때도 있었다.
본래 그들의 서식지였으니까 할 말은 없다.
어느 날 뱀 두 마리가 자두나무집 현관에 들어왔던 것이다.
급한 마음에 얼른 파리채를 찾았지만, 파리채로 뱀을
연타해서 잡을 수 있었을까? 집 안으로 들어왔던
그 뱀 두 마리는 다행히 독사는 아니었다.

리를 집힌 놈의 몸체는 허공에서 무겁게 흔들거렸다. "아 참, 뱀과 같이 사는 시골생활은 별의별 일을 다 해야 하는구나" 그렇게 중얼거렸을 것이다. 두 번째 놈은 길을 건너 개울 너머 덩굴숲으로 던졌다. 그리고 현관을 샅샅이 뒤졌다. 더 이상은 없었다.

왕충(王充)의 책을 보다보니, 순(舜)임금이 비천하게 지낼 때의 일인데, 광야의 큰 숲속에 들여놓아도 호랑이나 이리가 덤벼들지 않았고, 독사들도 그를 물지 않았다고 적혀 있었다. 황제가 될 사람은 맹수나 독이 있는 파충류도 알아본 것이다. 우리 연구소 사람들은 그런 전설의 위인들과는 거리가 먼 사람들이라 어쩌겠는가, 뱀을 조심하는 수밖에 없다.

빨리 겨울이 왔으면 좋겠다. 뱀이 잠을 잘 테니까.

버들치가
사라지니
웅덩이도
죽었다

내 '놀고' 있는 시골 연구소 앞, 개울에는 물웅덩이가 하나 있다. 다리 공사 후에 생긴 작은 소(沼)인데, 흘러내려오던 물은 반드시 거기서 잠시 쉬다가 다시 흐른다. 깊이는 내 기준으로 허리께, 크기는 대충 6평방미터 정도. 이것도 발견일까. 써놓고 보니 웅덩이의 규모를 그럴싸하게 묘사할 재주가 내게 없구나. 하지만, '1970년대 김민기'의 〈작은 연못〉에서 연못의 크기가 중요한 게 아니라 노래 안에서 살고 있는 두 마리 고기가 핵심이듯,

내 웅덩이 역시 거기 사는 버들치 떼가 중요하다. 내 버들치 떼는 어림잡아 300여 마리가 넘었다. 고기들의 허락도 없이 '내 버들치'라 소유의 언어를 쓴 까닭은 녀석들을 이 세상에서 제일 오래도록 바라보며 겨워한 것이 나이기 때문이다. 활기찬 녀석들이었다. 크기는 각각 달랐지만, 하나같이 빛보다 빠른 속도로 웅덩이 속의 삶을 구가했다. 웅덩이 가득 햇살이 쏟아지면, 물고기 그림자가 웅덩이 바닥에 어지럽지만 현란하고 아름다운 빗금을 만들었다. 이 세상의 어떤 그림자가 그보다 빠르고 아름다울 수 있을까? 그 빗금은 고요한 산에서 유일하게 움직이는 것들이었다. 보이되 만질 수도, 형체도 없는 빗금이었다. 밤이 오면 웅덩이 수면에 별빛이 떨어져 보석처럼 반짝거렸다. 하늘이 양이고 땅이 음이라고들 하니, 산속 웅덩이의 물고기는 음 속의 양인 셈이었다. 그런즉, 웅덩이 속 물고기들의 활력으로 인해 웅덩이의 아름다움이 극에 달하고, 계곡 또한 산 것들을 품게 된 웅덩이로 인해 그 고요가 더 깊어질 수 있었다. "너는 나를 벗어날 수 없고, 나 또한 너로 인해 아름다워졌으니", 이는 음과 양의 역설에도 부합되는 관계였다.

돈보다는 언제나 시간이 많은 사람이기에 나는 늘 웅덩이를 하염없이 바라보았다. 더러 책을 끼고 걸을 때에도, 낫이나 삽을 들고 걸을 때에도, 수레를 끌고 지나갈 때에도 나는 웅덩이에서 눈을 떼지 못했다. 버들치 떼 때문이었다.

그런데 어느 날 아침, 일어나보니 웅덩이 속의 고기 떼가 모

개울 웅덩이 속에 버들치가 빛보다 빠르게 물속에서
금을 긋는 것을 바라보는 일은 작지 않은 기쁨이었다.
그러나 이 세상의 어떤 사람들은 물속의 그 놀라운
생명체를 기쁨으로 대하지 않고 매운탕 찌갯거리로
대했다. 어느 날 일어나보니 버들치가 모조리 사라졌다.
마을 젊은이 하나가 망에 된장을 풀어서 고기들을
유인해서 들고 간 것이었다. 버들치가 사라진 산골의
고요는 마치 거대한 분노를 품고 있는 것같이 느껴졌다.

조리 사라져버렸다. 너무나 놀라 눈을 세차게 비비고 다시 살펴보았으나, 단 한 마리도 남아 있지 않았다. 그 순간 웅덩이는 이미 전의 그 웅덩이가 아니었다. 산은 여전히 적막했으나, 그 고요는 격렬한 분노를 내장한 고요였다.

누구 짓일까? 하찮은 낙담이라고 우습게 여길지 모르지만, 엄청난 기쁨의 원천을 강탈당한 나는 텅 빈 웅덩이를 내려다보며 이제는 두 손으로 머리통을 감쌌다. 이는 필경 천재지변이 아니다. 고기들이 자살을 했을 리가 없다. 그렇다고 사는 게 힘겨워 동반 자사(自死)를 택했을 리도 없었다. 두말할 것 없이 이것은 사람이 한 짓이었다. 버들치 떼를 보는 순간, 매운탕을 떠올리며 침을 흘리던 사람들이 한 짓이다. 그러고 보니 그 버들치 떼를 발견하는 순간, 게걸스레 침을 흘리던 사람들이 떠오른다. 오두막 공사를 하러 온 미장이도 침을 흘렸고, 계곡 끝자락까지 쇠꼬챙이 하나 들고 개구리 잡으러 올라가던 아랫마을의 노총각 자식도 그랬고, 영지버섯 캐러 봄마다 찾아오는 채취꾼들도 한마디씩 했었다. "아 저것들, 매운탕 끓여먹으면……", 얼마나 좋을까, 침을 삼켰었다. 어떤 자들은 환호작약하며 개울로 뛰어들기조차 했다. 그럴 때마다 우리는 간곡한 얼굴로 말렸다. "그냥 가만히 바라보면 안 되나요, 아름답지 않나요?"라고. 때로는 "그렇게도 매운탕이 먹고 싶으면 매운탕 사 자실 돈을 드릴게요!"라는 모욕적인 언사까지 불사했다.

굶던 시절도 아니건만, 시골 골짜기의 웅덩이에서 잘 놀고 있는 버들치 떼를 싹쓸이해 국그릇에 넣고, 고추장이랑 대파 팍 팍 썰어 넣고, 팔팔 끓여먹어야 직성이 풀리는 이들이 바로 내 이웃들이다. 세계는 어쨌거나 이들에 의해 진행된다. 갈수록 그 들에 의해 결정된 일들에 나는 쉽게 동의하기 어려워진다. 파국 은 해일처럼 꼭 먼 데서 올까. 매운탕에 허기진 내 이웃도 슬프 고, 개울의 버들치 떼도 못 지키는 무능 때문에 나도 슬프다.

사라진
물까치,
녹고 있는
빙하

그 새의 이름이 얼른 떠오르지 않는다. 몸체가 크고 꼬리가 길었다. 당시에는 알았는데, 새가 떠난 뒤에 또 까먹었다. 다시 알아보니, '물까치'였다.

　장마 전의 일이다. 어느 날부터 아주 커다랗고 꼬리가 긴 새들이 매일같이 수십 마리가 마당에 날아오기 시작했다. 못 보던 새였다. 꼬리가 길었기 때문에 나는 그 새들이 멀리 라틴 땅 밀림에서 날아온 줄로 알았다. 새들은 조용한 녀석들이 아니었다.

요란하게 날개를 퍼덕이고 끝없이 우짖어댔다.

하지만 부주의하고 우둔한 나는 그렇게도 많은 새들이 왜 아침마다 내 마당에 떼를 지어 방문하는지 몰랐다. 사실인즉, 알려고 하지도 않았고, 다만 꼬리가 접힌 부채처럼 긴 검은 새들이 마당 가득히 들이차 요란을 떠는 게 선물처럼 반갑고 고마웠을 뿐이다. 새들의 숫자는 날이 갈수록 늘어났다.

나중에야 알았지만, 새들은 고양이 밥을 훔쳐먹기 위해 왔다. 고양이 밥통은 창고방 처마 아래에 감춰놓은 듯이 있었다. 산에 사는 고양이들에게 덜 빼앗기기 위해서였다. 그런데 용케도 새들이 밥통의 위치를 알아낸 것이다. 밥통까지 이르자면 장미 덩굴을 헤치고 들어가야 하는데, 새들은 곡예하듯이 장미 가시를 피해서 정확히 두세 마리씩 밥통에 당도했다. 새들이 서열의 동물이라는 것이야 진작에 알고 있었지만, 고양이 밥을 훔쳐먹는 데에도 순서가 있었다. 다 먹은 애는 다시 마당에 나와서 포만의 즐거움을 산골짜기에 찢어지게 발산했고, 아직 배를 채우지 못한 애들은 차례를 기다리는 조바심의 날카로운 소리를 뿜어냈다. 그때 고양이 두 마리는 마당 구석으로 흐르는 물가에 앉아 자신의 양식이 약탈되는 모습을 조용히 지켜봤다. 나는 그때에는 고양이의 심사를 헤아려보지 못했다.

사료 도적질을 다 끝낸 새들은 고양이에게도, 마당의 주인인 내게도 아무런 인사도 안 남기고 옆 산 소나무와 잣나무 사이의 허공으로 일제히 순식간에 사라지곤 했다.

쉬지 않고 흐르는 개울물 소리와 아침마다 소란을 피우는 물까치 떼거리로 인해 골짜기의 아침은 부산하고 활기가 넘쳤다. 흥미로운 일이었다. 내가 돌봐야 할 의무를 안 져도 되는 식구가 늘었으니 말이다. 하지만 그 시끄럽고 신명나는 불청객들이 뿜어내는 활기의 시간은 오래가지 않았다.

물까치가 나타난 지 열흘쯤 되었을까. 유난히 마당이 다른 날보다 더 시끄럽고 요란했다. 나가봤더니, 마당 가득히 검은 새가 골짜기가 떠나가라 소리를 질러대며 어지럽게 윤무를 하는 바람에 그렇지 않아도 사방이 산에 둘러싸여 비좁은 하늘이 시꺼먼 새 떼로 다 가려질 지경이었다. 그 윤무는 사료 도적질을 하러 온 즐거운 행위가 아니라 무슨 사건이 터진 게 틀림없는 비일상적인 소란이었다. 새 떼들도 다른 때보다 더 많아진 것 같았다. 오십 마리는 족히 넘었다. 새들이 선회하는 곳 중심의 땅바닥에는 물까치 한 마리가 죽어 있었고, 산 새들은 죽은 새 위를 돌면서 미친 듯이 온갖 비명과 고함을 질러대고 있었다. 그 기운은 어설프게 사람이 개입할 일이 아니라는 강철 그물에 둘러싸여 있는 것같이 단단했다. 요란한 소음의 깊은 곳에는 고요하고 엄숙한 기운도 느껴졌다. 생전 처음 보는 뜻밖의 광경인지라 묘한 흥분 속에서 가만히 바라보노라니, 선회하는 새들은 죽은 새를 떠나보내는 의식을 치르고 있는 것같이 느껴졌다.

그렇다. 그것은 애도의 춤이었다.

"왜 죽었지?" "누가 죽였지?"

물까치는 '애도하는 능력'을 지닌 새였다.
고양이가 실수였는지 사냥 본능이었는지 집에 찾아오던
물까치 한 마리를 죽였다. 그것은 고양이가 한 일들 중에
가장 고약한 일이었다. 이후 물까치 떼가 보여준 고양이에
대한 항거와 죽은 친구에 대한 애도는 숨이 멎을 만큼
감동적이었다. 그 사건 이후 물까치는 더 이상 내 마당을
찾아오지 않았다. 자신이 한 일의 의미를 모른 채
오늘도 고양이는 사냥감을 찾는 일에만 몰두한다.

그것이 정말 애도라면 이것은 실로 놀라운 일이었다. 그때였다. 일단의 물까치들이 윤무에서 벗어나 장미 덩굴 아래에 숨죽이고 있던 고양이를 찾았고, 주검 위를 맴돌던 물까치들도 고양이를 발견한 동료들과 합류해서 일제히 고양이를 향해 공격해 들어갔다. 그것은 마치 가미카제 특공대가 태평양 함대의 굴뚝에 꽂히듯이, 혹은 괭이갈매기가 수면 아래 물고기를 겨냥해 직하하듯이 단호하고 가차 없고, 빠른 속도였다. 어떤 물까치들은 웅크린 고양이의 머리나 등을 스치듯 할퀴고 지나갔다. 고양이는 약간 저항하는 시늉을 보이더니 이내 몸을 웅크리고 애도의 시간에서 원망의 시간으로 돌변한 사태를 받아들이기로 작정한 몸짓이었다. 물론 물까치가 고양이를 공격했다고 해도, 직접적인 접촉의 공격일 수는 없었다. 아무리 슬프고 분통이 터진다 해도 고양이 몸체 가까이까지 다가갔다가는 점프를 한 고양이 발톱의 사정권에 들어간다는 것을 물까치들은 정확히 알고 있었다. 물까치 한 마리를 물어 죽인 것은 두 마리 고양이 중에서 특히 사냥을 잘하는 '일점이'가 한 짓이었는데, 일점이는 물까치들의 수효에 질렸는지 웅크리고 앉아 물까치의 원망과 항의를 묵묵히 받아들이고 있었다. 하지만, 그것은 열 마리든 스무 마리든 조금만 더 가까이 날아온다면 기꺼이 다시 발톱을 꺼내서 채겠다는 몸짓 같기도 했다.

한참 동안 악을 쓰면서 일점이에게 항의하던 물까치 떼들은 서서히 공격의 기세를 늦춰갔다. 이윽고 "이제는 애도나 항거를 그만 그쳐도 되겠다"고 합의했을까, 새들은 마지막 선회를 마치더니 조금 더 높은 기류를 타고 올라 골짜기의 빈 하늘을 통과해서 사라지기 시작했다. 새들이 사라지는 것을 바라보면서 나는 거의 직감적으로 "아아, 이제 다시는 새들이 마당에 안 오겠구나" 하는 생각이 들었다. 그런 예감과는 상관없이 방금 내 눈으로 본 사건이 믿어지지 않았다. 흔한 말로, 물까치의 집단 애도를 목격한 게 나인지, 그것이 꿈이어서 꿈속에서 본 희한한 광경을 떠올리는 게 나인지, 헷갈릴 지경이었다.

그렇지만 나는 하루 이틀, 사흘쯤 더 물까치 떼를 기다렸다. 그러나 새들은 다시 마당에 나타나지 않았다.

우리는 새들에 대해 뭘 알고 있을까? 한 빼어난 시인에 의해 우리 세대의 마음속 깊이 주문처럼 박힌 〈새들도 세상을 뜨는구나〉라는 이미지 정도? 그리고 인내심 있는 관찰자들에 의해 알게 된, 새들이 혼자 조용히 죽는다는 것을? 새들에 대해 오래 묵상한 철학자의 확인할 수 없는 해석에 의하면, 새들에게는 내일도 없고 어제도 없고, 오늘만 있다는 것도 앎에 속하는 일일까?

엄밀히 말해 우리는 새들에 대해 아무것도 모르고 있는 것은 아닐까? 암탉은 알을 낳고, 수탉의 걸음걸이는 위풍당당하다는 것 정도는 알고 있다. 거위는 암컷과 새끼를 잘 지킬 뿐 아니라 먹이를 주는 주인집도 잘 지킨다는 것도 알고 있다(내게는 닭과 거위를 키우던 행복한 시간이 있었다). 제비는 너무나 먼 거리를 비행하면서 집을 짓고 새끼를 낳아 키운다는 것, 익조(益鳥)가 하루에 잡아먹는 벌레의 숫자 정도는 밝혀졌다. 그러나 인류 문명에 등장하는 수많은 새들은 모두 인간의 자의적 해석에 근거한 상징이거나 기호일 뿐이다. 그것은 '새의 진실'과는 거리가 먼 선입견이나 오해나 몰이해에서 비롯된 편향들이었다. 이를테면 독수리는 지체 높은 가문이나 국가의 문장(紋章)으로 자주 등장하는 힘의 상징이지만 실제 독수리는 그리 용맹한 새가 아니라 굼뜨고 게으른 새라는 것, 권력자들이 독수리의 습성에 대해 깊이 오해하고 있으면서도 독수리의 의인화된 멋진 이미지만 취한다는 것을 우리는 이제 안다.

과연, 나는 새들에 대해서만 무지할까? 벌레에 대해, 물고기에 대해 나는 뭘 알고 있을까? 그런데도 아무것도 모르는 나는 왜 인간이 언제나 이 행성의 주인이라는 오만에 편승하고 있을까? 왜 인간은 모든 것을 알고 있거나 알 수 있다고 착각하면서, 모든 해석을 독점할까? 애도하는 물까치를 보고 놀란 것도 진정 순수한 경탄이었을까? 애도의 능력은 사람에게만 허락된 귀한 재능인 줄 알았는데, (감히) 새들도 동료의 죽음에 애도하다니, 하는 시건방진 오만이 깔려 있지는 않았을까?

그런 뿌리 깊은 인간중심주의는 결국 걷잡을 수 없는 파국에 직면했다. 지금도 그린란드 빙하가 걷잡을 수 없이 빠르게 녹고 있고, 북극의 동토 층에서는 메탄이 노출되기 시작했다. "메탄마저 노출되면 끝"이라는 소리는 내가 환경단체에서 일하던 20년 전부터 우려하던 소리였는데, 그것이 현실이 되었다. 하지만 세상은 그것을 "아아, 파국이 왔구나", 하는 위기감과 반성해야 할 징후로 받아들이지 않았다. 메탄을 상업화하기 위해 관련국이나 관련이 없는 강대국들은 또다시 미구에 닥칠 영토 분쟁에서 선점권을 차지하려고 눈독을 들이기 시작했다. 북극 얼음이 녹아 새 항로가 개척되어 물류비용을 줄이게 되었다고 환영하는 국가와 기업들. 이것이 곧 인간의 실체였던 것이다.

    너무 자주 들어 식상할 사건들이지만, 대륙에 붙은 거대한 산불은 반년이 넘도록 꺼지지 않고, 방금 겪은 역대급 강우량, 그뿐인가, 온 세계를 휩쓸고 있는 역병은 백신 따위로는 해결이 안 될 것이므로 인류는 영원토록 코로나19 바이러스와 같이 살아가야 할 것이라는 비관론도 나오고 있다. 지금도 산호초의 70퍼센트가 죽어가고 있고, 지구 온도는 섭씨 1.5도 상승을 파국의 정점으로 보고 있는데, 이미 1도가 오른 상황에서 지난 2001년에서 2005년 사이에 0.2도 더 상승했다고 한다. 녹아버린 얼음을 빙하로 되돌릴 수 없듯이 이미 오른 기온 역시 불가역적이다. 그런데도 우리는 이미 신이 되어버린 성장 숭배에서 벗어날 생각이 조금도 없다. 경제 성장은 끝없이 계속되어야 하고, 지구 자원은 무한정한 것으로 착각하고 있다. 가없는 경제 성장은 불가능한 일일뿐더러, 부자를 더욱 부자로 만들고 궁핍한 이들을 더 궁핍하게 만든다는 자명한 진실을 철저하게 외면하고 있다.

    이 행성과 여기 사는 모든 생명체들을 식민지화하려는 폭력의 뿌리는 그리 오래된 인간의 작태가 아니다. 기껏 300년 되었을까? 서양 아이들이 자연을 대하는 태도가 그랬다. 이른바, '도구로서의 자연관'이다. 살육과 탐욕의 흑역사는 동서의 구분이 없지만, 물질의 풍요가 곧 개발이고 발전이라는 망상은 이제 동서 구분이 없다. 1948년 트루먼이 "모든 미개발된 나라를 발전시켜야겠다"는 국가 목표를 전 세계로 확장한 이래, 인류는 같은 목표를 지닌 약탈자라는 면에서 똑같아졌다. 발전시켜야 할 것은 따로 있는데, 에너지를 많이 사용해 지구를 살 수 없도록 뜨겁게 하는 게 곧 발전의 핵심이 되어버렸다. 그러니, 남은 일은 공멸뿐이다. 오로지 부국강병이 목표인 국가가 사라져야 그나마 얼음이 녹는 속도를 줄일 텐데, 생각해보자, 그것이 가능한 일이겠는가.

"책임이 있는 자만이 무책임하게 행동할 수 있다"(한스 요나스)는 말이 있다. 흔히 책임의 소재를 물을 때 인용되지만, 이 말의 고갱이는 '우리 모두의 책임'이라는 말의 허구를 적시한 말이다. '우리'라는 복수명사를 고통 없이 쓰는 순간, 책임질 자는 면책되고 만다. 지구 생태계를 이 지경으로 만든 것이 '우리 책임'이라고 하면 누구의 책임도 아니게 되어버리고 만다.

'공존공생의 생태적 세계관의 회복', 그런 이상주의는 설사 그것이 확실한 답이긴 하지만 그 실현 불가능성 때문에 슬픔 없이 들을 수 없는 한숨 소리로 들린다. 그렇지만 그런 낙관적인 꿈을 품고 외치고 실천하는 이들은 훌륭한 사람들이다. 아직도 그런 꿈을 꾸다니. 하지만, 어쩌겠는가, 나는 실패한 환경운동

산촌은 생명의 환희만 작열하는 곳은 아니다.
생명이 있는 곳에는 반드시 그 환하고 역동적인
에너지만큼의 그늘이 있다. 죽음은 눈에 보이기도 하고,
보이지 않기도 한다. 매일같이 새 생명이 탄생하고,
그만큼 살아 있던 생명체들이 사라진다.
그것은 중력의 은총일까, 우주의 법칙일까?

가, 거듭되는 시위와 생태 에세이 따위로 절대로 세상이 달라지지 않는다는 것을 체험한, 빼도 박도 못하는 비관론자다. 인간은 뻑적지근한 풍요의 체험을 접고 따분하고 비참하게 보일 수도 있는 검소한 생활로 돌아갈 수 없는 존재라는 것을 나는 간과했던 것이다. 비관론자는 시골에 가만히 있어야 세상에 해를 덜 끼친다. 그래서 나는 내가 인간의 일원이라는 것을 탄식하면서 그저 물까치가 돌아오기를 기다리며 고양이 밥을 줄 따름이다.

북한강 강둑에 핀 달맞이꽃이 그토록 아름다운 '노란빛'인지 올여름에 처음 알았다.

오남매
숯가마
이야기

툇골 입구에 이르는 국도변 옆은 감자밭이다. 감자농사가 끝나
면 농부들은 배추를 심는다. 그 밭 한가운데에 소나무가 있고 산
소도 두 장 있다. 산소에서 얼마쯤 떨어진 곳 소나무에 숯가마
간판이 기대서 있었다. 간판의 서체는 간판장이가 쓴 멋들어진
글씨가 아니라, 커다란 양철판에 두껍게 쓰인 서민의 글씨체였
다. 집에서 쓰다 남은 페인트로 숯가마 주인장이 깜냥껏 정성스
레 쓴 게 틀림없었다.

오래전부터 나는 그 숯가마에 한번 가보고 싶었다. 지나치며 힐끗힐끗 본 인상만으로도 그 숯가마는 '삐까번쩍한' 시설과는 거리가 먼, 낡고 허름한 집이었기 때문이다. 칠이 벗겨진 작고 낡은 교회당이 가마 옆에 서 있었다. 왠지 그 숯가마는 우후죽순처럼 생겨나 성업을 이루고 있는 시내 한복판의 찜질방들과는 다를 것만 같았다. 그때까지만 해도 나는 찜질방과 숯가마가 뭐가 어떻게 다른지 잘 몰랐다.

그러다 어느 날, 연구소 사람들이 툇골에 다 모였을 때, 우리는 작심하고 밭 사이로 난 숯가마 입구로 차를 틀었다. 아니나 다를까, 낡은 교회당은 숯가마의 본체였다. 가마는 셋이었고, 마당에는 비닐장판을 덮은 평상이 두 개 있었다. 평상 위에는 누군가 쓰다 팽개친 수건이 네댓 장 던져져 있고, 바닥의 흙은 빗물이 고인 맨땅이었다. 본체로 쓰는 교회당 안은 군대 내무반처럼 널찍한 마루였는데, 한쪽에는 작은 책상과 컴퓨터 한 대, 그리고 값싼 앵글로 만든 선반에는 목초액과 수건이 진열되어 있었다. 손님을 맞이하려고 작정한 숯가마 영업집의 내부라기엔 손님들에게 너무나 무신경한 분위기였다. 마루는 손님들이 드러누워 쉬기도 하고, 그들 가족이 밥도 먹는 식탁이기도 했다.

무엇보다 놀라운 일은 그 마루에 졸망졸망한 아이 여러 명이 놀고 있었다는 점이다. 큰 아이는 한쪽 벽에 등을 기댄 채 책을 읽고, 다른 아이는 목검을 들고 칼싸움을 하고, 한 아이는 배를 깔고 누워 퍼즐을 맞추고 있었다. 그중 어린 아이는 밥그릇을 한 손에 들고 먹다 남은 밥그릇 속의 으깬 감자를 입에 넣고 있었다. 가장 큰 아이가 열 살 남짓, 나머지 아이들은 모두 예닐곱 살 언저리로 보였다. 참으로 오랜만에 제멋대로 잘 자라고 있는 건강한 아이들을 보노라니, 마치 동화 속 세계에 들어온 것 같았다. 곧 알게 되었지만, 그 아이들은 숯가마집 아이들이었다. 아들 넷에 딸 하나, 모두 다섯이었다.

우리를 처음 맞이한 것은 그 아이들을 차례차례 세상에 내놓은 안주인이었다. 삼십대 중반쯤 되었을까 싶은 젊은 여성이었다.

"아이가 모두 몇이에요?"

"다섯!"

아이 엄마는 자주 들어본 질문인 양, 얼른 대답했다.

"대단합니다."

"뭐가요?"

"아니, 요즘 누가 다섯씩 애를 낳아요. 대단하다고요."

"애를 하나둘 낳아 키우는 사람들은 이해가 안 돼요. 도대체 뭔 재미로 살까 모르겠어요."

말할 때 볼이 새빨개지는 아이 엄마가 말했다. 아이 엄마는 자신의 다산(多産)과 지금 생활에 매우 흡족해하는 것 같았다. 하나둘 낳아 애면글면하는, 흔히 만나는 삼십대 주부들과 달랐다.

황토색 숯가마옷으로 갈아입고 생전 처음 숯을 빼낸 가마에 들어간 날을 잊을 수 없다. 아직 가마에 남아 있는 열기 속에 잠겨 강제로 땀을 빼내는 과정이 참으로 특별했다. 가마에 배어 있는 쑥향과 목초액 냄새도 구수했고, 땀을 빼고 난 뒤의 기분 좋은 나른함도 좋았다. 이상한 일은 인위적으로 배출시킨 땀이라서인지 운동이나 노동으로 흘린 땀과 달리 끈적끈적하지 않고 맑았다. 땀이란 본래 체내의 노폐물이 아니던가. 그런데도 숯가마에서 흘린 땀은 증류수처럼 투명했다. 사람들은 그 땀의 이상한 성질을 숯가마의 효용을 이야기할 때 근거로 삼는 것 같았다.

"가마 열기 속에는 원적외선이 방출되고요. 그리고 가마 벽이 황토라 거기선 음이온이 나온다나 봐요. 그러니 사람한테 좋을 수밖에 없겠지요. 암환자들도 많이 오고, 부인들한테도 좋다지요."

가마에서 만난 사람이 한 말이다. 가마에서 만난 사람들은 모두 수건을 머리에 뒤집어쓰고 있었다. 숯을 꺼낸 지 얼마 안 되었을 때의 뜨거운 열기는 정말 수건을 몇 겹씩 뒤집어써도 견디기 힘들 정도였다. 뜨거운 가마에 잠시 앉아 있다 보면, 손가락이 파열될 것 같은 통증이 일곤 했다. 다행히 가마가 셋이라 손님들은 자신이 견딜 수 있는 가마의 온도를 선택해 즐기고 있었다.

그 후, 우리 연구소 사람들은 숯가마의 설명하기 힘든 매력에 깊이 빠졌다. 툇골에 근무하는 일주일의 나흘 동안, 우리는 거의 하루도 빠지지 않고 숯가마에 갔다. 아무런 시설이라곤 없는, 그런데다 서비스라 할 것도 전혀 없는, 배추밭 한가운데 있는 숯가마에 이렇게 빠지게 될 줄은 정말 몰랐다.

　나중에야 친해졌지만, 차(車)씨 성을 가진 숯가마집의 남편은 사십대 초반의 키가 작고 잘 웃는 사내였는데, 말할 수 없이 근면한 사람이었다. 참나무를 구해 잘라 가마에 넣고, 불을 때고, 숯을 굽고, 시간 맞춰 그 시뻘건 불덩어리들을 꺼내고, 그런 뒤 숯이 빠져나온 뜨거운 가마 속 바닥의 재를 치우고, 돗자리를 깔고, 손님들을 마치 이웃처럼 맞이하는 남편은 한결같은 얼굴로 그 벅찬 노동을 묵묵히 수행하는 사내였다.

　차씨는 모양이 좋은 숯은 따로 모아 작품을 만들고, 잘게 부서진 숯은 자루에 담아 음식점에 넘기는 것 같았다. 작업장에서는 에어컴프레서 소리가 늘 들렸고, 교회당 건물 근처 밭에는 무럭무럭 배추가 자라고 있었고, 개도 서너 마리, 닭과 토끼도 치고 있었다. 잠시도 쉬지 않고 일하는 그의 모습은 마치 '60년대의 아버지'들 같았다. 일하는 도중 아이들이 말을 걸면, 그는 아이들에게 말할 수 없이 다정한 목소리로 경어를 썼다.

　차씨네 가족의 살림살이는, 그들이 의도하진 않았지만, 대가족제도 아래서 여러 형제와 살았던, 나이가 좀 든 사람들에게 묘한 그리움을 불러일으키는 특별한 분위기가 있었다.

　"차선생, 앞으로 돈 많이 벌더라도 이 이상 시설을 하진 말아주십시오."

　어느 날 차씨와 좀 친해진 뒤, 차씨 집에만 있는 독특한 향수가 너무나 귀하게 생각되어, 정색한 얼굴로 부탁했다.

"거럼요. 우린 숯 굽는 집이니까 그런 염렬랑 마세요."

차씨가 말했다. 그 말 속에는 몸에 좋다고 소문이 나자 여기저기 생겨나는 대규모 숯가마들에 대한 은근한 비판이 깔려 있었다. '저는 숯을 굽는 사람이지 가마로 돈을 벌려는 사람이 아니랍니다' 하는 게 그 뜻이었다.

어느 날이었다. 그날은 초등학교 4학년인 차씨의 큰아들이 '학교탐방'이라는 어린이 프로그램의 학교 대표로 여의도의 한 방송사에서 녹화를 하고 온 날이었다. 차씨는 사랑하는 맏자식이 서울까지 가서 녹화를 하고 오자 기분이 날아갈 것처럼 좋아 산등성이 오리집에 가서 오리고기를 사왔다. 그러고는 익숙한 솜씨로 숯불구이를 준비했다. 우리는 박수를 치고, 녹화를 마친 아이에게 "여의도에 가보니 어땠어?" 하며 기분을 돋우면서 차씨네 소박한 집안 잔치에 참여했다. 당연히 소주도 한잔 곁들이게 되었다. 그때 차씨가 '엄청난' 이야기를 했다.

"제가요, 이래 봬도 우리 아이들에게 거는 기대가 아주 크지요."

"그래, 그게 뭔데요?"

"큰아이는 통일 한반도의 첫 대통령을 만들 작정입니다. 둘째놈은 정주영 회장 정도의 사업가를 만들 생각이구요. 지네 형이 정치하다가 돈이 필요하면 도와줘야 하지 않겠어요. 그리고 셋째는 신부나 목사를 만들 작정이지요. 다섯째는 대학교수를 만들까 생각하고 있구요."

사내는 좋은 참나무 토막으로 숯을 만드는 사람이었다. 아니다.
숯은 부산물이고 그 이전에 사내는 나무토막을 숯가마에 지펴서
그 열로 사람들의 피로를 풀어주는 불의 사내였다. 사내가 가마를
덥히는 과정은 엄청난 중노동이었지만, 사내는 늘 밝게 웃었다.
자식들 다섯에 대한 희망 때문이었다. 사내는 세상을 낙관했고,
자식들의 미래에 대해서는 더욱 굳은 믿음을 지녔다. 그들 부부는
자신들이 키우고 있는 다섯 남매가 잘 자라서 마침내 세상을 구원할 수
있을 것이라고까지 말했다. 어느 날 '오남매 숯가마'는 사라졌지만,
그가 자식들에 대해 품었던 믿음만은 그가 다루던 참나무처럼
여전히 단단하게 그들 부부를 지탱하기를 바라는 마음이 깊다.

219

한반도의 제정(祭政)을 몽땅 이 집안에서 다 해결해 치우겠다는 포부였다. 게다가 종교와 교육까지 도맡으려고 했다. 왜 차씨가 자식들에게 경어를 쓰는지 알 것 같았다. 미래의 대통령, 사업가, 성직자, 학자가 될 아이들이니 그런 태도는 어쩌면 당연할지도 몰랐다. 참으로 당돌하고 야무진 야심이긴 한데, 넷째인 딸의 미래 소망에 대해서는 차씨가 빠뜨리고 있었다.

"우아, 꿈 한번 야무지네요. 한반도를 아예 차씨 집안이 도맡겠다는 얘기네. 그거야 그렇다손 치고, 근데 차선생, 딸은 뭘 만들 건데요?"

마치 차씨의 의도대로 자식들의 미래가 진행될 것을 인정하는 얼굴로 내가 물었다.

"……에, 으음, 우리 딸은요. 그저 좋은 사내 만나 행복했으면 좋겠어요."

그가 좀 겸연쩍은 표정으로 멋쩍게 웃으며 말했다. 아아, 이 평범한 60년대식 사내를 어떻게 해야 좋을까. 통일 한반도의 첫 대통령이 여성일 수도 있는 세상이 오고 있고, 자식에게 경어를 쓰는 이 멋진 사내가 한 가지만은 안타깝게도 '전근대'에 머물러 있었다.

"그런데 차선생, 이 숯가마에 이름이 있소?"

상호가 있는가, 하는 질문이었다.

"없는데요. 최선생님이 하나 지어주시지요."

"오남매 숯가마라 하는 게 어떨까!"

차씨 부부는 아주 기뻐하면서 나의 작명을 받아들였다.

오리고기 파티가 벌어진 뒤 얼마 안 되었을 때였다. 그가 소나무에 걸쳐놓은 양철 간판을 땅바닥에 내려놓고, '오남매'라는 글자를 쓰고 있었다.

"사실, 한번 불을 피우고 숯을 꺼낼 땐 너무나 힘들어서 하루에도 몇 번씩 때려치우고 싶은 생각이 간절하답니다. 그런데 최선생님이 이렇게 멋진 작명을 해주신 뒤부터 힘이 납니다. 우리 애들, 정말 잘 키우겠습니다."

"아, 그럼 그래야지요. 그런데 차선생, 따님은 제인 구달이나 페트라 켈리 같은 유명한 환경운동가로 만드는 게 어떻겠소? 오빠들이 정신없이 살면 야무지게 비판도 하게 말이오."

지금 우리가 걷는 길이 눈 덮인 깨끗한 들판은 분명 아니다. 깨끗한 들판이기는커녕 걸레처럼 만신창이가 다 된 타락한 물신(物神)의 들판, 그리하여 회복 불가능할 지경으로 오염된 들판이 아니겠는가. 산하가 그렇고, 정신의 들판이 그렇다. 설사 그렇더라도 난행(亂行)은 안 된다. 이럴 때일수록 단정하게 한 걸음, 한 걸음, 길이 아니면 가지 말아야 한다. 딱히 후인들의 발자취 때문에서가 아니다. 난행은 옳지 않기 때문이다. 모델은 많다. 게바라가 간 길도 있고, 스콧 니어링이 간 길도 있고, 백범이 간 길도, 남명 조식이 간 길도 있다. "송곳이 살갗에 꽂혀서야 알아채는 것은 둔한 말이다. 날쌘 말은 채찍 그림자만 보고도 내달린다." 이 말은 불가(佛家)의 말씀이다.

그런 뿌리 깊은 인간중심주의는 결국 걷잡을 수 없는 파국에 직면했다. 지금도 그린란드 빙하가 걷잡을 수 없이 빠르게 녹고 있고, 북극의 동토층에서는 메탄이 노출되기 시작했다. "메탄마저 노출되면 끝"이라는 소리는 내가 환경단체에서 일하던 20년 전부터 우려하던 소리였는데, 그것이 현실이 되었다. 하지만 세상은 그것을 "아아, 파국이 왔구나", 하는 위기감과 반성해야 할 징후로 받아들이지 않았다. 메탄을 상업화하기 위해 관련 국이나 관련이 없는 강대국들은 또다시 미구에 닥칠 영토 분쟁에서 선점권을 차지하려고 눈독을 들이기 시작했다. 북극 얼음이 녹아 새 항로가 개척되어 물류비용을 줄이게 되었다고 환영하는 국가와 기업들. 이것이 곧 인간의 실체였던 것이다.

가을

밤송이 속에
파고드는 달빛

〈

초가을
텅 빈 산길
30리

아직까지 이 부근에서 가장 좋은 땅은 사유지가 아니다.

—헨리 데이비드 소로

마을에서 4킬로만 벗어나면 이르게 되는 도유림(道有林) 속에 그렇게 멋진 임도(林道)가 숨은 광맥처럼 펼쳐져 있다는 것을 전에는 몰랐다. 소로가 말하기를, '마을은 길들이 모이는 곳'이라고 했다. 그러나 툇골 마을은 길이 모여 형성된 게 아니라 길이 끊어져 형성된 마을이다. '물러날 퇴' 자로 불리는 총 9획의 그 한 자에는 '물러나다, 그만두다, 피하다, 떠나가다, 돌아가다, 옮기다' 등의 뜻이 담겨 있다. 그런 뜻이 약속되어 있다.

톳골 사람이 된 뒤에 시간이 갈수록 새록새록 다져지는 감정이지만, 나는 톳골의 '퇴(退)' 자가 좋았다. 소리 내 그 뜻풀이를 읽다보면, 어딘가 자폐적인 느낌이 드는 것도 사실이지만 물러나고, 관두고, 피해버리고, 떠나버리고, 에둘러 돌고, 자신을 다른 곳으로 옮긴다는 게 내가 살아온 행적에 무슨 맞춤처럼 두루 해당되는 것 같아서 그런가 보다. 내친김에 그 상대 말인 총 11획의 '진(進)' 자를 살펴보니, '나아가다, 벼슬하다, 전진하다, 힘쓰다, 움직이다, 이기다' 등의 뜻을 담고 있다. 역시 '퇴' 자의 뜻을 발음했듯이 낮게 읊조려보자니, 오호라, 내가 살아온 것과 확실하게 멀어도 먼 거리의 판세라는 것을 새삼 알게 된다. 나아가 벼슬을 얻어 전진하며 용을 써 누군가를 이겨내는 일은 내게 피곤한 일이거나, 애당초 나는 그런 체질이 아니었던 것이다. 이어찌 다행스러운 일이 아닐까. 이야기가 번진 김에 하는 소리지만, 오십 중반에 이르도록 살아오면서 나 역시 피할 수 없이 누군가와 대적할 수밖에 없는 일도 더러 있었는데, 곰곰 생각해보니 내 주먹에 온 힘을 다 실었던 적은 거의 없었다는 것을 알 수 있다. 싸우고 이겨내는 일에 득의보다는 피로를 먼저 느꼈던 것만 같다.

아무리 생각해봐도, 나는 '진의 사람'이 아니라 '퇴의 사람'

이라는 이야기다.

피할 길 없는 진퇴양난(進退兩難)의 궁지에 맞닥뜨렸을 때 누가 더 유리할까? 유리하다기보다 누가 최소한 덜 훼손될까? 아마도 퇴의 사람이 아니겠는가, 싶다.

나이가 좀 드니까 그런 내 대수롭지 않은 삶이 여간 흡족하지 않다.

싱거운 이야기 그만하고, 어서 산길로 접어들어야겠다.

전에는 들판을 걸었다. 여름에도 걷고, 바람 몰아치는 겨울에도 걸었다. 달리 걸을 데가 없었다. 없었다기보다 다른 길을 찾지 않았던 것이다. 마을 안쪽 높은 곳에 성처럼 높은 방죽에 가둬놓은 저수지를 꾸불꾸불 감싸고 지나면 산길이 나온다는 것은 나도 진즉부터 알고는 있었다. 그러나 그 끝자락 계곡에는 오리탕집이 자그마치 세 개나 있다. 세 오리탕집 모두 자기들이 원조라고 우겨대는데, 그 간판의 크기가 가만히 서 있는 버스보다 더 크다. 양념 오리고기에 부지런히 시커먼 석쇠 갈아주는 이자들은 기실 아주 고약하기 짝이 없다. 왜냐하면 이 녀석들이 마을 이름을 '오리골'로 개명하려고 했기 때문이다. 마을 초입에도 오리탕집이 두 집 더 있으므로, 물론 위에 있는 자들만 비난해서는 안 된다. 오리탕집 주인들이 모두 모여 작당을 한 짓인지 모르지만, 어느 날 마을로 들어서는데, "여기서부터 오리골입니다"라는 입간판이 화천 가는 국도와 갈라지는 지점에 덜컥 서 있는 것

나이 들어 내가 들어온 마을 이름은 '툇골'이었다.
나는 '퇴(退)' 자가 좋았다. 실제로 마을은 막힌 마을이었다.
'툇골까지'는 가능했고, 툇골을 경유해서 다른 마을로
갈 수는 없었다. 내게는 막힌 길(마을)이 실제로는 출로(出路)로
여겨졌다. 이곳에서 나는 새 세상을 만나고자 했다. 그 길은
누가 대신 찾아줄 수 없는 길이었다. 그 길을 찾는 데
남은 생을 사용해도 괜찮은 일이라고 생각했다.

이었다.

속에서 부글부글 뜨겁고 역겨운 것이 들끓었다.

그것을 보는 순간, 그 당장에 팻말을 뽑아버리지는 않았지만, 내 반드시 저것을 뽑아 치우리라, 다짐했다.

이 세상의 모든 마을에는 마을의 이름이 있는데, 누가 작명했건, 그 이름이 멋들어지건 그렇지 않건 간에, 거기에는 그렇게 붙여질 만한 사연이 있고, 그 유래에 동의하건 않건, 누대에 걸쳐 그렇게 불려오면서 쌓인 세월의 켜가 있는 법이다. 그 세월의 켜 속에서 한 마을의 정서가 형성되고, 그 정서와 마찰하고 순응하면서 그럭저럭 살아내는 것이 바로 사람살이인 것이다. 툇골은 조선조 말에 누구나 알 만한 사화(士禍)에도 얽힌 어떤 선비가 잠시 머물다 나간 뒤에 붙여진 이름으로 알고 있다. 그가 이곳으로 왔기 때문에 툇골인지, 그가 들어온 곳이 너무나 궁벽해 금세 튀어나가서 그렇게 붙여진 이름인지는 몰라도, 내가 이 지명을 좋아하는 까닭은 그 선비에 얽힌 기록과는 아랑곳없이 '퇴' 자의 뜻풀이가 내 살아온 행적과 매우 어울려서라는 이야기는 앞에서 기술한 바, 그대로다. 그런데 오리탕집 주인들이 함부로, 오로지 지네들 장삿속 때문에 '오리골'이라 뜬금없이 개명을 하려 드니, 어찌 열이 나지 않겠는가.

말이 통하는 마을 이웃, 털풀에게 방방 뜨면서 '오리골' 문제를 침을 튀기면서 의논했더니, 그 역시 나의 분기탱천에 전폭 동감을 표했다. 그러면서 그는 한술 더 떠서 "내가 여기 사는 한,

그런 은근슬쩍 개명은 결단코 용납할 수 없다"고 아예 못을 박는 것이었다. 그리고 한 주일쯤 지났을까? 귀경했다가 다시 마을로 들어서는데, "여기서부터 오리골입니다"라는 입간판이 깨끗하게 사라지고 없었다. 빙그레 입꼬리가 광대뼈 쪽으로 올라갔다. 이것은 털풀님이 한 일이다, 확신하고 그에게 나중에 넌지시 물었더니, 아니나 다를까, 내게 그 이야기를 듣는 순간 현장을 확인하고, 확인과 동시에 곡괭이 하나 들고 입간판의 뿌리를 캐서 확, 뽑아버렸다는 것이었다. 이웃이 때로는 적보다 무섭다는 말도 있지만, 마을에 좋은 이웃이 한둘쯤 있다는 것은 이런 일을 겪으면 새삼 알게 되는 일인데, 참 좋은 일이다.

입간판이야 뽑혔지만, 나는 오리 굽는 연기가 늘 진동하는 저수지 언저리가 싫었다. 거기 오리고기 구워 먹으러 서행해야 마땅할 마을길을 씽씽 달려 올라가는 외지 차들이 참으로 보기 싫었다. 그런데다 연전(年前)에는 저수지 옆, 낮에도 컴컴한 숲길에서 살인사건마저 일어났다. 오리탕집 옆에 무슨 오페라하우스처럼 장대한 위용으로 앉아 있던 불가마에서 찜질을 하고 돌아가던 아낙네 세 사람이 저수지 가의 숲길에서 납치되어 시(市)를 관통해 수킬로 떨어진 이 마을과 정반대의 방향 야산에 발가벗긴 채 숨겨져 있는 것이 발견되었다. 범인이 잡히고 난 뒤 아낙네들을 납치한 곳이 이 마을 저수지 옆이었던지라 졸지에 뒷골 저수지는 살인사건과 관련된 지명이 되어버렸고, 그 음침한 기운은 최소한 반년 내지는 일 년은 좋이 퍼져 꿈틀거렸던 것이다. 툇골 저수지 숲은 단지 납치된 장소였을 뿐인데도 사람들은 전후 관계를 잘 헤아려 정확하게 말하지 않는 수도 있는 법이어서, "저기 숲에서 살인사건이 일어났다며?", 하는 식으로 말했다.

서로 원조라 우기는 오리탕집에, 불가마에, 살인사건으로 이어진 납치사건에, 저수지 가에 낚시꾼들이 버리고 가는 쓰레기더미에 질리고 어지러워 아예 나는 수년간 그쪽은 거들떠보지도 않고, 늘 마을 앞쪽의 들판만 걸었다.

그러다 오리탕집도, 불가마도 한참 지나 다른 샛길로 빠지면서 가파른 산으로 멋진 미답의 임도가 펼쳐져 있다는 것을 알게 된 것은 참으로 우연이었다. 역시 털풀님 때문이었다. 털풀님이 그곳, 일반인은 출입 통제구역인 임도의 산림간수로 취직이 되었기 때문이었다. '산림간수'는 이 나라의 삼림을 마구 벌목해가던 왜정 때 출현한 고약한 산의 권력자를 일컫는 말인데, 내 어찌 그 무서운 말을 모를손가, 편의상 그렇게 부를 뿐이다. 털풀님이 하는 일은 입산 금지된 산속 도유림의 임도를 살피고, 지키는 일이었다. 산사태를 미리 살피고, 길의 훼손을 막고, 떼를 입히거나 구른 돌을 치우는 등 미리 대비하고, 그 상태를 매일같이 두루 살핀 뒤, 기록으로 남기는 일이 그가 새로 잡게 된 직장의 일이었다.

"민간인 입산 통제구역이라면서 내 앞에서 자꾸만 산판길 자랑만 해쌓으면 날더러 어떡하란 말이오?"

그가 자신의 몇만 평이 넘는 일터를 호기롭게 자랑할 때 내가 물었다.

"최선생은 산에 해를 끼치는 사람이 아닌 것을 내 아니까, 산에서 봐도 내 못 본 척하면 되지 뭘 그러시오."

그가 답했다.

"내 입산을 반쯤 승낙한 셈으로 들어도 되겠소?"

무협지에 나오는 사람의 어조로 재차 물었더니,

"그런 시시껄렁한 질문에 내 꼭 대답을 해야 쓰겠소?"라고, 그가 역시 같은 어조로 답했다. 그 얼굴이 참 넉넉했다.

마을에서 4킬로 정도 저수지를 끼고 뚜벅뚜벅 걸어 올라가 오리탕집을 모두 헤쳐 나아가니, 허리께를 가로질러 막아놓은 철 파이프가 나타났다. 마치 무슨 검객처럼 철 파이프를 가볍게 타넘자 그때부터 공기가 벌써 달랐다.

임도의 정확한 위치야 내 죽었다 깨난다 해도 밝힐 필요도, 밝힐 마음도 없지만, 산 입구의 입간판에 쓰여 있는 통제구역은 총 1011헥타르였다. 재미있는 것은 '통제 기한: 연중'이라는 표현이었다. 연중(1년 내내), 민간인(관계자 외)은 허가를 받지 않았으면 '산림자원 조성 및 관리에 관한 법률 제57조 제2항'에 의거해, 들어오지 말라는 이야기였다. 허가 없이 들어왔다가 잡히면, '동법 제77조 제4항'에 따라 '10만 원 이하의 과태료에 처하게 된다'는 이야기였다. 10만 원 과태료에 처(處)하지 않으려면 우선 발각되지 말아야 하고, 발각되더라도 덜미를 잡히지 않으면 된다는 뜻 같기도 했다.

　도둑놈들은 뛰기도 잘 뛴다는데, 나는 어려서부터 달리기를 잘하지 못한다. 그러니 발각되면 잡힐 테니 '미발각의 상태에 처'하는 게 상책이다. 만약 발각되지도 않고, 잡히지도 않고 무사히 입산했다가 하산해 통제구역 입구를 벗어난다면 10만 원을 버는 셈이 된다. 내 계산법은 늘 그렇다. 한 번 들어갔다가 무사히 나오면 10만 원, 두 번이면 20만 원…… 제법 쏠쏠한 벌이가 아닐 수 없겠다, 아아, 현금을 잘 못 만드는 멍청한 자들의 바보 같은 계산법 하고선.

　마을만 해도 공기가 그리 나쁜 편은 아니었지만, 아무래도 그 공기 속에는 농약 냄새도 희미하게 섞여 있고, 차들이 내뿜는 매연의 흔적도 있다. 벼가 익기 시작했으니 요즘 나는 농약 냄새는 주로 가지밭에서 나오는 것이다. 가지든 호박이든 상품이 되자면 농약을 치지 않을 재간이 없다. 관행 농사 짓는 나이 든 농약 치는 농부들을 함부로 말하면 안 된다. 상품이 되어야 돈을 만들기 때문이다. 무밭이나 배추밭이야 감자농사 끝난 뒤, 이제 심은 지 몇 주 안 되기 때문에 약 냄새까지 날 지경은 아니다.

　그러나 임도에 들어서니 미답의 길에서만 느낄 수 있는 야생의 기운이 물씬 흐른다. 총 20.7킬로미터. 내가 과연 얼마큼 걸을 수 있을까? 초입에서는 아직 짐작할 수 없는 노릇이다. 들어가봐야 안다. 산책할 때에는 낙타처럼 걸어야 한다고 생각했던 소로는 산책의 절반은 돌아오는 길이라고 말하기도 했다. 생각해보면 맞는 말인데도, 그 대단찮은 통찰에는 왠지 범상치 않은 울림이 있다. 산책이 돌아오지 못할 길을 가는 길은 아니라는 이야기이기 때문이다. 소로는 산책의 능력을 '고귀한 기술'이라고 했다. 이 대단찮아 보이는 일에도 밑천이 필요한데, 그것은 '자립과 자유, 필수적인 여가'라고 보았다. 나아가서 그런 밑천은 신의 은총으로만 가능하다고까지 했다. 심지어 산책자는 태어나면서부터 산책자의 피를 받아야 한다고까지 했다. 그래서 산책자는 태어나는 것이지 만들어지는 게 아니라는 말도 그는 덧붙였다. "여성은 태어나는 게 아니라 만들어지는 것이다"라는 시몬 드 보부아르의 멋진 말도 그 말의 모태가 가까이로는 소로였다는 것을 새삼 확인하게 된다.

나는 왜 마치 경전을 인용하듯이 그의 허락도 없이 그를 이토록 거듭 팔고 있을까?

내게 헨리 데이비드 소로는 누구인가?

모든 세상사에서 완전히 벗어나 하루에 적어도 네 시간씩 (보통은 이보다 길어질 때가 많지만) 숲과 언덕과 들판을 한가하게 거닐지 못한다면, 나의 건강과 영혼은 온전히 유지될 수 없을 것 같다.

—H. D. 소로, 《산책》, 박윤정 옮김, 양문, 2005년, 16쪽.

소로에 대한 나의 경사(傾斜)에 대해 누군가 나를 비난해도 할 수 없는 노릇이다. 야생(野生)에 대한 집착에 가까운 경탄과 타고난 자연에 대한 감수성이야 그에게 턱없이 밀리지만, 천작(天爵)을 받았다고 말해도 될 만큼의 그의 고귀한 영혼에 비해서 나는 천민에 가까운 피를 가진 사람이지만, 그에게 깊이 공감하고 그를 더 잘 이해하려 애쓰고, 마침내 사랑하고, 할 수 있는 한 흉내 내는 일까지도 내 마음대로 못할 일이겠는가. 뉘 있어 우직하다 못해 어리석기조차 했던 한 아름다운 사내를 내 마음대로 존경하는 일을 막을 텐가.

'산책'을 어려서는 '산보(散步)'라 말했다. 어른들이 쓰던 말을 따라 말했는데, 한동안 왜(倭)말이라고 하더니 최근에는 '산보'도 우리말이라고 되살린 모양이다. 그렇지만 산책을 하는 어른들은 왠지 오래도록 거북했다. 어렸을 적, 내 고향에는 내과의사 한 분이 늘 새벽이면 바닷물을 간수로 써 새벽부터 초두부를 만들던 초당(草堂) 마을까지 걷곤 하셨다. 아홉 형제 속에서 자란 우리 형제들은 모두 그 어른의 신세를 지면서 장성했다. 홍역에 걸리고 특히 열 살 전까지 나는 자주 경기를 했다는데, 그럴 때마다 그 어른이 나를 고쳐주었다고 한다. 뚱뚱하고 머리가 벗겨진 늙은 의사는 비가 오나 눈이 오나 새벽마다 시에서 4킬로 거리의 바닷가 마을까지 산길을 걸으셨다. 그러곤 초당에서 초두부 한 그릇을 마신 뒤, 막 기동을 시작한 시내로 돌아오시곤 했다. 그의 규칙적인 산보는 고향에서 유명한 일로 통했고, 그의 산보를 이야기하는 어른들의 표정에는 존경심 같은 게 어려 있었던 것 같다. 나중에 커서 독일의 칸트라는 인물이 정확한 시각에 늘 같은 길을 산책했다는 사실을 알게 되었을 때, 나는 누구보다 먼저 고향의 내과의사를 떠올렸다. 그래서인지 내게 산책은 의사나 철학자쯤 되는 이들이 하는 여가로 생각되었다. 나 같은 계층의 사람이 다른 날과 달리 어느 날 일찍 일어나 바다에 이르는 방죽을 뚜벅뚜벅 걷는다면, 그 행위를 산책이라 말한다는 게 왠지 낯간지러울 것 같았다. 오랫동안 나는 '산책'이라는 말에서 유한계급의 냄새가 난다고 여겼기에 지금도 '산책'이라는 말을 다른 사람 앞에서는 입에 잘 올리지 않는다. 하지만, '산책'을 뜻하는 영어(sauntering)는 일찍부터 어슬렁거리는 사람, 성지순례자 행세를 하면서 떠돌아다니는 게으름뱅이들에게서 유래했기에 불필요한 계층의 냄새는 애초부터 없었던 모양이다.

말이 나왔으니 하는 말이지만, 표기할 때 '산책'은 허용되고, '산보'는 왜말이어서 곤란하다는 것도 그렇다. 영어는 거의 무한정이라 할 만큼 남발될 뿐 아니라 광풍이라 할 만큼 장려되기조차 하는데도 이 나라는 왜말에 대해서만은 암묵적으로, 노골적으로 금기시한다. 왜일까? 왜말은 왜놈들이 우리 한글을 지우려고 했던 정복자의 말이고, 영어는 시방 우리가 한글을 버리면서까지 미친 듯이 좇는 강대국의 말이다. 자기 말이 눌리거나 자기 말을 버리면 볼 장 끝난 일, 더 할 일이 없게 된다. 말의 오염과 타락보다 심각한 오염이 또 있을까? 넋이라도 있건 없건 백골이 진토되어도 지켜야 할 것이 '어머니의 말'이건만, 어머니도 세상을 떠났고, 어머니의 말도 비틀어지고, 멍들어 고사 직전이다.

사실, 깊이 생각해보면 '산책'이라 하든, '산보'라 하든, '동구 밖 나들이'라 하든, 어차피 뒷골까지 기어들어온 한 보잘것없는 서생으로서 벌판이든 산이든, 때 없이 하염없이 걷는 일만큼 더 훌륭하고 가치 있는 일도 그리 많지 않다는 게 내 생각이다. 이런 물신(物神)의 세상에서 작은 텃밭을 정성스레 가꾸는 것도 확실한 저항의 몸짓이라고 말했던 이는 아마도 피에르 신부였을 것이다. 그런 맥락에서 하는 이야기다.

철제로 막아놓은 임도의 입구를 나는 일주문(一柱門)이라 이름 붙였다. 출입이 금지된 그 산을 나는 나도 모르게 사원(寺院)으로 간주하고 싶었던가 보다. 일주문을 지나자 폭 3미터 남짓의 임도변으로 작은 꽃들이 흐드러지게 피어 있었다. 계류 옆에는 일급수에만 산다는 보라색 물봉선이 길게 띠를 이루어 군집을 이루고 있었고, 그 옆으로 궁궁이가 축포가 터진 듯 허공 속에 하얗게 떠 있었다. 잎새가 떨어진 저것은 참졌의다리인가. 노란 짚신나물 옆으로는 눈부신 백공작이 무리지어 피어 산길이 더욱 화사하다. 백공작은 귀화식물로서 본디 이름은 미국쑥부쟁이다. 꽃꽂이용으로 들어왔다는데 어떻게 꽃집을 벗어나 이토록 머나먼 산골까지 날아와 자리 잡았을까? 사방에 백공작이다. 길

가장자리에는 솔잎이 떨어져 썩으면서 더미를 이루고 있다. 지난 장마 때 물살이 만든 더미들인데, 퍼갈 수만 있으면 밭에 퍼가고 싶을 만큼 기름져 보인다.

산의 초입은 온통 꽃잔치다. 갈퀴나물, 도꼬마리, 영아자, 사위질빵, 왕꼬들빼기 등, 찬바람 불기 시작하면 이내 져버릴 작은 꽃들이 마지막까지 금년치의 제 할 일을 다하려고 용을 쓰고 있는데, 아름답다. 일찍 떨어진 꽃잎들은 칡넝쿨 위에도 얹혀 있었다. 칡넝쿨이 언제나 문제다. 미친년 치맛자락처럼 바람에 너울너울 펄럭이는 넝쿨잎은 그 강인한 생명력과 염치없는 정복욕으로 그 상대가 누구든 손에 잡히는 대로 가차 없이 휘감는다. 0.5킬로 단위로 세워져 있는 철제 표지판까지 칡넝쿨은 싸그리 휘감고 있었다. 그래서 그곳은 본래 객의 침투를 허락하지 않는 땅이긴 하지만 얼마나 걸었고, 남은 길이 얼마인지 알아보지 못하게 방해하고 있었다. 생물이든 광물이든 모조리 감아 조이고, 휘감아 덮어 칡넝쿨은 마침내 무엇을 이루려는 것일까?

조금 오르다보니 갑자기 널찍한 광장이 나온다. 개울을 감싼 둘레로 집채만 한 바위가 군데군데 놓여 있다. 바위 옆으로는 뱀딸기꽃이 피어 있고, 그 틈틈이 괭이밥풀이나 작은 쇠별꽃이 피어 있다. 바위를 세어보니 무려 13개였다. 나중에 다른 이들과 같이 산에 오르면서 우리는 그 지점을 '13개의 바위들'이라 명칭했다. 산길을 닦던 사람들이 시멘트니 목재니 잔디니 더러 자재도 쌓고, 쉬었던 곳 같았다.

'13개의 바위들'을 지나 1킬로 지점까지는 매우 급한 경사로였다. 각으로 칠라치면 어떻게 말해야 옳을까? 구불구불 거의 직벽에 가까웠다. 4륜 트럭이라 해도 엔간히 용을 쓰지 않으면 쉽게 오르기 힘든 코스였다. 아무리 느린 걸음이라도 그 정상에서 할딱할딱, 숨을 내쉬어야 했기에 나중에 우리는 그 고개를 '할딱고개'라 불렀다.

인적을 불허하고 있는 이 기나긴 임도를 후일 여러 차례 걸으며 자세히 알게 된 일이지만, 그 길은 할딱고개까지 오르기가 힘이 들었지 그 후에는 산의 7부 능선, 8부 능선을 천천히 물결을 타듯이 그냥 흐르기만 하면 되는 길이었다. 산 아래 저 멀리로 커다란 저수지가 양동이에 받아놓은 세숫물처럼 보인다. 마을 지붕은 그 너머에 가을 햇살을 받아 사금파리처럼 반짝거렸고, 논밭의 작물들은 숲의 녹색과는 다른 정제된 연두빛으로 펼쳐져 있었다. 언덕에 올라선 소로도 저 멀리 희미하게 펼쳐진 '사람들의 거처와 문명의 모습'을 보았다. 그가 말했다.

인간의 일상과 잡다한 일, 교회와 정부, 학교, 교역, 상업, 제조업과 농업, 그중에서도 가장 놀라운 정치까지. 이것들이 풍경 속에서 차지하는 공간이 얼마나 작은지를 확인하는 일은 즐거운 일이다.

—같은 책, 20쪽.

그리고 그가 이내 덧붙였다. "정치는 하나의 좁은 들판에 지나지 않는다"라고.

　　문제는 대체로, 언제나 그 '좁은 들판'에 있다. 소로 시대에도 그랬고, 지금 여기 나의 시대도 그렇다. 소로가 마을보다는 습지를 택했고, 고요한 강보다는 범람하는 물결을 아름답다고 느낀 것은 피할 수 없는 일이었을 것이다. 숲속에서는 처음 들어보는 이상야릇한 풀벌레가 지칠 줄 모르고 울어 젖힌다. 멀리 계곡 아래에서 흐르는 물소리가 아득하게 들린다. 할딱고개를 지난 뒤, 순식간에 너무 높이 올라와버린 것이다. 길이 닦인 뒤, 오래도록 이른바 관계자 외에는 아무도 이 길을 밟지 않았다는 게 이토록 좋을 수 없다. '사람들 숲'에서 그 숲이 갈수록 지루하고 고단해서 할 수 있는 한 진짜 숲이나 들판이나 산을 탐하기 시작했지만, 미답의 산길을 이토록 환장할 만큼 좋아하는 것을 보면 내 마음속 깊이 똬리를 틀고 있던 염인(厭人)이 엔간히 깊었나 보다.

　　할딱고개를 넘고 2킬로쯤 지나자 들꽃들이 줄어들기 시작한다. 풀씨가 바람에 뒤섞여 부유하는 상한선이 있었던 게다. 허공에 새겨진 그 금은 자세히 살피지 않으면 못 느낀다. 그것을 느끼자면 주의력보다는 산을 통째로 느끼려는 감성이 필요하다.

　　8부 능선 위의 꽃들은 아래쪽의 그것들과 다르다. 그러나 물봉선은 대개 물이 있는 곳에 있는데, 물이 없는 벼랑에도 물봉선이 흐드러지게 군집을 이루고 있었다. 꽃이 있는 곳에는 반드시 벌들도 윙윙거린다. 다행히 말벌 종류는 아니다. 말벌만 아니라면 벌이 다가와도 가만히 있으면 된다. 말벌이라도 마찬가지다. 독침을 쏘면 자신도 골로 갈 판인데, 어떤 벌이 독침을 남발할 것인가. 독침을 남발하는 절대 권력자는 절대 파멸한다는 사실이 역사책에는 적혀 있지만 이번에도 그럴까? 벌은 결코 사람을 꽃으로 착각하지 않는다. 벌이 사람을 쏠 때에는 놀란 사람이 호들갑을 떨거나 고약한 냄새로 인해 다급해졌을 때다. 사람들은 스스로 꽃보다 아름다운 게 사람이라고 너스레를 떨곤 한다. 그 말은 드물게는 맞지만 자주는 틀린 말이다.

군데군데 지난 물난리에 난 사태로 인해 돌멩이들이 흘러 내려와 길의 가장자리에서 뒹굴고 있었다. 길 복판까지 굴러온 돌들은 발로 이리저리 굴려 가장자리로 밀어 넣는다. 언젠가는 산림을 관리하는 패들이 트럭을 타고 몰려와 사태를 수습할 일이지만, 길을 가로막고 뒹구는 돌들을 보고도 그냥 지나칠 수는 없다. 풀숲에 무엇인가 급하게 지나간다. 누군가 급히 가느다랗고 검붉은 금을 그은 것 같다. 그 빠른 속도로 보아 뱀꼬리였음에 틀림없다. 왜 뱀이 없겠는가? 인적 있는 곳에도 뱀은 지천인데, 인적 없는 야산에 왜 뱀이 없을손가. 하지만 녀석들만은 마주치고 싶지 않다. 먼발치에서 슬쩍 스쳐 지나가도록 함께 조심하자. 나는 너를 밟지 않도록 필사적으로 조심할 테니, 너는 내 신발의 끄트머리 발목 위를 넘보지 말기 바란다.

담배를 너무나 사랑하는 나는 그 대가로 언덕을 오를 때 자주 숨이 차곤 한다. 나는 자주 그루터기에 앉곤 했다. 옛날 어른들이 그루터기에는 앉지 말라고 했지만, 이미 베어진 지 오래된 그루터기라 생살이 뚝뚝 떨어지는 살벌한 느낌은 가신 지 오래다. 그루터기는 두말할 것도 없이 어떤 나무가 잘려져 노출되기를 원치 않았던 절단면이다. 말하자면 나무의 피가 흐르던 곳이다. 그러니 어른들이 동티 날까봐 앉지 말라고 했을 것이다.

바짓자락에 메뚜기들이 부딪혀 탄피처럼 툭툭, 나가떨어진다. 송장메뚜기들은 들판의 그것들과 다르다. 논의 메뚜기들은 그 보호색으로 인해 황금빛이건만, 송장메뚜기들은 흙빛이다. 유난히 산에는 송장메뚜기들이 많았다. 거무튀튀해서 도저히 아름답다고 말하기 곤란하다. 그렇지만 몸을 퉁기는 뒷다리 근육은 아주 발달되어 있어 저 아래 논의 그것들과 비교할 나위가 안된다.

길바닥으로는 떨어진 나뭇잎만큼 짐승의 똥이 자주 보인다. 어떤 놈의 것인지 알 수 없지만 짐승들은 늘 길 복판에 똥을 싸질렀다. 오래된 회색 똥은 말라 물기가 다 빠졌지만, 그 사이로 작은 털들이 바람에 흔들린다. 틀림없이 육식을 하던 놈의 똥이다. 오소리일까, 너구리일까? 그것도 아니라면 멧돼지일까? 멧돼지 새끼의 것일까? 그렇다기엔 그 양이 너무 적다. 고라니나 노루는 초식이라 이런 똥이 아니다. 지금은 사라졌다는 삵일까? 이 능선은 화천과 철원으로 이어져 마침내는 백두대간의 큰 줄기로 이어질 것이다. 사람의 길과 동물의 길은 다르다. 어찌

이 산맥이 비무장지대로 이어지지 않겠는가. 언제나 자연에 제 멋대로 견고한 금을 긋는 것은 사람들이다. 다른 생물 종들이 그 은 금은 호혜적이거나 피차 무해하다.

한참 더 걷고 있는데, 저 앞에서도 또 똥이 보인다. 싼 지 얼마 안 되는 초식동물의 것이다. 검은콩처럼 생긴 똥을 한 무더기씩 싸질러놓았다. 아직 물기가 마르지 않았다. 똥 옆에 나비가 앉아 있다. 산에서 만나는 나비들은 빛깔이 현란하지 않다. 볼 사람이 없어서일까. 아니다. 붉은 반점이 정확하게 대칭을 이루고 있는 처음 보는 큰 나비도 있었다.

'봄 햇살에는 며느리를 세우고 가을 햇살에는 딸을 세운다'는 말이 문득 떠오른다. 그만큼 가을 햇살이 부드럽고 사람에게 이롭다는 이야기일 것이다. 나는 마치 이 산길을 오래전부터 잘 알고 있던 사람처럼 걷는다. 찰스 다윈은 인간이 만약 걷지 않았다면 지금 같은 뇌의 발달이 가능하지 않았을 것이라고 보았다. 직립과 기술 능력, 뇌 용량의 증가가 같이 진화되었다는 주장이다. 그렇지만 너무 발달된 뇌가 결국은 문제를 일으키고야 말았다. 자연 속에서는 무력하고 왜소하기 짝이 없는 인간이 결국 그 지나치게 발달된 뇌와 제어되지 않는 욕망이 어울려 결국 엄청난 생물 종의 절멸이 예고되는 기후변화까지 초래하고야 말았으니 말이다. 그렇다면 애초부터 인간의 걷는 능력에 원죄가 있었다는 이야기가 된다. 그런 억측이 맞거나 틀리거나 관계없이 고통스럽다. 왜 이 정권은 악착같이 잘 흐르는 강에 손을 대려고

　　산길 30리에서 나는 짐승들의 똥을 계속 만났다. 툇골은 너무나
다행스럽게 짐승들의 낙원이다. 툇골에는 호랑이니 곰 같은 대형 포유류를
제외하고 한반도에서 만날 수 있는 거의 모든 야생동물을 만날 수 있다.
멧돼지, 고라니, 오소리, 두더지는 물론이고 황금빛 꼬리를 지닌 담비나
사라진 것으로 알고 있는 삵도 보인다. 백두대간에 금을 그은 것은
사람이 한 '짓'이지 야생동물들이 한 '일'은 아니다. 이곳에서 만나는
야생동물들은 북녘 산하도 들락거릴 게 틀림없었다. 왼쪽은 고라니똥이고,
오른쪽 위는 멧돼지똥이다. 오른쪽 아래는 "설악산에 산양이 살 수 없다면
그 산은 죽은 산이다"라는 신념으로 평생 설악산 지킴이로 일관하고 있는
박그림 선생님이 말하기를 "삵똥으로 보입니다"라고 했다.

할까? 새만금에서부터 포항까지 또 길을 낼 모양이다. 임진강에서 사람들이 죽자 북녘 친구들보다 더 높은 댐을 쌓아 올리는 것도 검토 중이라 했다. 토목이라면 도대체 사족을 못 쓴다. 그러면서 '녹색성장'이라는 어불성설을 동원한다. 결합될 수 없는 말이 너무 쉽게 결합되어 죽도 되고 밥도 되고, 나중에는 무슨 말이라도 다 결합할 수 있게 되어버린다. 북한강이 누런 흙탕물로 변해서 큰일 났다고? 수질 개선에 돈이 든다고? 웃기지 좀 말아라. 지난해 강원도에서 축구장 2000개만큼의 삼림을 베어내고 골프장을 지어댔으니 어찌 한강물이 싯누렇지 않을 수 있겠는가. 저탄소, 어쩌구 하는 수작도 그렇다. 그것은 지금 이 화석 문명을 그대로 유지하겠다는 발상에 기반하고 있다는 의미에서 현생 인류의 한계를 드러내는 술책이다. 숲속에서는 숲 바깥에 대해 생각하지 말아야 한다고 소로는 말했다. 그러면서 그 역시 되풀이되는 인간의 어리석음에 대해 탄식하고 경멸했던 것도 사실이다.

내 멋대로 내 발걸음을 멈출 수도, 더 갈 수도, 돌아갈 수도 있는 자유가 있었지만, 내 머릿속에는 숲 아래의 일들이 여전히 꿈틀거린다. 숲에서 숲만 생각하는 게 가능하다고 해도 나는 사절할 것이다. 내 젊은 긴 시간 동안 '광주'에서 자유로울 수 없었던 것처럼, 지금 나는 숲속에서도 '용산'으로 상징되는 작금의 폭력과 야만에서 자유로울 수 없다. 숲속에서 숲에 몰두해도, 내가 돌아갈 곳은 숲 바깥이다. 왔던 길을 돌아가야 한다.

가을볕 따뜻하게 쏟아지는 산속은 비록 외양은 평화롭고 고요한 것 같지만, 다른 계절에도 그랬듯이 끝없는 생명의 꿈틀거림이 멈추지를 않는다. 누가 이 산을 단지 사람이 없다고 해서 텅 빈 산이라 할 것인가. 땅에서는 땅의 일이, 허공에서는 허공의 일이, 숲속에서는 숲속의 일이 쉼 없이 진행되고 있었다. 꽃은 마지막 꽃씨를 터뜨리고, 성미 급한 함백나무는 단풍이 들기 시작했으며, 육식동물은 털이 섞인 걸쭉한 육식의 똥을 싸지르고, 초식동물은 매끄러운 초식의 똥을 내쏟고 있다. 나비와 벌떼들 역시 하던 일을 중단하지 않는다. 문득 신비로운 공존과 거대한 협력을 느끼게 된다.

산모퉁이를 돌자, 길 가장자리가 길게 파헤쳐져 있다. 아무리 봐도 멧돼지 짓이다. 사람의 도구인 삽이나 괭이로는 이렇게 땅바닥이 무질서하지만 자연스레 파헤쳐질 수 없다. 매미 한 마리가 잣나무 둥치 아래에서 저 혼자 뱅그르르 돌고 있다. 잠시 뒤에 이승을 떠날 몸짓이다. 애벌레로 오래 기다렸다가 아주 잠깐만 활동하던 매미가 그 소임을 이제 마친 것이다. 생명 가진 것들은 누구나 사라질 때 태어날 때와 같은 통증을 피할 수 없는 모양이다. 생명과 죽음이 일상처럼 이어져 흐르는 일은 숲속이나 숲 아래나 마찬가지다.

너무 걸었을까? 장딴지가 당긴다. 사태를 막기 위해 돌무더기를 쌓아놓은 곳 옆의 그늘에 주저앉았다. 등판에서 땀이 솟아오른 것이 느껴진다. 4.5킬로를 지났다. 어디 물이 없을까? 저 멀리 산모퉁이로 길이 뚫려 꺾어져 있는 게 보인다. 틀림없이 물소리가 들리는데 계류가 안 보인다.

그때였다. 억새가 요란하게 흔들린다. 수수수, 풀들이 부서지고 밟히며 내는 부스럭거리는 소리가 제법 크다. 고개를 급히 돌렸더니 웬 짐승 한 마리가 급하게 길을 가로질러 아래쪽 계곡으로 몸을 감춘다. 얼핏 보았는데, 개보다는 작지만 고양이보다는 큰 털짐승이었다. 멧돼지 새끼일까? 그렇다면, 에미가 있을 텐데, 하는 생각으로 머리카락이 쭈뼛 섰다. 입산할 때 지팡이로 삼기 위해 지녔던 봉(棒)을 서둘러 움켜잡았다. 그러나 멧돼지 새끼는 아니었다. 너무나 순식간에 일어난 일이었지만, 급하게 사라지는 짐승이 남긴 잔상이 검은 털과 흰 무늬로 이루어져 있었다는 것과 무엇보다 뾰족한 주둥이로 보아 오소리 같았다.

아무리 생각해봐도 그놈은 오소리였다.

정체가 선연하게 확인되지 않은 산짐승 한 마리가 눈앞에서 급하게 지나가자 일순, 숲속의 공기가 달라졌다. 마치 무채색의 공기에 뜨겁고 푸른 색깔이 입혀진 것 같다. 그렇다. 그것은 참으로 돌발적인 생기였다.

하지만 나는 다시 내려가야 한다. 내가 이 산길을 왜 끝까지 걸어야 한단 말인가.

산에서 혹 물을 만나면 나는 그 즉시 세수를 하고 발도 씻고,
근처 풀밭에 주저앉는다. 내 배낭에서 꺼낸 책은 소로가
쓴 것이었다. 〈시민의 반항〉도 거듭 읽을 만한 명문이지만,
산길에서는 그의 에세이 〈산보〉가 더 어울린다.
인간의 때가 묻은 경작된 땅보다 야생의 황무지를 더 사랑했던
소로와 같은 유형의 인간은 자주 나타나지 않을 것이다.
개울 옆에서 책도 읽지만 나는 어떤 때 목청껏 노래도 부른다.

뽕잎 따는 날

누군가 뽕잎이 사람에게 좋다고 했다. 툇골에는 뽕나무가 많다. 내가 심은 것은 아니지만 자두나무집과 연구소 합쳐서 다섯 그루나 된다. 어린 것도 있고, 늙은 것도 있다. 논둑가나 산비탈에 서 있는 것들은 젊은 뽕나무다. 늙은 뽕나무는 반드시 그 주변에 어린 나무를 키우곤 했다. 식물도 전략을 세우고, 번성을 꿈꾸고, 세상을 하직할 준비를 한다는 것을 알 수 있다.

뽕잎을 따기로 작정한 것은 미루나무 잎이 떨어지고, 호박

잎이 시들어갈 때였다. 민들레길의 민들레도 눈에 띄게 줄어들고, 밤송이가 길바닥에 툭툭 떨어지던 시월 하순께였다. 뽕잎은 하나도 버릴 게 없다는 소리는 진작부터 들어왔지만, 작정하고 뽕잎을 딴 것은 금년이 처음이다.

먼저 키가 자라는 곳의 뽕잎부터 땄다. 뽕잎을 한 잎 한 잎 따서 바구니에 담을 때 향기가 났다. 잎이 몸체에서 떨어지면서 내뿜는 향의 기운, 즉 향기였다. 만약 뽕잎을 인위적으로 따지 않았다면 뽕잎과 나뭇가지 속에 잠겨 있었던 향은 어떻게 될까. 뽕잎이 나뭇가지에서 이탈될 때에는 똑똑, 작은 소리가 났다. 그 소리와 향이 나쁘지 않았다.

연구소 사람들 모두 뽕잎 따기 작업에 달려들었다.

"하늘로 치솟은 가지는 좀 잘라줘요."

누군가 말했다. 어차피 그렇게 하늘 높이 치솟은 가지로부터는 오디를 얻기도 힘들 터인즉, 위로 솟는 놈을 잘라줌으로써 가지가 키 높이 수준에서 옆으로 번지게 하려는 의도였다. 광에서 톱을 꺼냈다. 그리고 튼실한 나뭇가지 사이에 간신히 발을 올려 중심을 잡고 허공 높이 톱을 수직으로 올려 자를 부위를 찾았다. 하지만 어느 부위에 톱날을 대야 할지 난감한 일이었다. 잘라도 팔을 잘라야지 몸통을 자르면 안 될 것 같았다. 제법 굵은 가지 하나를 찾아서 톱을 얹어놓은 뒤, 톱질을 시작했다. 잎을 딸 때와는 다르게 강하고 격렬한 냄새가 났다. 톱밥도 푸른 허공에 튀었다.

자르기로 작정한 마당이라 계속 톱질을 했지만, 나는 알게 되었다. 내가 뭔가를 자르고, 꺾고, 밟고, 뭉개는 일에 익숙하지 않다는 것을. 그날도 아침 일찍 우물가에서 뱀을 한 마리 만났다. 한 마리라도 없애면 딱 그만큼 뱀이 줄어든다는 것을 잘 알면서도 나는 뱀을 오랫동안 바라만 보았을 뿐, 끝내 처치하지 못했다.

도시가 소비의 현장이라면, 시골은 뭔가를 낳고 키우고 다듬고, 조성해서 마침내 결실을 얻어내는 장소이다. 자연이 거저 주는 것도 엄청나지만, 사람들은 작물이라 인정한 것만 선택적으로 키운다. 키워도 아주 정성스레 키운다. 그 외의 것들은 그게 움직이는 것이든 움직이지 않는 것이든 사정없이 배척하는 게 바로 시골의 일이기도 한다. 농부들은 사람살이의 토대인 작물을 키우는 사람이지만, 끊임없이 잡풀이라 간주한 풀들을 뽑고 베어야 하고, 산짐승들을 배척해야 하고, 벌레도 잡아야 한다. 나무도 그냥 놔두지 않고 불필요하다고 생각하는 가지들을 가차 없이 잘라줘야 한다. 농부의 일은 곧 원하는 생명을 위해 다른 생명을 억제하고 차단하는 일이기도 하다. 일의 양 때문에 공장에서 생산한 제초제나 독약을 쓰기도 한다. 나는 농부가 아니기도 하지만, 바로 그렇게 솎아내고 배제하는 일에 서툴다.

허공으로 높이 올라간 나뭇가지 하나를 자르자 거기 달려 있던 뽕잎의 양이 무척 많았다. 연구소 사람들은 나뭇가지 하나씩 잘라 뽕잎을 땄다. 사람들이 벌레가 먹지 않은 것만 따길래

뽕나무는 참 대단한 나무다. 뽕잎도 주지만 오디를 주기
때문이다. 뽕잎은 나물밥으로 먹기도 좋지만, 말려서 가루를
내서 그 진한 녹색 가루를 뜨거운 물에 타서 마셔도 좋다.
요구르트 같은 데에 섞어 먹어도 좋다. 툇골의 자두나무집과
연구소 텃밭 가장자리에는 뽕나무가 여러 그루 있다.
매년 늙은 뽕나무는 많은 양의 오디를 선물했다. 오디 철에는
그물을 쳐서 떨어지는 오디를 수집하곤 했다. 뽕잎을 따는
사람들은 연구소 정상명님과 마침 툇골에 놀러 온 산야초님.

벌레 먹은 뽕잎도 좋은 뽕잎이 아니냐고 물었다. 그랬더니 기왕이면 깨끗한 잎을 따겠다고 답했다. 이럴 땐 대꾸할 말이 없다.

딴 뽕잎은 흐르는 물에 씻어내 찐 뒤, 그늘에서 며칠간 말린다. 그런 뒤 만질 때 바삭바삭 부서진다 싶으면 자루에 담아 방앗간에 부탁해 가루로 만든다. 가루는 초록색이었다. 초록 가루를 작은 숟가락으로 떠서 물과 함께 입속에 털어 넣는다. 그 가루들은 고혈압에도 좋고, 심장에도 좋고, 기관지에도 좋고, 하여간에 검증한 적은 없지만 사람에게 어떤 식으로든 좋은 기능을 할 것이다.

잎을 다 딴 뽕나무 가지들은 손도끼로 잘게 잘랐다. 주전자에 들어갈 길이만큼 토막을 냈다. 가지들을 끓여 그 물을 마시면 좋다고 누군가 말했기 때문이다. 《아낌없이 주는 나무》라는 제목의 동화집이 있었던 것 같다. 사람들이 알뜰한 것인지 뽕나무가 알뜰하게 생겨먹은 것인지 깊이 생각하면 헷갈린다. 짧게 자른 나뭇가지들은 다발로 멋있게 묶어 사람들에게 선물할 수 있을 것이다. 선물을 받은 사람들은 "우리 집 주전자는 너무 작아서 이 가지들이 안 들어갈 것 같아!"라고 말할지도 모른다. 그런 소리를 들을 때 아마도 행복해질 것이다.

느닷없이 삭발을 당한 뽕나무가 마당에 조용히 서 있다. 겨울을 잘 견딘 뒤, 내년 봄에는 반드시 새 잎을 돋아낼 것이다.

저수지 옆,
숲에서
만난 소년

오늘 저녁답, 마을이 끝나는 언덕바지 위에 있는 저수지 옆 숲길을 걸을 때였습니다. 가을이 깊어져가니 흔한 말로 '만산홍엽'이었습니다. 단풍 구경을 멀리 갈 필요가 없는 곳이 바로 제가 주중에 일하고 있는 시골입니다.

몸은 거저 얻은 것이니 그저 평생 무탈할 것으로 믿고 마구 사용하기만 하면 되는 일로 간주하고 막 살아왔는데, 저도 이제 나이가 조금 드니까 최소한의 운동을 해야 할 필요에 봉착했습니다. 그것은 순전히 의사 선생님들 때문이었습니다. "여기도 안 좋고, 저기도 안 좋으니, 그러면서도 담배를 끊지 못하겠다고 버티니, 운동이라도 열심히 하세요", 그게 의사 선생님들의 말씀이었고, 그런 말씀에 "전 시골에서 일을 많이 합니다"라고 대꾸했더니, 의사 선생님은 "일과 운동은 조금 다르다"고 답한 것 같습니다.

어디에서 비롯된 고정관념인지 모르지만, 멀쩡해 보이는 사람들이 열심히 운동을 하는 것을 저는 사치를 부리는 일과 같은 일로 간주해왔던 것만 같습니다. 아마도 주변 사람들이 '세상의 건강'은 아랑곳하지 않고 모두 일치단결해서 제 몸 아끼는 일이 너무나 격심한 데다 운동을 너무나 열렬하게 권장하는 데 대한 반발이었는지도 모르겠습니다. 그런 삐딱한 태도는 죽도록 아파보지 못한 철부지 같은 견해이거나 몸에 대한 무지 때문이었을 것이고, 운동에 대한 고약한 편견이 잘못 작동한 때문이었을 것입니다.

제가 가끔 저수지 옆 숲길을 걷게 된 연유를 이렇게 길게 설명했습니다.

잎이 다 떨어진 나뭇가지 사이로 물이 가득 찬 거대한 저수지를 바라보면서 숲길을 걷는 일은 참으로 기분 좋은 일입니다. 그런데, 문득 저 앞에서 한 소년이 길가에서 엉거주춤한 자세로 서 있는 것이 보였습니다. 호젓한 숲길인지라 사람들이 별로 없었는데, 모퉁이를 돌자 소년이 보였습니다. 소년을 본 것과 같은

마을 끝에서 10분쯤 산언덕을 오르면 거대한 저수지가
나타납니다. 30년쯤 전에 인근의 농사를 위해 조성한
인공 저수지인데, 규모도 크고, 사계절 언제나
아름답습니다. 거의 언제나 짝을 이룬 원앙이 헤엄치고
철새들도 와서 쉬고, 가끔 거대한 물고기가 수면을 튕겨
오르는 기분 좋은 소리로 산정의 고요를 깨뜨리곤 하지요.
노을빛이 호수를 물들이면 신비로운 감정에 휩싸이게
됩니다. 길의 작은 생명체를 자기 몸으로 가리던 소년을
만난 곳이 바로 이 호숫가 산길이었습니다.

때에 그 훨씬 앞에 검은 승용차 한 대가 달려오고 있었습니다. 차가 다가오는데도 소년이 멀찌감치 길 가장자리로 피하지 않자, 자동차는 속력을 줄이면서 소년을 피해서 지나쳤습니다.

저는 그보다 한참 앞에 있었지만 그 대수로울 것 없는 풍경을 자연스레 볼 수 있었습니다. 아주 짧은 순간, "저 소년이 왜 차가 오는데, 길 가장자리로 비키지 않지?", 그런 생각이 들었던 것도 같습니다. 다시 제 속도를 회복한 차가 빠르게 제 옆을 지나간 뒤에 소년이 서 있던 곳 가까이에 가본 뒤에야, 소년이 왜 차가 오는데도 길의 한쪽 자동차가 지나가야 할 위치를 고집스레 지켰는지를 알 수 있었습니다.

소년의 발밑에는 갈색 사마귀 한 마리가 진로를 잡기 위해 애를 쓰고 있었습니다. 사마귀는 소년의 발 때문에 차로 쪽으로 가던 진행이 막힌 뒤, 다시 어디로 방향을 잡아야 할지 난처하다는 듯이 가늘고 긴 다리를 세운 채 바닥을 천천히 더듬고 있었습니다. 한때는 눈부시게 빛나는 푸른빛이었던 사마귀는 떨어진 낙엽처럼 갈색으로 변해 이제 죽음을 앞두고 있는지도 모릅니다.

소년은 열두세 살쯤 되었을까? 마을의 초등학교는 폐교된 지 오래인지라 아마도 다른 곳에 사는 아이 같았습니다.

"여기 사니?"

제가 빙긋이 웃으면서 물었습니다.

"아니요, 큰아버지 댁에 제사 지내러 왔어요."

소년이 말했습니다. 눈썹이 진하고 눈이 조금 크구나 싶은 소년은 짧게 깎은 머리에 점퍼를 입고 있었고, 멋진 운동화를 신고 있었습니다. 한 손에는 고리가 달린 휴대폰을 들고 있었던 것 같기도 합니다.

소년에게 무슨 말인가 더 하고 싶었지만, 소년이 한 행위를 제대로 이해한 제가 덧붙일 말이 얼른 생각나지 않아서 "어두워지기 전에 내려가거라, 아저씬 먼저 간다"라고 경쾌하게 말했습니다. 등 뒤에서 소년이 "예에!", 하고 대답을 한 것 같기도 하고, 대답을 안 한 것 같기도 합니다.

소년을 지나쳐 마을로 돌아오면서 저는 왠지 마음이 따뜻해지는 것이 기분이 좋아졌습니다. 그것은 두말할 것도 없이 호젓한 산길에서 누가 시키지도 않았건만, 사마귀 한 마리를 지켜낸 소년 때문이었습니다.

저는 저도 모르게 그 소년이 조금 전의 그 감수성을 잃지 말고 자라주기를 바라고 있었습니다. 앞날의 세월이 소년에게 어떤 경험과 선택을 요구하더라도, 사마귀 한 마리가 자동차 바퀴에 깔려 죽지 않도록 애쓰는 그런 심성만 잃지 않는다면, 달리 노심초사해야 할 중요한 일이 무엇이 있을까, 그런 단순한 생각마저도 들었습니다.

가래나무
아래에서
'생명평화'를
생각하다

가래나무 아래에서

툇골 연구소 앞마당에는 가래나무가 있다. 키가 20미터도 넘는다. 누가 심었을까? 이 나무를 심은 이는 아직도 세상에 살아 숨쉬고 있을까? 모른다.

이 나무의 첫 기록은 기원전 1세기경 중국이 티베트에서 이 나무를 옮겨왔다는 것이다. 티베트라면 히말라야 산군(山群)이다. 아득한 옛날 이 나무가 티베트고원에서 히말라야 설산을 바라보았다는 생각을 하면, 마음 밑바닥에서 이상한 좋은 것이 출렁거린다. 어떤 가래나무 가지는 카일라스 성산을 향해 뻗었을 수도 있다. 한반도에 이 서역 나무가 온 것은 대략 700년 전, 고려국 유청산이라는 이가 옮겨왔다고 한다. 기록이 그렇게 담아 전하고 있지만, 기록 바깥에서 이 나무가 자라고 꽃을 피우고 가을이면 시원스럽게 생긴 푸른 낙엽을 떨어뜨려대던 진짜 역사에 대해서야 사실 누가 알랴.

한자로는 추목(楸木)이라 적는 모양이다. 그래서 그 열매를 추자(楸子)라 하고, 조상의 묘가 있는 곳을 추하(楸下)라 하고, 산소 가는 일을 추행(楸行)이라 했다. 옛사람들은 일찍부터 조상을 나무 아래 모셨고, 거기 가는 일을 나무한테 가는 일로 표기했다. 멋있다. 그 멋있는 옛사람들은 모두 어디 갔을까? 왜 오늘 여기에 옛사람들은 간데없고 '오늘 사람들'만 있을까? 오늘 사람들이 옛사람들만큼 과연 멋들어진 사람들일까? 견주고 싶지는 않지만 꼭 그런 것 같지는 않다.

가래는 껍질이 호두보다 단단해, 아주 작은 가래만 모아 스님들은 염주를 만들거나 단주(短珠)를 만들기도 했다고 한다. 열매가 복숭아를 닮았기 때문에 가래나무 역시 복숭아나무처럼 귀신을 쫓는 주술이 있다고 여기기도 했다. 굳이 가까이할 필요가 없는 귀신을 나무 한 그루로 쫓을 수 있다면 그보다 귀한 나무는 다시없을 것이다.

내 어렸을 때만 해도 가래 두 알을 손바닥에 넣고 아무렇지도 않은 표정으로 자글자글, 비벼대는 어른들이 적잖았다. 그 시절이 가난했다고 해서 편하게 마구 말하지만, 잠시 전의 사람들만 해도 손바닥 안의 두 알 가래를 비벼댈 여유가 있었다.

가래는 일상의 잡귀도 쫓고 손바닥의 혈행도 도왔으니 나무 예찬으로는 극상의 조건을 다 갖추고 있다. 잡귀가 무엇일까? 혈행이 원만하지 않아 흐르던 피가 멈칫거리거나 막히는 일이야말로 잡귀가 일으킨 현상이 아니겠는가.

일을 하다가 나는 자주 가래나무 아래 앉곤 한다. 밑동의 굵기는 한 아름이 좋이 넘고, 곧게 뻗은 가지들은 행진곡처럼 시원하다. 여러 가닥으로 펼쳐진 손바닥만 한 잎은 첩첩이 겹쳐 치어걸들의 치마처럼 다발을 이루어 시원스레 바람에 펄럭인다. 나무의 인상은 요염하지도 않고 쓸데없이 처연하지도 않고, 그렇다고 마냥 꿋꿋하기만 하지도 않고, 아주 시원스럽고 장쾌하다. 당당하다고 말해도 된다. 그러면서도 가지의 선은 부드럽다. 견고하고 우람하면서도 부드럽다면 무엇을 더 요구할 수 있을까.

당연히 나무에서는 아주 좋은 기운이 뿜어져 나온다. 나는 그것을 체험한 적이 있다. 아메리카 원주민들이 그랬듯이. 한번은 입구가 널찍한 단지에 물을 담아 그물망을 씌우고 나무 아래에 하룻밤을 놔뒀다가 마신 적이 있다. 물맛이 달라졌다. 밤새도록 가래나무의 기운이 단지 속 물에 녹고 번져 물맛의 끝자락에 마침표처럼 짜릿하고 깨끗한 맛을 첨가했던 것이다. 그런 물을

툇골에는 유난히 가래나무가 많다. 지금은 세상을 떠난 어떤 분이
심어놓은 것의 결과다. 인간이 할 수 있는 아주 괜찮은 일들 중 하나가
나무를 심는 일이다. 가래나무를 한자로는 추목(楸木)이라 적는다고
한다. 열매를 추자(楸子)라 하고, 조상의 묘가 있는 곳을 추하(楸下)라
하고, 산소 가는 일을 추행(楸行)이라 했다. 옛사람들이 자연에 이름을
붙이고 거기에 사람의 일을 결합시키는 방식은 멋있다. 일은 조금 하고,
가래나무에 등을 기대고 앉으면 한참 동안 앉아 있곤 했다. 그럴 때마다
나무에서 좋은 기운이 흘러내려와서 나를 적셔주는 것을 느끼곤 했다.
나는 가래나무에게서 우정을 느꼈다(사진의 가래나무는 잎이 무성하면
논에 그늘을 만든다고 해서 가지를 많이 쳐낸 모습이다.)

한 모금 마실 땐 정령을 믿지 않을 재간이 없어진다. 눈으로 본 정령이 아니라 혀끝으로 느끼는 정령이다.

지금은 살아서 추하에 앉아 있지만, 언젠가는 나 역시 죽어서 추하에 눕게 될 것이다. 이상하게도 가래나무 아래 앉으면 다른 어떤 장소보다 마음이 편해진다. 그래서 그 아래에 옛사람들이 산소를 썼는지도 모르겠다.

가래나무 아래에서 나는 나무에게 자주 말을 걸곤 한다. 나무는 오직 한 가지 대답만 한다. 말을 걸어 굳이 화답받고 싶으면 질문을 똑바로 하라고. 그게 꼭 듣고 싶은 대답이라면 네 질문 속에 답이 있을 것이라고. 그렇지만 시시껄렁한 질문보다, 붓다가 말했듯이 화살을 뽑는 일이 더 급하다.

'평화'의 개념을 확대한 노벨위원회

2007년 앨 고어가 '기후변화에 관한 정부간 협의체(IPCC)'와 함께 노벨평화상을 받았다. 노벨위원회는 선정 이유에서 "지구의 자원을 차지하려는 과도한 경쟁이 지구온난화를 초래한다"고 지적하면서, 지구온난화에 대처하기 위한 이들의 노력을 평화 유지 활동과 연계시켰다. 공식적인 선정 이유는 이런 문장으로 명기되었다.

IPCC와 고어 전 부통령은 인류 스스로 초래한 기후변화에 대한 놀라운 사실들을 발견해내고 또 이를 널리 알림으로써 향후 지구온난화에 대처할 수 있는 토대를 구축한 공로가 인정돼 공동 수상자로 선정했다.

이번 수상의 특기할 일은 "노벨위원회가 '평화'의 개념을 넓혔다(Novel Commitee expands definition of 'peace')"는 점이다. 종전의 분쟁 해결, 사형제 폐지 등과는 다른 평화의 의미를 적용한 것이다. 달리 말해서 20세기적인 '노벨평화'가 아니라, 우리 사회가 이제 보통명사처럼 널리 사용하는 '생명평화'로서 평화의 개념을 확대한 것이다.

생명평화라는 말을 '생명의 평화'라는 뜻의 합성어로서 내가 처음 사용한 때는 2000년 10월, 조계사 앞뜰에서 새만금 살리기 운동을 할 때였다. 그 말을 처음 사용할 때 같이 데모를 하던 분들은 '생명평화라니, 대체 무슨 말이지?' 하는 뜨악한 얼굴을 지었다. 하지만 누가 어떤 말을 먼저 개발했고 사용했는가, 그게 중요한 게 아닐 것이다. 우리 사회가 직면한 환경위기, 자연파괴의 심각성이 결국 그런 개념의 확대를 요구했을 것이다. 해석은 마땅했지만, 그런 해석이 서구인들보다 먼저 발아된 우리 현실은 여전히 답답하고 비극적이다.

다시 노벨평화상 이야기로 돌아가본다. 오슬로의 노벨위원회가 환경문제에 대해 관심을 기울이기 시작한 것은 2007년 앨 고어가 처음은 아니다. 1989년 10월, 14대 달라이 라마에게 노벨평화상을 드릴 때에도 그런 표현을 사용했다.

달라이 라마는 살아 있는 모든 것에 대한 경외심과 인간과 자연을 아우르는 보편적 책임의 개념에 바탕을 둔 평화의 철학을 주장해왔다. 위원회가 볼 때, 달라이 라마는 국제갈등, 인권문제, 지구환경문제 등을 해결하기 위해 건설적이고도 전향적인 제안을 계속 제시해왔다.

—게일런 로웰, 《달라이 라마 나의 티베트》, 이종인 옮김, 2000, 시공사

달라이 라마에서부터 앨 고어에 이르는 수년 동안 지구의 기후변화는 더욱 파괴적이고 위협적인 수준으로 진행되었고, 그것이 이제 어쩌면 돌이킬 수 없는 일이라는 것을 노벨위원회도 자각하게 된 것이다.

표는 더 얻었으나 조지 부시에게 권력을 빼앗긴 뒤 두 사람이 걸어온 '다른 길'은 흥미롭다. 조지 부시는 9·11 이후 얼추 보기에 '당한 자'로서 쉽게 동의를 끌어낼 보복전을 벌임으로써 많은 사람을 죽음으로 몰아넣으면서 자신의 입지만을 강화한 '몰락의 길'을 선택했고, 앨 고어는 소수에게만 전달될 게 뻔한 지구위기에 대해 역설함으로써 어쨌거나 '불멸의 명예'를 얻게 되었다.

하지만 앨 고어의 수상에 대해 맵고 쓴소리들도 있는 것을 느낀다. 정치가였던 시절 그가 기업·전쟁의 편에 선 반면, 노조에 반대하고 그럴듯한 환경운동가 행세를 하면서 출세를 위한 이력을 쌓아왔다는 지적이 그것들이다. 주지사 시절 석유채굴권을 기업에게 넘기기 위해 주민들을 쫓아낸 일, 부통령 시절 펜

타곤과 군수업체들의 나팔수 노릇을 했던 점, 레이건이 그레나다와 중앙아메리카 전쟁 벌이는 것을 지지했던 일, 코소보의 대량학살을 눈감은 점, 사담 후세인에 대한 태도도 평화상 수상자와는 아귀가 안 맞는다. 환경운동가라면 필연적으로 "다른 삶을 선택하지 않으면 안 된다"고 역설할 수밖에 없는 그가 너무나 큰 집에서 전기료나 가스요금을 너무 많이 쓴다는 것, 그의 딸 결혼식에 멸종 상태에 있는 어류를 요리로 썼다는 이야기 등도 포함된다. 비판자들은 수상과 관계없이 앨 고어를 '미국의 황폐한 자유주의를 상징하는 존재'로 보고 있다.

하지만 이 쓴소리들은 그가 만약 노벨평화상을 타지 않았더라면, 환경운동을 하지 않았더라면, 흔해 빠진 미국의 정치가들이 한 짓거리쯤으로 간주되고 말았을 것이다. 그가 누구라도 자의든 타의든 환경운동을 하는 자로 공인되는 순간, 그는 죽을 때까지 인간적인 모순과 약점에 대한 비판에서 자유로울 수가 없게 된다. 환경운동가라 불리는 순간, 성자의 길을 밟지 않으면 피차 곤란해진다. 그래서 이런 종류의 쓴소리들은 결국 고어 비판이 목적이겠지만 인간의 불완전성을 깨닫게 하는 역할도 한다.

방황하는 노벨상, 웃음도 안 나오는 환경영웅상

사실, 노벨상 자체도 얼마나 불완전한가. 노벨상의 역사는 선정의 뒤죽박죽, 오류와 방황의 역사이기도 했다. 서양인들에 의해 발상되고 그 권위도 그쪽 문화권에서 형성된 것이라, 상의 태생적 한계를 감안한다고 해도 노벨상은 인류에 대한 기여만큼이나 과오도 적지 않았다. 이를테면 죽을 때까지 인종차별주의자였고 제국주의의 망념을 버리지 못했던 러디어드 키플링이나 요하네스 옌센, 파시즘 이력을 가진 크누트 함순이나 윈스턴 처칠 같은 자들에게 문학상을 수여한 것이 그것이다.

말 많은 평화상의 오류는 끝도 없다. 전쟁 대통령들인 시어도어 루스벨트와 우드로 윌슨, 불량 정권을 지원한 지미 카터, 살인마 헨리 키신저, 이스라엘 총리들을 비롯해 미국의 침공에 침묵했던 코피 아난, 점령군 노릇을 하는 유엔평화유지군도 빠뜨릴 수 없다. 노벨평화상이 마하트마 간디를 비껴간 것도 노벨상의 한계를 극명하게 드러낸다.

노벨생리학상이나 노벨물리학상이나 노벨화학상은 늘 논란에 휩싸이곤 했다. 상을 받은 과학자들 중에는 저질의 사기꾼도 많았다. 심지어 독가스를 만든 자에게도 인류의 이름으로 노벨화학상을 수여한 적이 있다. 100년 노벨상의 역사가 아름답고 공정하고 객관적이지만은 않았던 것이다.

그런데도 이 나라의 노벨상 갈망은 식을 줄을 모른다. 연전에 한국 사회는 지금도 납득이 잘 안 되는 집단 광기에 빠져 '황우석'이 그 상을 타기를 간절히 고대했고, 도올 김용옥의 아내는 "우리 그이도 빨리 노벨상을 받아야 할 텐데……"라고 중얼거린다고 하는 소리(《신동아》 2001년 5월호, 이나리 기자)가 들리니 말이다.

그런 과대망상과 지칠 줄 모르는 욕망의 풍문 속에 김삿갓이 말했던 정구죽천(可笑) 할 뉴스도 이 가을(2007년)에 출현했다. 미국의 시사주간지 《타임》이 한나라당 이명박 대선 후보에게 '환경영웅상'을 수여했다는 뉴스가 그것이다. 《타임》은 "한국이 경제개발로 빈곤에서 벗어났으나 다른 아시아의 개발도상국과 마찬가지로 환경파괴라는 비용을 지불해야 했다"면서 "2002년 서울시장에 취임한 이 후보는 '불도저'라는 별명에 걸맞게 극적인 방식으로 취임 직후 도시 중심부를 관통하는 고가도로를 철거하고 청계천을 복원, 서구만이 누릴 수 있는 사치라고 생각했던 깨끗한 환경을 시민들에게 안겨줬다"고 그를 평가했다.

'서구만이 누릴 수 있는 사치'가 바로 그가 시민들의 혈세를 잘못 사용해 만들었고, 지금도 그 유지에 천문학적인 돈이 들어가는 '거대한 콘크리트 어항'이니, 이 환경영웅상은 준 자나 받은 자나 같은 자들이라 언급 자체가 차라리 욕스러울 지경이다. 웃기지도 않는 환경영웅상을 받은 이명박 후보에게 정말 환경의식이 있는가, 하는 질문은 제정신 갖고 있는 이라면 절대 입에 올리지 않을 추문(推問)이다. 하지만 남보다 높은 경제성장률을 다퉈 호언하는 다른 대선주자들도 이명박 후보와 환경문제라는 시각에서 볼 때는 마찬가지다. 조금도 다르지 않다. 그게 우리 시대의 가장 큰 비극이다.

가래나무
내 친구

오십 초반이던 아홉 해 전에 내가 들어온 시골 연구소는 숲속에 있다. 툇골(退谷)이라 부르는데, 200여 년 전쯤, 어떤 선비가 궁벽해 못 견디고 나가서 붙여졌다는 곳이 공교롭게도 내게는 '다른 세상'으로 진입한 출구가 되었다.

연구소는 10년도 안 되어 '숲속의 숲'이 되었다. 무슨 나무인지도 모르고, 앞뒤 안 가리고 닥치는 대로 여기저기 나무를 심어 댔기 때문이다. 그것은 아마도 내 손으로 나무를 심고 그것이 자라는 것을 보고 싶었으나 그런 소박한 바람이 허락되지 않았던 도시에서 보낸 긴 세월에 대한 보상 심리 때문이었을 것이다. 나무는 어떤 나무든 한번 자리를 잡으면 악착같이 살아낸다. 엔간하면 뿌리를 내리고 잎을 열면서 키를 돋운다. 개울에서 간신히 가지를 뻗었다가 장마 때 흘러내려가지 않고 버티는 놈이 있으면 보는 즉시 옮겨 심었고, 산비탈 그늘에서 식은 석양빛이라도 받기 위해 꺽다리처럼 가냘프게 키를 키워 휘청거리는 놈이 있으면 그 또한 옮겨 심었다. 산벚꽃나무도, 앵두나무도, 개복숭아나무도 있지만, 많이 옮겨 심은 게 주로 가래나무와 뽕나무였다. 가래나무는 연구소 언저리에 여섯 그루, 뽕나무는 그보다 많다.

그러나 정색하고 '가래나무 내 친구'라고 부를 수 있는 녀석은 여러 가래나무 중 가장 우람하고 큰 키를 자랑하는, 개울가의 가래나무다. 수령은 얼추 70년. 높이는 20미터가 넘는다. 지표와 닿은 나무기둥에서부터 부드러운 허공 속으로 시원스럽게 뻗은 수백 갈래의 가지들의 길이를 합산한다면 좋이 1킬로는 넘을 것이라고 나는 단언한다. 둘레는 작은 시골분교 운동장의 반의 반 정도는 될 것이고, 한 해에 피어올린 나뭇잎들을 다 모은다면 1톤 트럭으로 대여섯 대는 될 것이고, 가을에 떨구는 가래알은 얼추 예닐곱 포대가 넘는다. 외양과 한 해의 산출이 그 정도니 땅속 뿌리의 세계는 내 상상력으로는 미치지 않는다. 개울 밑과 앵두댁 논바닥을 거쳐 다른 산의 뿌리들과 필경 얽혀 있을 것이다. 수령을 70년이라 잡은 것은 올해 팔십 후반인 앵두할머니가 열여덟에 시집을 왔을 때 벌써 어린 가래나무가 있었다고 하시니, 계산하기 그리 어렵잖다. 개울을 끼고 있는 연구소 언저리의 여러 가래나무들은 그러니까 이 중심수(中心樹)의 손(孫)들인 셈이다.

그런데 이 가래나무를 유독 내가 친구라고까지 부르며 편애하는 까닭은 단지 그 녀석이 툇골 가래나무의 대종(大宗)이기 때문은 아니다. 오륙년 전인가, 이 가래나무가 된통 상처를 입은 이후부터였다. 가지들의 일부가 논에 그늘을 드리운다는 이유로 이웃집 논농사 짓는 이들이 가지들을 자르고 난 뒤였다. 다시 꺼내고 싶지 않은 일이지만, 우람한 가지들이 잘려나갈 때 이상하게도 나는 내 수족이 잘리는 것 같은 통증을 느꼈다. 필시 과장으로 여기겠지만, 유독 그때 그랬었다. 오랫동안 가래나무는 녹색의 진물을 흘렸다. 벼의 효용성과 지금은 누구도 소중히 여기지 않는 가래나무나 가래알의 효용성은 애초에 견줄 일이 못 되었으므로, 묵묵히 나무의 상처를 바라만 보았다. 나는 가래나무 밑둥에 낀 축축한 이끼에 손을 얹고 자꾸만 중얼거렸다. "아프지? 하지만 넌 튼튼하니까 곧 아물 거야. 이제 다신 논 쪽으로는 가지를 뻗지 말거라", 하고 중얼거렸다.

수년에 걸쳐 가래나무의 절단면은 천천히 아물어갔고, 다시 풍성하게 잎과 열매를 달아주었다. 통증을 같이 나눈 가래나무와 나 사이에는 설명하기 힘든 우정과 이해의 공간이 생겼다.

어려운 일에 닥쳤을 때 나는 가래나무 아래 평상에 드러눕

내 나이보다 더 오래 살았을 가래나무를 나는 감히 '친구'라고 불렀다.
이웃집 앵두할머니가 열여덟 살에 시집올 때에도 그 가래나무가 있었다고
하니, 얼추 수령 70년, 내가 겪지 않은 시간을 가래나무는 겪었다. 높이는
20미터가 넘는다. 뻗어나간 가지는 장엄하다. 어느 날 가래나무 아래에 누워서
가래나무의 총 길이를 숫자로 헤아려본 적도 있었다. 나는 미신을 믿지 않는
사람이지만 어느 해에는 인디언들처럼 가래나무 아래에 물항아리를 갖다 놓고
이튿날 아침에 그 물에 가래나무의 정령이 밤에 들어가 헤엄치면서 놀다 갔을
것이라고 믿고, 그 물을 다른 때와 다른 마음으로 마신 적도 있다.

는다. 그러면 어떤 일이 중요한 일이고, 어떤 일이 하찮고 지겹도록 되풀이되는 일이라는 것이 선명해진다. 인간과 비인간의 '필연적인 간극'을 굳게 믿는 이들은 이런 나를 비웃을 텐데, 나또한 주저 없이 그들을 안타까이 여긴다.

가래나무가 흔찮은 나무라고 하는 소리도 들리는데,
툇골에는 가래나무가 유독 많다. 할머니 가래나무가
후손을 많이 퍼뜨린 게 틀림없다. 개울가 여기저기에서
가래나무가 자라곤 했는데, 아마 가래알이 흘러가다가
조건이 맞아서 뿌리를 내린 것 같았다. 자두나무집 근처
개울가에서 잘생긴 가래나무 한 그루를 며칠간 눈독을
들이다가 어차피 장마에 쓸려 내려갈 것이라고 생각하고,
반나절쯤 걸려 캔 뒤에 연구소 뜰에 심으려고 수레에
실었다. 그날은 마침 비가 오는 날이었다.

가래알을
씻어
말리면서

지난 시월 하순 내내 저는 가래나무와 같이 살았습니다. 같이 살았다고 말할라치면, 같이 밥 먹고, 물도 같이 마시고, 잠자리도 같이해야 할 텐데, 그렇게 살았다는 게 아니라 가래나무가 한 해 내내 열심히 익혀 땅바닥에 떨군 가래알을 열심히 주워 개울에서 씻고 또 씻느라 엄청 시간이 많이 걸렸다는 이야기입니다. 그 양이 하도 많아서 거의 두 주일이나 걸렸습니다.

전에는 청솔모가 가족을 여럿 거느리고 찾아와 적잖은 양을 산으로 옮겨 나르더니만, 금년에는 산에 먹을 것이 많은지 청솔모도 나타나지 않았습니다.

우선 저는 나무가 떨군 가래알을 열심히 주워 모았습니다. 수령 60년이 넘는 잘생긴 가래나무가 떨군 가래알은 작은 운동장만 한 넓이에 흩어져 있었습니다. 수직으로 떨어진 것들도 있지만 떨어질 때 마침 세찬 바람이라도 맞았다면 멀리까지 날아가 떨어지곤 했지요. 그것들을 정성껏 주운 뒤, 자루에 담아 개울에 담가뒀다가 껍질이 흐물흐물해지면 벗기고, 벗긴 놈들을 벅벅 비벼 깨끗하게 오래오래 씻어내는 일을 했지요. 가래알을 감싸고 있던 껍질에서는 먹물 같은 물이 배어나와 개울을 시커멓게 물들였습니다. 일을 하는 도중에도 가래나무는 열매를 계속 땅바닥에 떨구곤 했습니다.

다른 사람에게는 그것도 일이라고 말하나 할지 모르겠으나, 몇 천 개는 좋이 될 가래알 하나하나의 껍질을 벗기고 깨끗하게 씻는 일은 쉬운 일이 아니었지요. 나중에는 허리도 뻐근해졌지요.

그렇게 열매를 많이 만들어 떨군 가래나무의 의도는 무엇이었을까요. 가래나무 자신도 금년에 왜 그렇게 열매를 많이 매달았는지 모를지도 모른다는 생각이 들었습니다. 그 모든 가래알들이 모두 성공적으로 싹을 틔우고 장차 자신과 같이 튼실한 가래나무가 되리라고는 가래나무도 생각지 않았을 것입니다. 어쩌면 스피노자가 말했던 '가차 없는 필연성' 때문이었는지도 모릅니다. 우리가 알 수 있는 것은 참으로 보잘것없다는 것을 가래껍질을 벗기면서도 느낄 수 있습니다. 도대체 우리가 제대로 알고 있는 게 뭐 있단 말인가, 개울에서 거래껍질을 벗기며 줄곧 드는 생각이었습니다.

가래껍질을 비벼 벗기는 동안에도 가래알은 계속 툭툭, 떨어져 때로는 머리에 맞기도 했지요. 가래알이 머리에 떨어지면 아얏, 하고 비명을 지르곤 했는데, 그 순간 통증의 대가로 무슨 깨달음이라도 얻었으면 얼마나 좋았을까요. 여러분은 혹시 떨어지는 나무 열매에 맞아본 적이 있으신지요? 비록 아프긴 하지만 지나놓고 생각해보면 그보다 황홀한 감각도 따로 없을 것입니다.

자연의 일에 사람이 가담하면 기분 좋은 것이 반드시 그 결과물을 만끽할 수 있다는 것입니다. 두 주일에 걸쳐 가래알을 씻어 햇볕에 말린 뒤, 자루에 담았더니 서너 자루는 족히 되는 양이었습니다. 묵직한 자루가 여간 기분 좋은 무게가 아니었습니다.

다 닦아낸 뒤 아직 물기를 머금은 가래알을 고추 말리듯 햇볕에 말렸는데, 다 마른 가래알들도 자루에 담기 전에 한 번 더 껍질과 알 사이 주름에 붙어 있던 가느다란 섬유질을 벗겨내는 일을 했습니다. 그 가느다란 실낱같은 섬유질을 통해 나무와 껍질, 알 사이가 연결되어 있었던 것이지요. 집중해서 관찰하려고 든다면 우리는 참으로 놀랍고 신비로운 생명의 장치들을 자연에서 접하게 됩니다. 그리고 바로 그런 것들에서 뭐라 꼬집어 말할 수 없는 것들을 배우게 되지요. 이를테면, 이 세상에 존재하는

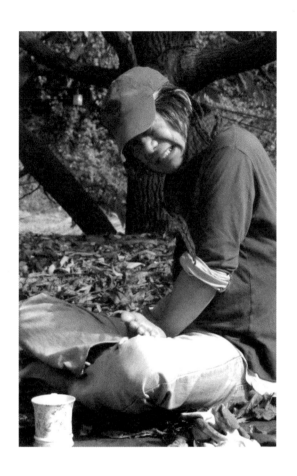

지난 시월 하순 내내 저는 가래나무와 같이 살았습니다.
같이 살았다고 말할라치면, 같이 밥 먹고, 물도 같이 마시고,
잠자리도 같이해야 할 텐데, 그렇게 살았다는 게 아니라
가래나무가 한 해 내내 열심히 익혀 땅바닥에 떨군 가래알을
열심히 주워 개울에서 씻고 또 씻느라 엄청 시간이 많이
걸렸다는 이야기입니다. 그 양이 하도 많아서 거의 두 주일이나
걸렸습니다. 어쩌다 가래알을 잘못 밟으면 몹시 아픕니다.

것들은 참으로 놀랍고, 그래서 소중하지 않은 것들이 없구나, 그런 깨달음 비슷한 것을 말입니다.

열매와 잎을 다 떨군 가래나무를 쳐다봅니다. 한여름 하늘을 다 덮을 것 같았던 널찍한 잎사귀들은 지상에 거대한 그늘을 드리웠고, 바람이라도 불라치면 때로는 여인의 치맛자락처럼, 때로는 커다란 물고기 지느러미처럼 흔들리곤 했었지요. 그러나 지금은 뼈대만 남은 거대한 나뭇가지가 허공에 폐선(廢船)처럼 떠 있습니다. 여름의 모습도 아름다웠지만, 지금도 장엄합니다. 앙상한 가래나무는 아무 말도 없지만, 한 해의 일을 잘 마쳤으니 이제 긴 겨울을 가벼운 몸으로 맞이하겠다는 결의 같은 게 느껴집니다. 장엄한 빈 나뭇가지를 우러러보다보면, 나무 한 그루 한 그루가 경전(經典)이라는 생각이 문득 입니다.

'3여(三餘)'라는 말이 있습니다. 위나라 동우(董遇)가 학문을 할 시간이 없다는 사람에게 "학문을 하는 데는 삼여로 충분하다"고 답한 데서 기인한 말입니다. 삼여란, 곧 '겨울', '밤', '비가 올 때'를 뜻합니다. 겨울은 한 해의 남는 시간, 밤은 하루의 남는 시간, 비는 때때로 남는 시간을 가리키지요.

가래나무는 이제 긴 3여의 시간으로 들어갔습니다. 우리한테도 다시 겨울이 돌아왔습니다. 겨울을 꼭 한 해의 여분이라 할 수야 없겠지만, 올겨울도 잘 쉬고 잘 견뎌내야 하겠습니다. 한 해에 한 일들 중에 미흡한 것을 살펴 보완하고, 다음 해 봄을 정갈한 마음으로 맞이해야 할 것입니다.

글 쓰는 내 외우(畏友) 이시백의 책을 보다가 깜짝 놀랐습니다.

꽃밭에 누워서 하늘을 보네
꽃밭에 누워서 꽃잎을 보네
고운 빛은 어디에서 왔을까
아름다운 꽃이여 꽃이여

이것을 조금 변형한 노래가 정훈희가 불러 우리에게 익숙한
그것인 줄 알았더니만, 이 노래의 원본은 조선조 세종 때 최한경의
《반중일기(泮中日記)》에 수록된 시라는 것이었습니다(이시백,《용은 없다》,
212쪽 참조). 얼마나 놀랐던지요. 꽃밭은 이 무간지옥이고, 사람은 꽃잎이고,
꽃잎이 하늘도 보고 다른 꽃잎도 보는 노래로 이해했습니다. 나는 가래알을
꽃잎으로 보고 노래 불렀습니다. 가래알은 어디에서 왔을까?
아름다운 가래알, 가래아~~알! 루루~루루~~루루!!

시드는
풀을 바라보며
배운다

어디선가 힐끗 보고 다시 찾지 못한 내용이지만, 중국인들은 가을이 와서 잎이 떨어지기 시작하면 사형수들을 죽이지 않았다고 한다. 청말(淸末)까지 그런 풍습이 내려왔다고 한다. 가을이나 이어 닥칠 겨울이 죽음의 기운이 승한 때라는 게 그 이유였다. 그런 희한한 관행은 봄을 생명이 돋는 철이라 보았을 것이고, 여름은 생명의 환희가 용솟음치는 계절로, 가을과 겨울은 생명의 결과들을 마무리하고 긴 휴식으로 들어간다는 해석에서 비롯되었을 것이다. 그럴듯하지만 그런 이유 때문이라면 생명의 계절인 봄여름에 누군가의 생명을 끊는 일 또한 석연치 않은 일이긴 마찬가지다. 다른 생명을 끊기에 마땅한 계절은 기실 어떤 때도 적절치 않을 것이다. 하지만, 이 글은 사형제도의 부당함에 대한 성토는 아니다.

오늘 하려는 이야기는 늦가을 벌판의 시들어가는 풀을 바라보며 느낀 이야기이다. 지난해 필자는 강원도 한 골짜기에 작은 집을 지었다. 오래도록 쉬고 있던 밭을 일군 뒤, 이웃 노인들의 시늉을 내서 이것저것 땅에 심었다. 감자도 심고, 옥수수도 심고, 고추도 심고, 호박과 파도 심었다. 거름을 준비한 것은 겨울부터였다. 매일같이 누는 똥도 아까워 톱밥과 난로에서 나오는 재와 섞어 삭히기 시작했다. 길에서 혹 썩을 것을 발견하면, 그걸 실어와 밭에 넣고 싶어 안달을 내곤 했다. 시골살이를 시작하자 사물을 볼 때에도 썩는 것과 썩지 않는 것을 구분해보게 되었다. 말이 그럴듯하지만, 그 작은 땅의 소출로 애들 학비에 보탤 요량이 아니었는 데다 밭뙈기라 허락된 면적이 손바닥만 했기에 농사라 할 것도 없었다. 진짜 독립운동하듯 농사짓는 분들이 볼라치면 엉터리 농사임이 틀림없다.

그렇지만, 딴에는 열심히 김을 매고 아침저녁으로 물을 주고, 비가 너무 자주 내리면 무심한 하늘을 탓하기도 했다. 서울과 시골을 들락거리긴 하지만 만약 시골살이를 하지 않았다면 하늘을 그렇게 정색하고 쳐다볼 일은 없었을 것이다. 잦은 비 때문에 고추농사를 망치자 자주 원망 어린 눈으로 하늘을 쳐다보곤 했다. 비료나 농약은 당연히 주지 않았다. 이웃 노인네들은 그렇게 바보처럼 굴면 건질 게 별로 없을 것이라며 비료를 직접 들고 오시기도 했지만, 그분들 마음 안 상하도록 용케 사양하면서 여름을 났다. 고추농사야 망쳤지만, 마침내 때에 이르러 감자를 캤는데, 다섯 박스가량의 소출이 났다. 첫 농사로 감자를 캐던 날의 감격을 나는 잊을 수 없다. 배 속에서부터 치솟는 벅찬 기쁨에 환호가 터져 나왔고, 뜨거운 김이 무럭무럭 나는 감자밭에 서 있자니 몸이 허공으로 붕 뜰 것 같았다.

문제는 풀이었다. 여름의 풀은 정말 말릴 수 없는 기세를 보여주었다. 어떤 이는 풀과 잘 지낸다고도 하지만 내 경우에는 그 경지에 미달되어 어쩔 수 없이 낫과 호미를 들고 맹렬하게 풀과 싸울 수밖에 없었다. 하지만 애당초 난공불락의 싸움이었다. 풀들이 욱일승천하던 한여름에는 김을 매고 돌아다보면 다시 풀이 돋아날 지경이었다. 감당할 수 없는 풀의 무서운 생명력은 단지 무섭다는 말만으로는 부족했다. 여름철 대지는 그런 풀의 열정을 부추기는 것같이 뜨겁게 이글거렸다.

나중에는 결국 풀의 기세에 겸손한 마음으로 굴복했다. 밭은 물론이고 마당의 절반이 풀로 덮인 채 추석을 맞았다. 참으로 희한한 일은 아침저녁으로 찬바람이 불기 시작하자 하늘을 찌를 것 같은 풀들이 시들시들 고개를 숙이기 시작했다는 사실이다. 자신이 활약하던 바로 그 땅에 온몸을 돌려주기로 작정한 풀의

좀 더 젊은 날에는 가을을 타곤 했다. 이제는 가을을
타기보다는 가을이 오면 생각이 깊어진다. 풀 때문이다.
시골에서 살다보면 봄여름 내내 무시무시한 풀의 기운과
싸우느라 정신이 하나도 없다. 그들은 베고 또 베도 돌아서면
무성하다. 절대로 안 꺾인다. 오죽하면 시인 이상이 녹색이
지겹다고 했을까. 그러던 풀들이 가을이면 할 일을 다 했다고
조용히 색을 떨구고 꼿꼿이 치켜들었던 고개를 떨군다.
여름 내내 무서운 기세로 온 세상을 덮던 그들이 마치 줄기
속의 가느다란 뼈가 부러진 것처럼 허공에서 흐늘거리다가
스러지는 모습은 쓸쓸하지만 장엄하다.

장엄하고 조용한 주검을 바라보며, 느끼고 생각하는 바가 적지 않다. 나는 금년 한 해를 들판의 야초(野草)들처럼 내가 작정하고 걷는 길에 의심을 품지 않고 열심히 살았을까. 내 한해살이는 풀만큼 당차고 본분을 다했을까. 내가 살았던 한 해가 다음 해의 거름이 될 만큼 깨끗했을까, 묻게 된다.

내년에는 풀과 어떻게 사귀게 될까, 벌써부터 그 생각을 하면 문득 긴장되면서 없던 생기가 이는 것만 같다.

달밤에
말벌집을
떼내다

'농부도 아닌 것'이 자꾸만 시골살이에 대해 이야기하는 데 대한 반감이 없지 않다는 것을 느끼곤 있지만, 방금 전에 딴 말벌집 이야기는 혼자 묻어두기 힘들다.

    말벌집이 마당의 정자 천장 한복판에 자리 잡은 것은 금년 봄께였다. 부득불 정자라고 했지만 방부목(防腐木)을 썩썩 썰어 네댓 시간 만에 뚝딱 지어 마당 끝에 세운 것이다. 작은 평상에 지붕이나 하나 얹어놓은 정도라 왠지 사대부 냄새 나는 '정자'나

'야정(野亭)'이란 말은 분에 넘친다. 말벌을 마당에 들이고 그들의 놀라운 건축술마저 허락하게 된 것은 순전히 여름철의 풀 때문이었다.

릴케가 "위대했다"고 노래한 유럽의 여름은 잘 모르지만, 어김없이 풀들을 키운 우리 산하의 여름철도 참으로 위대했다. 끔찍하게도 배타적으로 사랑받는 작물의 위태롭고 더딘 성장과 달리, 황대권씨가 "야초(野草)"라 부르고 윤구병 선생이 "잡초는 없다"라고 말하는 잡풀들은 정말 무서운 생명력을 발휘했다. 그 기세를 욱일승천의 기세라 해도 괜찮을까. 어떤 이는 풀들과 싸우지 않고 잘 지낸다지만, 내 경우에는 그 경지에 미달되어 어쩔 수 없이 여름 내내 낫과 호미를 들고 맹렬하게 풀과 싸울 수밖에 없었다. 하지만 애당초 난공불락의 싸움이었다. 누구 말대로 김을 매고 돌아보면 다시 새 풀이 돋아나는 기운을 느낄 수 있었다. 한번은 마당의 반 이상을 점령해 들어오는 풀을 베다가 그 녹색의 열기에 그만 아득한 현기증을 느꼈는데, 그것은 거의 공포의 감정과 비슷했다. 감당할 수 없는 풀의 무서운 기세는 단지 무섭다는 말만으로는 부족했다. 여름철 대지는 그런 풀의 열정을 부추기듯 뜨겁게 이글거리곤 했다.

나중에는 결국 풀의 기세에 겸손한 마음으로 굴복했다. 그러자 밭은 물론이고 마당의 절반이 세상 만났다는 듯이 풀로 덮이고 말았다. 그러는 동안 정자의 말벌집은 커다란 세숫대야만 하게 천천히 부풀어 올랐다. 말벌이 여름 내내 벌판에서 물어와

풀과 싸우면서 간혹 생각하곤 했다. 이 풀들은 내년에도
이렇게 무서운 생명력으로 나를 괴롭힐까? 올해가 마지막은
아닐까? 그런 생각이 거미줄처럼 가느다랗게 머릿속을
스쳤으나, 겨울을 보내고 이듬해에 보면 풀들은 작년과
마찬가지로 또 산천을 덮었다. 내 한 해는 늘 경탄과 공포를
일으키는 풀과의 전쟁이었다. 매일같이 빠르게 멸종이
진행되고 있고, 이번에 닥칠 여섯 번째 대멸종에는 인류세를
만든 인간도 당연히 포함될 것으로 내다보인다. 하지만
고생대에서부터 지금껏 끄떡없는 풀은 생명력이라기보다는
하나의 무슨 법칙 같기도 하다.

침을 섞어 지은 외피의 재료는 놀랍게도 펄프인데, 수천 가닥의 주름은 뇌의 겉모양과 같았다. 때로 연한 회색으로도 보였고, 낡은 한지 빛깔로도 보였다. 말벌에게 신경을 쓰다보니, 놈들이 꿀을 빼앗기 위해 하루에 허리를 동강내는 꿀벌이 몇백 마리라는 것도 알게 되었다. 그래서 금년 여름에 꿀벌을 보기 힘들었을까. 공부를 하다보니 여왕벌 혼자 그 아름답고 웅장하고 정교한 집을 짓는다는 기록도 얼핏 보였다. 문제는 임부(妊婦)의 배처럼 급속히 커져가는 크기였다.

　　놈들의 생태야 어찌 됐든, '왕퉁이'나 '오랑캐벌'로 불리듯 그 사나운 기세가 정자 주변에 늘 긴장감을 자아냈다. 자연 그쪽으로 발길을 자제하게 되자 정자에 이르는 널찍한 공간은 순식간에 풀들의 세상이 되고 말았다. 마음 놓고 자란 풀들의 머리 위로는 칡덩굴이 춤을 추듯 너울거리며 자줏빛 꽃을 피우기도 했다. 이윽고 기온이 떨어지자 풀숲에서는 돌연 뱀들이 출몰하기 시작했다. 백반을 뿌렸지만 고추농사를 망친 잦은 비 때문에 효험이 없었는지 한 번 눈에 띈 뱀들은 자꾸만 나타나 사람을 움츠리게 만들었다.

　　금년 여름에 남의 집에 내습한 말벌이 한 일은 무엇인가? 그러잖아도 게으른 사람인데 풀베기를 포기하게 만들었고, 결국 무성한 풀숲은 만나고 싶지 않은 뱀까지 불러들인 것이다. 그런 적대적인 분석에는 아랑곳없이 말벌집은 자꾸만 부풀어 올라 나중에는 한 아름에 안을 수 없을 만큼 커졌고, 길이 또한 정자 허

꿀벌집은 밀랍으로 만든다고 하지만, 말벌집은 일벌들이 나무를
잘게 씹어서 연하게 만든 뒤에 다닥다닥 붙여서 만든다고 한다.
툇골 마당에는 놀고 생활하는 곳과 너무 떨어져 있어서 잘 사용하지
않는 정자가 한 채 있었는데, 바로 그 외진 특성으로 인하여
말벌들이 마음 놓고 집을 지었던 것이다. 어느 날 우연히 발견한
거대한 말벌집은 참으로 아름다웠다. 회백색이라 해야 할까,
상아색이라 해야 할까, 말벌집은 우선 그 크기와 형태, 외양의
무늬에서 정신이 번쩍 나도록 아름다웠다. 그 작은 곤충들이
어떤 활달한 화가의 기분 좋은 붓질 같은 무늬를 만들어내다니!
그 아름다움에 경악했지만, 말벌은 그냥 벌과 달리 한번 쏘이면 끝장이
날 수도 있는 일이라 아깝지만 떼내야 한다는 결론에 도달했다.

공의 거의 반을 차지했다. 솔직히 말해 겁나는 크기였지만 그 둥그런 구조물은 참으로 아름다웠다.

거기까지는 좋았다. 지난주였다. 별 생각 없이 밭가의 거름더미에 음식물 쓰레기를 버리러 갔다가 그만 말벌에게 손등을 쏘였다. 불똥이 닿은 것처럼 매섭게 뜨거웠고, 이내 손등은 부풀어 올랐다. 암모니아가 좋다길래 깊은 밤, 부어오른 손등에 뜨뜻한 오줌을 적시면서 나는 아무래도 말벌과의 이 불안한 동거에 종지부를 찍어야겠다고 결심했다.

기왕 결심한 김에 더 추워지기 전에 말벌집을 떼내고 정자의 위치를 옮기기로 작정했다. 대문 옆의 개집 위치로 정자를 들어 옮기고, 개집을 다시 정자 위치에 지어주는 것이다. 그러면 내년 여름에 정자를 온전하게 사용할 수 있을 것이라 생각했다. 주변에서 말벌에 쏘이면 죽을 수도 있다며 하도 근심스레 말리기에 119에 연락했더니, "우리도 전문가가 아니다. 사정없이 에프킬라를 쏴대라"고 조언할 뿐 달려오지는 않았다. 살충제를 쏴대는 일은 그 아름다운 건축물과 여왕벌이 겨울 오기 전에 다 물어 죽인다곤 하지만 벌들에게 할 짓이 아닌 것 같았다.

마침 풀꽃운동이 태동한 지소 앞 자두나무집에 놀러온 지인이 있어, 그와 함께 양파를 담았던 뻘건 그물을 얼굴에 뒤집어쓰고, 젊은 날부터 즐겨 입던 야전파카로 온몸을 꽁꽁 여미고, 해 떨어지자 정자 안으로 마치 군사작전을 감행하듯 기습했다. 말벌집을 밑에서부터 커다란 포대로 잽싸게 감싸고 전광석화처

마침 그때 툇골에 놀러 왔던 지인이 있어서 그와 같이 말벌집을
성공적으로 떼냈다. 지인은 말벌이 무섭다고 잘못하면 죽을 수도 있다면서
"엔간하면 떼지 말자"고 했고, 나는 "엔간하면 온 김에 같이 떼자"고
꼬셨다. 야전잠바와 두꺼운 장갑, 그리고 온몸을 여밀 수 있는 데까지
완벽하게 여민 뒤, 머리에는 양파를 담았던 그물로 겹겹이 뒤집어쓰고,
말벌집 공격에 나섰다. 말벌집은 그 크기 때문에 대단히 무거울 줄
알았는데, 허공의 섬세한 나무반죽집이었던지라 쉽게 떼졌다. 집을 잃은
말벌 수천 마리가 범인을 찾아서 공격하려고 달려들었다. 나는 90년대
초반 히말라야 밀림에서 말벌보다 두 세배 더 큰 '스트롱'한 벌들에게 여러
방 머리를 쏘인 적이 있어서 우리 토종 말벌을 조금 우습게 여기는 경향이
있었던 것 같다. 왼쪽 사진에서는 말벌집을 떼기 전의 긴장이 느껴지고,
오른쪽 사진에서는 떼내고 난 뒤의 만족감이 느껴진다.

럼 천장에서 비틀어 떼어냈다. 말벌에 쏘여 죽는 사람이 일본에서는 한 해에 서른 명이 넘고, 이 나라도 한 해 대여섯 명가량은 벌에 쏘여 죽는다는데, 금년치 통계에 우리 목숨도 보태질지 모른다는 공포 때문에 우리는 거의 제정신이 아니었다. 놀란 것은 자다가 깬 병정벌들도 마찬가지였다. 침입자를 쏘긴 쏘아야 하겠는데 어디를 쏘아야 할지 몰라 윙윙대기만 할 뿐 놈들은 임무를 다하지 못했다. 얼마나 다행인가. 우리는 떼어낸 벌집을 포대에 담아 우물가로 신속하게 옮기고, 담요로 덮었다. 집 안에 들어와서야 머리에 뒤집어썼던 양파 그물을 걷어내고 마당을 내다보았더니, 졸지에 거처를 빼앗긴 놀란 벌들 수천 마리가 분통하다는 듯이 마당에서 윙윙거리는데, 마침 앞산에 잠겨 있던 보름달이 휘엉청 떠오르기 시작했다.

마을 위쪽에서 돈벌이를 벌인 사람들이 2차선으로 길을 넓혀달라고 민원을 넣었다는 우울한 소리가 들린다. 길이 넓어지고 차들이 늘어나면 말벌과 싸우던 오늘 밤의 '말벌집 퇴치작전'도 그립지만 아득한 추억이 될 게 뻔하다.

땔감을
마련했으니,
겨울이여
어서 오시라

가장 좋은 겨울 선물, 땔감

이웃이 있다는 것은 참 좋은 일이다. 이웃을 만들기가 오죽 힘이 들었으면 예수님조차 "네 이웃을 네 몸처럼 사랑하라"고 하셨을까. 하지만 한번 이웃을 만들기만 하면 그것은 자신의 몸처럼 유익할 수도 있다. 사람을 유용성의 여지로 말하는 것 같아 듣기 거북하겠지만, 사랑을 실천하라는 성인의 말씀도, 그게 옳기도 하지만 그러면 좋다는 뜻이 담겨 있었을 것이다.

길에서 털풀님을 만났다. 툇골의 이웃 털풀님은 턱에 털이 많아서 우리가 그렇게 부른다. 본인도 그렇게 불리기를 좋아한다. 참고로, 내 탓은 아니지만 나는 턱에 털이 별로 없다.

"짬나면 나무 가져가세요."

그가 말했다. 내가 얼마나 나무 욕심이 많은지 그는 진작부터 알고 있었다. 낡은 표현이지만, '겨울이 오는 길목'에서 내게 그보다 더 반가운 소리는 세상에 다시없다.

"올해도요?"

툇골에 자리를 튼 첫 겨울에도 그는 툇골에 온 인사로 잘 마른 떡갈나무를 잔뜩 주었다.

"호수 위 내 산막 알죠? 거기 대충 육십 토막가량 있는데 반쯤 가져가쇼!"

호수 위에서 산판길로 이어지는 곳에 자리 잡은 털풀네 산막은 그가 젊은 날에 심어놓은 회화나무가 이제 가로등만큼 자라 있다. 회화나무는 퇴계 선생과 함께 천 원짜리 지폐에도 박혀 있는 나무라고 하면서 그가 얼마나 자랑스러워하는지, 들을 때마다 부러웠던 적이 있다. 나도 내가 심은 묘목이 가로등만큼 자라서 시원스레 서 있다면 얼마나 좋으랴. 산막은 그가 나무를 심고 돌볼 때 쉬거나 차를 마시기 위해 통나무와 판자로 얼키설키 지어놓은 가건물인데, 거기에 그가 오랫동안 간벌 뒤끝의 소나무나 고사목 들을 모아놓은 게 좀 있다는 이야기였다.

나는 산촌에 들어오면서 결심했다. 결코 땔감을 돈 주고 사지 않으리라고.
그런 비겁한 짓은 하지 않으리라고. 그래서 나는 꼭 겨울이 아니어도
연중 땔감을 모으려는 집념으로 가득 차 있었다. 나는 언제나 땔감 욕심을
냈다. 그래서 한번은 다른 동네 하천에 쓰러진 은행나무를 멋도 모르고
잘라 왔다가 거금을 물어준 적도 있었다. 그리고 10년이 넘었지만 그
동네를 지나칠 때마다 목덜미가 뻣뻣해지고 두통이 생긴다.
반면에, '책벌레'로 유명한 한 지인은 내가 하도 땔감 타령을 해대니까
편백나무 토막을 잔뜩 모아서 아파트에 보관했다가 여러 박스에 넣어
소포로 보내준 적도 있다. 그것들은 땔감으로 쓰기에는 너무나
아까운 나무였다. 결단코 잊을 수 없는 감동적인 일이었다.

"그럼 내 한 스무 개 정도 가져가리다."

"(반쯤 가져가라는데……) 최선생 맘대로 하쇼."

그는 두 마디를 안 한다. 거래는 아니지만, 길거리 협약은 그렇게 끝났다.

낙엽이 다 떨어지고, 시뻘건 단풍나무 잎마저 다 사라지고 나면, 나는 괜히 긴장한다. 곧 겨울이 닥치기 때문이다. 겨울은 사실 얼마나 추운가. 더욱이 툇골은 골짜기라 시내의 기온과 늘 차이가 난다. 더 춥다는 이야기다. 가래나무가 서 있는 연구소 건물 바닥은 심야전기 난방을 택하긴 했지만, 내 본래 양육되기를 전기료를 남달리 아끼는 사람으로 자란지라, 그것만으로는 겨울을 못 난다. 보조난로를 사용하지 않을 수 없다. 그러자면 땔감을 마련해야 한다. 이미 창고 뒷벽에 마련해둔 땔감만으로도 두세 해 겨울은 너끈히 날 수 있겠지만, 나의 나무 욕심은 끝이 없다.

그런데 나무를 태워 배출하게 될 이산화탄소는 어떡하나? 누가 정했는지 모르지만, '지속 가능한' 생활이라는 명분으로 허용되는, 최소한의 내 이산화탄소 배출 허용량 잔고가 나무를 태운 만큼 줄어들 것이다(한국인의 1인당 이산화탄소 배출량은 2003년 기준으로 대략 9.3톤에 이른다고 한다. '지속 가능한' 생활을 위한 1인당 할당량은 2.45톤이다). 객쩍은 소리지만, 겨울을 따뜻하게 난 대가로 다른 계절 동안 누가 보거나 말거나 탄소 배출을 줄이기 위해 죽어라(?) 애쓰는 수밖에 없다.

뒷골에서 네 번째 겨울을 맞이하고 있지만, 나는 한 차례도 땔감을 돈 주고 산 적이 없다. 세상에 땔감을 돈을 주고 사다니! 돈을 많이 못 버는 사람은 어떻게 이 황금물결의 시대를 슬기롭게 견뎌낼 것인가? 돈을 안 쓰는 것이 상책이다. 딱히 그런 이유가 다는 아니지만, 나는 왠지 조금만 몸을 움직이면 땔감이 지천인데, 돈을 주고 단번에 장작을 준비하는 일이 못내 부도덕하게 여겨졌다.

한 해 내내 나는 땔감을 모았다. 땀 철철 흘리는 여름에도 땔감으로 보인다 싶으면 주워왔고, 꽃 피는 봄철에도 모았고, 가을바람 소슬한 추수철에도 나는 땔감을 모았다. 길을 가다가도 땔감이다 싶은 게 있으면 주저 없이 걸음을 멈췄다. 때로는 화물차로, 때로는 수레로, 때로는 지게로 땔감을 모았다. 다른 사람들이 돈을 모으듯이 나는 나무를 모은다. 대체로 현실에서 무능하기 짝이 없는 사람이 그래도 한 가지 구석에서만큼은 쓸 만한 데가 있어야 하지 않겠는가, 아마도 그런 마음에서였을 것이다.

신난다. 털풀님이 올해도 잘 마른 통나무를 또 스무 토막이나 허용했다. 나는 주로 잡목이나 길가의 나뭇가지나 아파트에서 버린 선반이나 의자다리 같은 것들을 모았기에 그가 준 통나무는 내 난로의 땔감으로는 최고의 상품이다.

연구소 사람들과 같이 볕 좋은 초겨울 오후, 털풀네 산막에 올라갔다. 그리고 정확히 가느다란 놈으로 스무 개가량 골라 전기톱으로 토막을 냈다. 한 해 만에 다시 쓰는 전기톱이다. 시운전을 해봤더니 다행히 점화가 되었다. 소리가 아주 팽팽하다. 통나무는 톱질로는 어불성설이다. 친환경적인 삶의 원칙을 고수하려면 어렵게 구한 땔감도 톱질을 해야 옳겠지만, 그러자면 여러 날이 걸린다. 나는 그렇게 엄격한 사람은 못 된다. 잔가지는 연구소분들이 톱질을 했다. 그리고 불쏘시개로 쓸 솔방울이나 솔잎들을 모아 자루에 담았다.

내 화물차 뒤칸이 무엇인가로 가득 차면 나는 기분이 매우 좋다. 그것이 나무든, 거위나 개한테 줄 쌀겨든, 퇴비든, 닭똥이든, 배추든, 뭔가로 가득 차면 무조건 기분이 좋다. 로버트 드 니로가 은행에서 방금 운반해온 돈다발이나 금괴 같은 것으로 가득 차면 훨씬 더 좋겠지만, 그런 건 영화에나 나올 일, 현실에서는 좀처럼 이뤄지지 않는 일이다.

나무를 연구소 마당에 부려놓고 나자 나는 가슴이 찢어질 듯이 행복하다. 이제 남은 일은 도끼질이다. 내게는 도끼가 서너 자루 된다. 대장간에서 만든 뭉툭한 재래식 도끼, 후배가 선물한 북유럽산 손도끼, 길거리에서 산 군용도끼 등. 도끼날은 늘 시퍼렇게 숫돌에 갈아져 있다. 그 도끼들은 땔감을 만드는 데 골고루 쓰인다. 쪼개는 데는 우리 도끼가 좋고, 토막을 내는 데는 핀란드산 도끼가 좋고, 불쏘시개 작업은 군용도끼가 좋다. 난로 아궁이에 들어갈 크기로 나무를 토막 내고, 쪼개고, 껍질은 불쏘시개용으로 벗긴다. 난로 청소도 마쳤다. 이제는 겁날 일이 없다.

혹독한 겨울이여 어서 오시라. 찬바람 거느리고 눈 펑펑 뿌

어쩌다 천천히 생긴 도끼들이다. 나무를 다뤄본 이들은
이 도끼들의 용도가 각기 다르다는 것을 댓바람에 알 것이다.
자루의 곡선이 멋진 서양 도끼는 절단에 적합하고, 우리 재래의
도끼는 나무를 세로로 쪼개는 데 적합하다. 손도끼는 각기
다른 무게 때문에 각기 다른 용도로 쓰인다. 대장간에서 맞춘
쐐기는 커다란 통나무에 박은 뒤 도끼머리나 해머로 나무 속에
집어넣으면 철옹성 같은 통나무도 결국 쪼개지고 만다.

리면서 어서 오시라.

권력욕의 도구가 된 끝없는 경제성장론

떨감 문제는 그렇게 해결되었다 쳐도, 내게는 이 겨울에 사실 심각한 걱정이 하나 있다. 누구도 그러라고 시키지 않았건만, 끔찍이도 국민들을 사랑하고 존경하고 위하겠다고 나선 대통령 후보들 때문이다. 그들은 주야장천, 불철주야, 앉으나 서나 국가와 국민들을 걱정하는지 몰라도 나는 그들이 걱정된다. 그들의 애민과 위민정신의 진정성보다도 나는 그들의 현실적 힘이 걱정된다. 그 힘의 파괴력이 실로 걱정된다.

모두들 '경제'를 자신에게 맡기라고 호언한다. 자신들이 "성공한 사람인 줄 잘 아시지 않느냐"고 하면서 경제를 책임지겠다고 다퉈 장담했다. 한 후보가 5퍼센트 경제성장률을 공약하자, 다른 후보는 7퍼센트, 이어서 8퍼센트까지 성장률을 올리겠다고 기염을 내뿜었다.

"어떻게 그 목표를 달성할 작정이냐?"는 탐색의 질문은 있었지만, 그런 경제성장률 자체가 매우 자기파멸적인 발상이고 '유한한 지구 자원'이라는 측면에서 근본적으로 불가능한 노릇이라는, 선행되어야 할 인식은 공약을 내건 자들이나 묻는 이들에게서나 찾아보기 힘들었다. 경제 성장은 시대가 요구한 절체

길을 가다가도 땔감으로 쓸 만한 것들이 보이면 차로,
리어카로 열심히 실어나르곤 했다. 어디 산비탈에 간혹
넘어진 나무가 눈에 띄었다 하면, 어김없이 멈춰 서서
그 나무를 옮겨 나를 궁리를 하곤 했다. 마을 사람들에게
잘라가도 괜찮다는 허락을 받은 뒤에 때로는 도끼로,
때로는 엔진톱에 기름을 넣고 산으로 들어가곤 했다.

절명의 지상명령이고, 문제는 '어떻게' 달성할 것이냐지, 끝없는 경제성장에 대한 맹신이 이미 가시적이고 위협적인 위기를 맞이한 지구환경의 시각에서 재앙을 재촉할 것이라는 성찰은 아예 없었다. 지구에도 매우 고약하고, 궁극적으로는 우리 삶의 건강한 존속에도 기여하지 못할 헛된 공약들이 가장 중요한 화두로 공인되는 사회는 어떤 사회일까? 무지막지하고, 그래서 부끄러운 사회다.

대선을 앞둔 2007년 11월 말 한 매체의 만평보다 우리 사회를 뒤덮고 있는 불길한 상황을 잘 압축한 묘사를 본 적이 없다. 한 사람은 빌딩숲에서 돈을 뿌리면서 "돈이면 다 된다"고 외치고 있고, 대선 후보로 짐작되는 한 사람은 "돈 되면 다 한다"고 중얼거리면서 도곡동 땅이나 BBK 문서, 자식을 위장취업시킨 회사 현판을 들고 어딘가 돈 되는 곳을 향해 두리번거리고 있다. 그들보다 더 심각한 이들은 그 만평에 나오는 두 인물을 상당히 관대하게 바라볼 태세가 되어 있는 우리 시대 다중(多衆)이다. 바로 우리들이다.

예수는 "사람이란 모름지기 정의에 목말라해야 한다"고 말했다. 지금 여기에서 정의는 무엇일까? 숲을 죽이고 운하를 파서 경제를 살리는 게 정의일까? 농촌을 죽이고, 실업자를 구제할 '좋은 경제'를 실현하는 것일까? 심지어 운하에 집착하는 한 후보는 "나무 몇 그루 심는 게 환경에 기여하는 게 아니라 운하 건설이 지구온난화를 방지하는 데 기여할 것이다"라고 텔레비

나는 어딘가에 잘라서 가져가도 되는 나무가 있다는
소리를 들으면 불원천리하고 달려갔다. 하도 열심히 땔감을
모으니까 마을 사람들이 자주 귀띔을 해주었다.
"최선생, 저기 월송리 입구에 가면 나무가 있을 거요!"라고.
그러면 미리 나무의 양을 살펴본 뒤에 장비를 갖춰 가서
고독하게 나무를 자른다. 그러다가 팔이 아프거나 힘이 빠지면
잘린 나무에 걸터앉아 담배를 한 대 피워 문다.
아아, 그때의 행복감은 누구도 빼앗아갈 수 없다.

전 토론회(2007.11.20. KBS TV)에 나와서 말하기도 했다. 나는 그의 인류애와 지구 사랑이 그토록 심각한 수준에까지 도달해 있는지 정말 몰랐다. 그 해괴한 운하론(運河論)을 듣는 순간, 나는 귀를 의심하면서 시골에서 땔감 욕심이나 내며 지내다가 위대한 환경 지도자 한 분을 오인하고 있지나 않았는지 적이 두려웠다.

"사람을 다스리고 하늘을 섬기는 데는 아끼는 것이 가장 좋다"고 한 노자 할아버지 말씀도 생각난다. 우리 대선 후보들은 누구랄 것 없이 모두를 더 잘살게 해주겠다고 호언하는 것을 보면, 노자가 말한 '아낄 색(嗇)'과는 너무나 거리가 먼 이들이다. 그러니 어찌 이들이 걱정되지 않겠는가.

농담할 때가 아니다. 혼란과 광기의 사회에 혐오와 경멸을 느끼는 것만으로는 충분치 않다. 우리 모두 욕망을 줄이고, 부끄러워할 수 있는 능력을 되살리고, 잃어버린 자연과의 유대를 회복해야 한다. 그것 외의 어떤 현란한 소리들도 대안이 아니다.

삐삐의
일생

지난밤 자정께에 '삐삐'가 세상을 떠났다. 가쁜 숨밖에 안 남았지만 확실하게 '있던' 삐삐가 주검만 남기고 사라진 것이다. 이때 갔다고 말하는 것은 무엇이고, 어디로 갔을까? 개에게도 불성(佛性)이 있을까라는 선가(禪家)의 물음도 어쩌면 어느 선승이 개를 잃고 난 뒤에 던진 질문이 아닐까 싶기도 하다.

　삐삐의 나이는 열여덟 살. 사람의 나이로 칠라치면, 백세장수에 해당된다는 소리도 얼추 들렸다. 삐삐는 먼저 눈이 멀었다.

그리고 얼마 후에는 씹지 못했다. 그렇게도 잘 먹던 녀석이 먹는 일을 힘겨워했다. 에너지를 취하는 게 수월찮고, 보이던 세상이 안 보이기 시작하면 그것은 생물이기를 그치려는 징후에 틀림없었다. 듣기에도 고통스럽고, 바라보기에도 힘겹게 천천히 생명이 식어갔다. 그런데도 나와 같이 오랜 시간 시민운동을 해온 빼빼의 주인은 그 결정적 죽음의 징후들을 쉽게 받아들이지 않았다. 손바닥에 음식을 개서 먹였고, 눈먼 빼빼를 규칙적으로 산책시켰다. 개집에는 입던 옷을 부모 봉양하듯 깔아주었고, 햇볕의 이동에 따라 개집 위치도 하루에도 몇 번씩 바꿔주었다. 빼빼는 겨우 한낱 개에 불과한데, 그 지극함이 도를 넘쳤다.

"지나치십니다", 힐난은 아니었지만 어느 날 지켜보다가 한마디 말했더니, "돌아가신 어머니가 말했어요. 말 못하는 것들이 더 불쌍하다고요", 라고 답했다. 그는 지렁이나 새에게 감탄하던 생명운동을 펼쳤었는데, 운동의 연원이 그 어머니의 생명 사랑과 닿아 있었다. 사람은 본 대로 흉내 내며 형성된다는 게 새삼 실감이 났다.

빼빼는 본래 시내에서 호프집을 하는 홍씨네 개였다. 홍씨는 자주 여인네가 바뀌었고, 사업은 기복이 심했던 모양인지 빼빼는 그 화풀이로 얻어맞을 때마다 아랫집으로 도망쳐왔다. 자주 굶고 자주 맞기만 하던 빼빼는 어느 날 주인을 갈아치울 결심을 하고, 아랫집으로 도망쳐온 뒤에 본래 제 집으로 가지 않았다.

20년쯤 전, 툇골생활 초기 건축가 고 정기용 선생이
자두나무집을 짓기 전에 그 자리에 함석지붕집이 있었다.
삐삐는 나중에 연구소를 지은 터에 살던 호프집 주인이 키우던
개였는데, 삐삐는 자기 주인보다 새로 나타난 사람들을
더 좋아했다. 본래 주인에게 삐삐를 키우겠다고 정식으로
허락을 받은 뒤에 삐삐는 수년간 그 함석집을 홀로 지켰다.
그리고 나중에 사람들이 내려오자 삐삐는 원껏 사랑을 받았다.
삐삐의 일생은 그 초년은 비록 외롭고 학대받고 불우했으나
후반생은 듬뿍 사랑을 받았던 복된 일생이었다. 삐삐가 떠나자
그 주인인 정상명 선생은 오래도록 슬퍼했다.

나는 홍씨에게 "이 개가 이리 도망쳐와 가려고 안 한다. 이 개를 여기서 키워도 되겠는가?" 하고 허락을 청하자, 날더러 '헹님'이라 부르던 홍씨는 선선히 허락했다. 그날 홍씨에게 그 흔쾌함에 대한 답례로 막걸리 대접을 했던 기억이 난다.

빼빼의 새 주인은 빼빼가 자주 굶어 뼈만 앙상하기에 빼빼 마른 형상에서 새 이름을 따왔다. 그 후 지난밤에 세상을 떠날 때까지 17년간 빼빼는 그야말로 호의호식했다.

빼빼는 사랑 때문에 활기를 찾았고, 그 사랑에 답하기 위해 당시 자주 비우던 집을 수년간 열정적으로 지켰다. 빼빼가 뛸 때 모습을 볼라치면, 발바닥이 지면에 닿지 않는 것 같아서 마치 작은 솜뭉치가 빠른 바람에 휙 날아가는 것 같았다. 가끔씩 내가 나타나면 빼빼는 땅바닥에 등을 깔고 누워 그 완전한 의탁과 믿음을 표현했다. 잘 먹었고, 먹고 돌아서서 이내 또 먹었다. 그러곤 코를 내밀고 동네 처녀 개들을 향해 발걸음을 옮겼는데, 어떤 날은 집을 나가 며칠씩 돌아오지 않을 때도 있었다. 동네 암캐들과 밀애에 빠진 것이었다. 그즈음 빼빼가 동네에 뿌린 씨는 한두 해 상간으로 태어난 여러 마리의 강아지들로 입증되곤 했다. 빼빼는 바람둥이였던 것이다.

굵은 오디가 함석지붕에 떨어져 금속음을 내면서 구르면 빼빼는 움찔움찔 놀라곤 했다. 그러나 오디보다 치명적인 가래알의 낙하는 용케도 피했다.

자연의 순리에 순행했다면, 빼빼는 지난겨울에 세상을 떠났

아, 빼빼의 아들 '독자'가 있었다. 빼빼가 세상을 떠나자
독자는 슬픔 때문에 일주일 동안 곡기를 끊었다. 그러곤
아빠의 뒤를 따라 세상을 떠났다. 동물도 슬픔 때문에
자살을 한다는 것을 독자를 통해서 알았다. 동물을 바라보고
대하는 수준이 곧 그 나라의 수준을 말한다는 말에 나는
깊이 동의한다. 동물이든 사람이든 다른 생명체를 학대하는
것은 곧 학대하는 자신의 인간성을 훼손하는 일이다.
죽은 아빠 빼빼를 바라보는 독자(왼쪽).

어야 할 생물이었다. 그러나 주인의 극진한 사랑으로 화사한 봄과 이내 닥친 폭염, 그리고 시원한 가을을 한 번 더 누렸는데, 사랑은 때로 순리를 역행할 수도 있다는 것을 보고, 알게 되었다.

빼빼의 일생을 요약한다면, '견생(犬生)' 초년의 극심한 고생 끝에 가거지(可居地)를 찾았고, 이후 좋은 주인을 만나 넘치는 사랑을 받고, 목줄에 매이지 않은 독립적인 신분으로 원껏 사랑하고 사랑받다가 수를 다한 다복한 생이었다. 빼빼라는 이름의 개의 일생이 지극히 평범하고, 그 세계가 비록 툇골 골짜기에 한정된 아주 작은 삶이었지만, 그렇다고 아름답지 않거나 쓸쓸하지 않을 수는 없다. 우리도 결국은 때가 되면 빼빼처럼 늙고 병들어 사라질 것이다.

참으로 묵과할 수 없는 일을 저지른 사람들이 되레 '묵과할 수 없다'는 말을 마구 남발하면서 세상을 광기와 당착으로 뒤덮고 있는 바로 이때, 그로 인한 일상적인 분노에도 불구하고 나는 당장에 해야 할 일, 곧 빼빼를 묻을 양지바른 땅에 부지런히 곡괭이질을 했다.

뱀을
만나야
한다

갑자기 기온이 영하로 떨어졌지만 개울물은 아직 흐른다. '흐르
는 물'마저 결빙될 때 비로소 겨울에 들어갔다고 할 수 있을 것
이다. 산골의 공기는 푸르고 차다. 서둘러 겨울 차비를 해야 한
다. 내 시골의 월동 준비는 별게 아니다. 땔감을 모으는 일 정도
다. 백태를 지난주에 베어 털었고, 마늘도 심고 짚으로 덮었으니
이젠 부지런히 땔감을 모아야 한다. 사실 땔감은 수년 전부터 연
중 시나브로 모아둔 양이 적잖으니 올해 필요한 땔감은 불쏘시

개다.

떨감은 대략 세 종류 정도로 분류할 수 있다. 불이 처음 닿을 최초의 불쏘시개, 그다음 그 불이 옮겨붙을 짧고 가느다란 나무들, 그런 뒤에 마침내 활활 타오를 굵은 떨감이 그것이다. 불쏘시개는 땅속 물을 끌어올리는 일과 비견해 말할라치면 마중물 같은 것이다.

최상의 불쏘시개는 뭐라 해도 마른 솔잎이다. 그것을 내 고향에서는 '소갈비'라 불렀다. 소(牛)의 갈비뼈와 솔(松)이 떨군 잎이 왜 같이 발음되는지 모르지만 내가 결정한 일은 아니므로, 구분해 쓸 도리밖에 없다. 소갈비는 불이 잘 붙는 데다 화력도 좋다. 타고 남은 알불도 서로 엉켜 쉽게 흐트러지지 않기 때문에 다른 나무가 닿았을 때 발휘될 점화력도 뛰어나다.

지난 주말에는 붉은 포대를 준비한 뒤, 연구소 사람들과 같이 소갈비를 긁어모으러 산으로 올라갔다. 한 해 일을 다 마친 가을산은 고요했다. 마을 뒷산에는 소나무가 많지 않아 우리는 잣나무 아래에서도 소갈비를 모았다. 침엽수가 떨군 가느다란 잎은 소나무든 잣나무든 불쏘시개로는 대차 없었다. 경사면의 소갈비들은 두텁게 쌓이지 않았다. 바람이 낮은 구릉으로 소갈비를 실어날랐기 때문이다. 소갈비가 두툼하게 쌓여 발목이 쑥쑥 빠지는 곳은 반드시 그 주변의 가장 낮은 곳이었다. 바람이 소갈비를 물의 속성과 같이 만든 경우다. 자연은 무엇 하나 낭비하지 않는다지만 게으르지도 않다는 것을 배우게 된다.

매년 초겨울, 소나무가 솔잎을 떨구면 툇골 연구소 사람들은
소갈비(솔잎의 영동 방언)를 그러모으러 근처의 솔밭을 찾아간다.
잣나무 잎도 괜찮다. 소갈비나 잣나무 등 침엽수 잎은
더할 나위 없이 훌륭한 불쏘시개다. 난로에 소갈비 한 줌을 넣고
작은 나뭇가지를 그 위에 몇 개 얹고, 그리고 너무 굵지 않은 장작을
몇 토막 올려놓으면 불을 피우는 일이 끝난다. 초겨울,
한파가 닥치기 전에 소갈비를 잔뜩 모아놓으면 부자가 된 것처럼
마음이 뿌듯해진다. 겨울이여, 올 테면 오시라!

쇠스랑으로 소갈비를 긁어모으다가 나중에는 양손으로 긁어모았다. 쇠스랑은 손끝의 감각만 못해서 작년에 쌓여 썩어가는 부엽토마저 긁어냈기 때문이다. 활엽수 부엽토와 달리 침엽수 부엽토는 거름으로는 좋지 않다고 들었다. 그렇거나 말거나 조금만 손을 움직이면 올해 떨어진 소갈비를 수북하게 모을 수 있었다. 그 가벼움에 비해 금세 부풀어 오르는 부피가 사람을 기분 좋게 만든다. 숲속 바닥을 두 손으로 부지런히 긁어대다가 문득 뱀 생각이 났다. 아직 동면 자리를 찾지 못한 뱀이 놀라서 내 손가락이라도 물라치면, 아뿔싸! 그보다 끔찍한 일은 없을 것이다. 뱀 생각이 한번 들자 소갈비를 긁어모으는 손놀림의 속도가 일순 팍 죽어버린다. 속도가 밤기 상태였다면 뱀 생각은 찬물인 셈이었다. "뱀 조심하라"고 외쳤는데, 동료들은 이미 조심하고 있다는 듯 시큰둥한 반응들이었다.

나는 다행히 금년에 뱀을 만나지 못했다. 마을 입구의 길바닥에서는 로드 킬을 당한 뱀껍질이 찢어진 양철 조각처럼 햇빛에 빛나는 것을 두어 번 봤지만, 큰길에서 벗어난 연구소 앞의 100미터 남짓 민들레길에서는 단 한 마리도 살아 있는 놈을 만나지 못했다. 긴 장마와 연구소 공사로 인해 차량의 왕래가 많아진 탓도 있었지만, 어쨌거나 뱀을 만나지 못하고 보낸 한 해였다. 시골살이 아홉 해째, 매년 나는 예닐곱 마리의 뱀과 마주치곤 했다. 이 골짜기의 뱀은 거의 다 까치독사다. 뱀은 어느 곳에나 출몰했으므로 모든 장소가 뱀의 기억을 환기시키는 곳이었다. 심지어 집 안으로 들어온 놈들도 있었다. 그러므로 나는 아홉 해 내내 긴장하고 살아야 했다. 금년에도 물론 긴장했다. 긴장만이 오로지 뱀에 대처하는 유일한 방책이었다. 본래 그들의 서식지였으므로 그들의 잦은 출현은 조금도 탓할 일이 아니었다. 그런데 금년에는 뱀과 맞닥뜨리지 않고 겨울로 들어가다니. 이것은 과연 경하할 만한 일인가? 뱀을 만나지 않고 보낸 한 해가 결코 잘 보낸 한 해 같지만은 않다. 뱀을 만나지 못하고 보낸 내 한 해는 딱 그만큼 가슴이 벌렁벌렁 뛰는 일이 없었다는 이야기이므로, 나는 결국 뱀의 부재로 인해 딱 그만큼 쇠약해진 게 틀림없다. 뱀이 사라진 산도 물론 마찬가지다. 이 확신을 해괴한 궤변이라 할지 모르지만, 이 쇠약의 감정을 제대로 전달하지 못하는 것은 내 표현력의 부족이지 그렇다고 나와 산의 손실감이 덮어질 일은 아니다.

　다음 주에 소갈비를 긁어모으러 우리는 다시 한 번 산에 오르기로 했다. 그때에는 아직 동면에 들어가지 못한 게으름뱅이 독사 한 마리쯤 꼭 만나고 싶다.

내가 거위에게 주는 사랑은 겨우 그 정도다. 그러나 거위가 내게 주는 것은 더 다채롭고, 대체로 질이 좋은 것들이다. 휘트먼의 시에 나오듯, 부지런하지도 게으르지도 않고, 통한의 참회도 할 줄 모르고, 욕망도 좌절도, 민주주의에 대한 갈망이나 불의에 대한 분노도 없는 듯이 보이는 거위들에게서 배우는 게 있다. '측은지심'이니 '사양지심'이니 하는 사단(四端)의 문명을 만든 적이 없기에 고통과 희생이 따르는 선을 추구하지도 않는다.

우정과 환대를 애써 역설하지도 않는다. 천작(天爵)도 비참도 없다. 경탄과 비탄도 없다. 물론 축적도 낭비도 없다. 스스로 당당하고 의연하게 지금 누리고 있는 생명을 즐길 뿐이다. 최소한 거위는 생태계에서 아무런 권한과 책임도 지지 않기 때문에 잘난 사람들이 잘났기 때문에 저지르는 온갖 해악과는 무관하고, 무해하다. 그런 것들이 하는 일 없이 스스로 빛나는 거위에게 내가 배우고, 같이 사는 이유들이다.

ᄉ

나무를 연구소 마당에 부려놓고 나자 나는 가슴이 찢어질 듯이 행복하다. 이제 남은 일은 도끼질이다. 내게는 도끼가 서너 자루 된다. 대장간에서 만든 뭉툭한 재래식 도끼, 후배가 선물한 북유럽산 손도끼, 길거리에서 산 군용도끼 등. 도끼날은 늘 시퍼렇게 숫돌에 갈아져 있다. 그 도끼들은 땔감을 만드는 데 골고루 쓰인다. 쪼개는 데는 우리 도끼가 좋고, 토막을 내는 데는 핀란드산 도끼가 좋고, 불쏘시개 작업은 군용도끼가 좋다. 난로 아궁이에 들어갈 크기로 나무를 토막 내고, 쪼개고, 껍질은 불쏘시개용으로 벗긴다. 난로 청소도 마쳤다. 이제는 겁날 일이 없다.

겨울

적설에 부러지는

귀룽나무 가지

시골에
뿌리내리는 법

적잖은 도회지 사람들이 나이가 들면 시골살이를 하고 싶어 한
다고 한다. 그때 시골살이는 꼭 농사를 지어 살림을 도모하겠다
는 뜻은 아닐 것이다. 자녀들 교육문제든, 직장문제든 여러 이유
들로 도시에 묶여서 오래도록 살았으니 노년은 공해에 찌들고
스트레스 많은 도시를 벗어나 시골에서 조용히 텃밭이나 가꾸면
서 인간적으로 살고 싶어 하는 마음에서일 것이다. 보통 사람들
의 그러한 소박한 소망이 너무나 깊이 이해된다.

하지만, 시골에서 자리 잡기란 쉬운 일이 아니다. 땅을 사고, 설계사한테 설계를 시공자한테 공사를 부탁해 뚝딱 집을 짓고, 면사무소에 가서 전입신고를 마쳤다고 해서 곧 시골에 뿌리를 내리는 것은 아니라는 이야기다.

시골살이에 명실상부하게 뿌리를 내리고 터를 잡자면, 시골에 먼저 살던 이들과 관계되는 통과의례를 거쳐야 한다. 그 통과의례는 꼭 돈의 일이 아니다. 그렇다면 뭘까? 신뢰를 얻어 이웃이 되어야 한다. 시골은 도시와 달라 이웃이 되지 않으면 여러 가지로 살기 곤란해진다. 어떻게 신뢰를 얻을까. 그것은 자세의 문제다. 그것은 돈의 일보다 쉬운 일이건만, 적잖은 이들이 바로 이 자세의 문제로 인해 실패하고, 때로는 금전상의 손해도 불사하고 다시 도시로 돌아가기도 하는 것 같다. 비록 시골의 자연이 더할 나위 없이 좋지만 마음이 편치 않아 짐을 꾸려 나가는 것이다. 불화 속에서 "시골 놈들의 어이없는 텃새 때문에 망했어, 망했다니까!", 하고 불평한다. 하지만 그 불평 속에 이켠이 고쳐 생각해야 할 부분은 없을까, 하는 반성도 필요할 것이다.

연구소가 시골에 자리 잡은 지 이제 4년째가 되었다. 우리는 어떻게 했는가? 우리가 꼭 모델은 아니겠지만, 시골살이를 꿈꾸는 도회지 사람들을 위해 참고로 예를 들어보겠다. 우리는 우선 자세를 낮췄다. 그곳에 가 살기로 작정한 순간부터 마을 사람들 누구에게나 먼저 인사를 했다. 설사 인사를 받은 상대방이 이켠이 누구인지 몰라도 먼저 인사를 했다. 좁은 농로에서 차를 만나면 무조건 양보해드렸다. 혹 양보를 할 기회를 놓치면 깊이 감사를 표했다. 감사는 사과와 마찬가지로 진심 어린 마음이 안 담기면 잘 전달이 안 된다. 왜 광복절마다 동아시아 여러 나라에서 일본에게 사과를 촉구하는가? 그쪽의 형식적인 사과 속에 진심이 결여된 것 같기 때문이 아닌가? 정월에 일어난 끔찍한 이천 참사 때에도 냉동창고 대표가 울며불며 영정을 붙잡고 사과했지만, 그게 쇼인지 진심인지 유족들은 헷갈려 하지 않았던가. 인사를 하면서 "올해 농사는 잘되셨나요? 수해는 없었나요?"라고 묻는다. 그렇게 면대하면서 나눈 짧은 말로 사람과 사람 사이에 친밀감이 쌓이는 것이다. 친밀하면 경우에 없는 짓을 못하게 되는 법, 곧 이웃이 되어가는 것이다.

연구소를 다 지은 뒤에 마을분들을 모시고 국밥을 대접해 드린 것은 물론이다. 그때 우리는 말했다. "이 마을에 큰 도움은 못 되겠지만, 결코 해를 입히는 사람들이 되지 않도록 애쓰겠습니다." 그러면서 마을 무료 진료를 약속했다. 마침 우리 연구소를 돕는 사람들 중에 삼십대 초반의 한의사가 있었기 때문이다. 그리고 3년여 동안 한 달에 한 차례, 약속대로 마을 무료 진료를 했다. 침과 뜸을 놓아드리고, 소화제, 진통제, 영양제 등을 무료로 드렸다. 아는 분들은 다 알고 계시지만, 지금 이 나라의 시골은 오십대 정도가 젊은이들이다. 칠십 팔십 노인들이 국가가 포기해버린 농사일을 하고 있다. 그러니 그들의 겨울은 얼마나 허리가 아프고, 무릎이 아프고, 시리겠는가. 진료카드도 꼼꼼하게

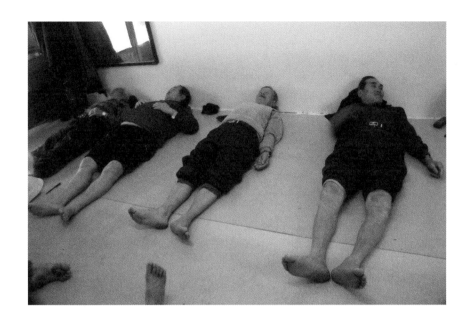

연구소 건립 후 마을 사람들을 초대했다. 술과 음식을 대접했고,
"마을에 도움은 안 되어도 해는 끼치지 않겠습니다"라고 공손하게
인사드렸다. 슬그머니 스며들면 그만큼 고립해서 살아야 한다. 시골에
들어온 사람들이 마을 사람들과 유리된 채, 혹은 시건방을 떨면서 따로
살 수 있다고 생각하면 큰 오산이다. 마침 오래전부터 알던 젊은 한의사가
군의관으로 복무 중이었기에 그의 시간이 허락되는 대로 마을 무료 진료를
해드렸다. 한의사가 오는 날에는 마을 노인들이 지팡이를 짚고 회관으로
모였다. 경운기에 노모를 태우고 오는 사람도 있었다. 시골의 노인들은 모두
어딘가 한두 군데 이상 아프고 쑤시는 몸을 지니고 계신다. 시골은 겉모습은
고요하고 평화로우나 그 속에는 오래 쌓인 통증이 꼭꼭 숨어 있다.

작성했다. 이장님은 진료일 전날 저녁부터 당일 아침까지 두 차례에 걸쳐 방송을 해주셨다. 이장님 방송이 시골의 맑은 공기를 가를 때 얼마나 기분이 좋은지.

마을회관에서 주로 진료를 했는데, 십리 이십리 길을 노인들이 천천히 걸어오셨다. 어떤 육십대는 트랙터에 팔십대 부모를 태우고 오시기도 했다. 사람은 그냥 받기만 하는 존재가 아니다. 무료 진료를 받은 마을 사람들은 답례로 땔감을 주기도 했고, 호박을 주기도 했고, 참깨가 든 비닐봉지를 선물하기도 했다. 이러면서 웃음이 오가고, 좋은 얼굴들을 서로 나누게 된다. "마을에 좋은 분들이 오신 것 같애. 그렇잖어?", 이런 얘기들이 우리 등 뒤에서 들리게 되는 것이다. 이른바 평판이다. 하지만 우리가 그렇게 한 것은 꼭 마을에 뿌리를 내리기 위해서만은 아니었다. 그러면서 사는 게 옳기 때문이었다. 시골 사람이든 도시 사람이든, 누구든지 이켠에서 마음을 연다면 상대방도 마음을 열 태세가 되어 있다는 것, 잊지 않으면 도움이 될 타인에 대한 지혜라고 생각한다.

산촌의
겨울

겨울이다. 뒷골의 네 번째 겨울이다. 삼킬 듯이 대지를 뒤덮고 점령했던 풀들은 말라붙어 마치 땅에 본래 붙어 있던 노쇠한 털처럼 맥없이 겨울바람에 흔들거린다. 풀이 잔뜩 머금었던 물기는 어디론가 증발되었고, 맑고 푸르기만 하던 녹색은 휘발되어 버렸다. 그 청정하고 기세 높던 녹색은 어디로 사라졌을까? 이 행성이 식물을 허락한 이래 얼마나 많은 녹색이 대기 속으로 사라졌을까? 그것들은 정녕 사라졌을까, 어딘가에 쌓여 있을까,

아니면 순환하고 있을까? 알 수 없는 노릇이다.

길가에는 떨어진 잣나무나 소나무의 침엽이 바람에 몰려 누군가 일부러 배치한 것처럼 가지런히 띠를 이루고 있다. 응달의 녹지 않은 눈은 아마 봄이 올 때까지 갈 것이다. 천천히 녹다가 다시 결빙되고, 다시 녹고, 그러면서 대춘(待春) 할 것이다. 하지만 눈 밑에, 얼어붙은 땅속에 뿌리를 둔 생명의 씨앗은 숨죽였으되 필경 야무지게 살아 있을 것이다.

모든 것이 얼어붙었다. 시냇물도 얼어붙었다. 얼음 밑으로는 그러나 물이 흐른다. 얼음 때문에 더 차갑고 맑게 느껴진다. 그래서 차갑고 맑은 것이 겨울의 기본 색조다. 겨울 공기는 냉랭하다. 숨을 쉬면 김이 난다. 인도의 요기처럼 왼쪽 콧구멍으로 겨울의 찬 공기를 들이마시고, 천천히 오른쪽 콧구멍으로 체내를 한 바퀴 돈 숨을 내뿜는다. 그러면 잠시 겨울과 한 몸이 된 느낌에 사로잡힌다.

잎을 모조리 떨어뜨린 산의 나무들은 가지만 형체를 드러낸 채 말없이 서 있다. 아직 잎을 떨어뜨리지 못한 단풍나무의 잎은 빛이 바랜 채 단지 매달려 있을 뿐 언제든지 바람에 떨어질 태세가 되어 있다. 깨끗한 성미의 갈참나무와 밤나무는 더 이상 잎을 달고 있지 않다. 잣나무나 구상나무는 겨울에도 왜 그리도 푸른지, 다른 나무와 달리 색의 휘발 능력이 애초부터 없는 녀석들이다. 그렇지만 떨어진 밤송이 껍질은 어느새 풍화되어 부드럽게 지표를 덮고 있다.

퇫골 산촌의 겨울은 산 아랫동네보다 기온이 2~3도 낮다.
산촌의 겨울은 마치 거대한 빙벽 속에 갇힌 것 같다.
모든 것이 얼어붙는다. 겨울의 냉기는 참 깨끗하고 가차 없다.
그러나 몸속은 살아 있는 한 뜨겁다. 어디에선가 본 인도 요기의
호흡법을 흉내 낸다. 왼쪽 콧구멍으로 찬 공기를 들이마시고,
천천히 오른쪽 콧구멍으로 체내를 돈 숨을 내뿜는다. 하지만
잘 안 된다. 그러나 그 과정에서 겨울과 나는 한 몸이 된다.

거듭 말하지만, 나무들이 앙상해졌다고 해서 죽은 것은 절대 아니다. 누구보다 계절에 민감한 저것들은 이 겨울만 지나면 다시 푸르게 새로운 한 해를 맞이할 것이다.

그렇다면 겨울은 무엇인가? 일단은 쉬는 계절이다. 숨죽이고 무엇인가 다른 철을 대비하는 계절이다. 지난 철에 나는 최선을 다했는가? 사람들은 절기가 바뀔 때, 제법 성찰적인 얼굴로 그런 질문을 하곤 한다. 겨울 나무들도 그런 질문을 할까? 자신에게 질문을 하는 것은 사람들만의 버릇일까? 아니다. 아마도 나무들도 질문을 할 것만 같다. 나무들은 어떤 생각에 잠기고 어떤 질문을 할까? 알 수야 없지만, 그 내용은 필경 사람들도 들어두면 괜찮을 것들일 것이다.

나무가 하는 말은 사람의 언어가 아니므로 그 내용은 더욱 깊고 풍성하고 오묘할 것만 같다. 이 행성의 참으로 이상야릇한 짐승인 사람의 언어가 노상 문제였다. 사람의 언어가 늘 횡설수설이었고 요령부득이었다. 때로는 말로 군사를 일으켰고, 일으킨 군사들은 살육을 수반했고, 더러는 말로 산 사람을 태우기도 했고, 산 사람을 매장하기도 했다. 그 되풀이되는 위태로운 짓을 통해서도 '다른 말'을 배우지 못한 존재는 인간 종뿐이다.

아인슈타인이 말했다. "이 세상에 무한한 것이 두 가지 있으니, 하나는 우주요 다른 하나는 인간의 어리석음이다. 하지만 나는 우주에 대해서는 꼭 그렇다고 확신하지 못하겠다." 머리 허연 그 천재 할아버지가 드러낸 어두운 인간관이, 그것이 우려의 말이건만 왠지 듣는 이를 깊이 감동시킨다. 우주는 어쩌면 끝이 있고 끝내는 파악될지도 모르지만, 인간의 어리석음은 끝이 없다고 이 할아버지는 확신했던 모양이다. 이 천재는 인간에 대해 부질없이 큰 기대를 품었다가 얼마나 혹독하게 실망했으면, 이토록 절망적이고 모진 말을 내뱉고야 말았을까.

2007년 겨울 초입에 느닷없이 이 나라 서해안을 뒤덮은 기름 소동만 해도 그렇다. 두말할 것 없이 인간의 어리석음이 빚어낸 재앙이다. 그 기름띠와는 아무 상관없는 이름 없는 민초들이 시방 기름띠만큼의 인간띠를 이루고 있다. 바위를 뒤덮은 기름을 안방의 세간 먼지를 닦듯이 닦아내며, 이 가망 없는 짓이 과연 끝이 있을까 회의하면서 땀을 흘리고 있다. 닦아내고 걸러내고, 끝이 없는 기름을 훔쳐내다 보면 분통이 터진다. 단지 몇 사람의 실수가 불러일으킨 재앙의 규모가 너무나 크다.

어부들은 기름배가 터지기 전의 청정했던 바다를 사무치게 그리워하고 있다. 그때 청정할 때, 바로 그 바다에 대한 감사가 혹시 부족하지나 않았는지 눈물 흘리며 바다의 회복을 염원하고 있다. 이번 기름 참사를 통해서도 '인간활동의 결과(Human Impact)'가 얼마나 무섭게 해악의 부메랑으로 돌아올 수 있는지를 배우지 못한다면, 진실로 바람직한 미래는 없을 것이라는 생각이 인다.

이 땅 서해 바다는 이 겨울에 난리가 났다. 하지만 툇골의 겨울은 마냥 조용하다. 마당의 허공에는 거위 깃털이 바람에 조용히 날린다. 개들의 행동반경도 좁아졌고, 거위 역시 추위에는 강한 놈들이지만 확실히 덜 부산스럽다. 때 없이 허공에 고개를 쳐들고 외치는 횟수도 줄어들었다. 거위똥도 개똥도 얼어붙었다. 눈 위에 떨어뜨린 거위똥이나 개똥에서 잠시 동안 김이 난다. 눈 위에 찍힌 거위 발자국이 나뭇가지 그늘 같다.

모든 생명체가 자취를 감추고 숨을 죽이고 있다. 겨울은 그래서 잔혹하다고도 일컬어진다. 문득 작은 새가 숲의 마른 가지 위에서 다른 가지로 몸을 옮긴다. 새가 버린 가지가 가볍게 흔들리고, 새로 몸을 얹은 나뭇가지도 조금 흔들린다.

그러다가도 가끔씩 이유 없이 불어닥치는 골바람이 무섭다. 골바람은 느닷없이 일어서 자신도 모르는 방향으로 내닫다가는 사라져버린다. 마치 바람도 어떤 허공의 골짜기에서는 액체가 녹듯이 녹아버리는 것 같다.

문제는 겨울에도 잠을 자지 않고 먹을 것을 찾아 하염없이 헤매고 돌아다녀야 하는 동물들이다. 들쥐와 들고양이, 너구리와 오소리, 고라니가 바로 그놈들이다. 놈들을 만날 때 드는 생각은 놈들의 굶주림만큼이나 저것들이 차에 치이지 말아야 할 텐데, 하는 걱정이다. 우리에게는 어느덧 발이 되어버린 차가 저것들 산짐승들에게는 난데없고 가차 없는 흉기다.

거듭 되풀이해 강조하지만, 자연에서는 사람이 언제나 가장 심각한 화근이다. 모든 화(禍)의 원천이 바로 사람이다. 사람만이 지녔다고 자랑하는 재주가 바로 재앙의 원천이고 바탕이

이상한 일이다. 겨울의 한복판에서는 결코 봄을
생각하지 않는 일은. 봄을 기다리는 것은 언제나
겨울의 끝 자락쯤에 가서 일어나는 마음의 현상학이다.
겨울은 겨울의 차갑지만 견고한 아름다움이 있다.
겨울은 살아 있는 것이나 살아 있지 않은 것이나 모두
숨을 죽여야 한다고 말하는 것 같다. 겨울의 이야기는
누가 들을까. 작은 나뭇가지에 앉은 새가 쌓인 눈을
털면서 다른 나뭇가지로 몸을 이동하면서
겨울이 들려주는 이야기를 듣는다.

다. 하늘을 찌를 듯한 그 놀랍고 오묘하고 견줄 데 없는 재주가 이제 감당할 수 없는 화가 되어 사람에게 돌아오기 시작했다. 북극의 얼음은 지난 5년 동안 20퍼센트나 녹아버렸다고 한다. 사람은 이제 뽐내지 말아야 한다. 사람의 이성이라는 게 사람에게 뿐 아니라 자연에도 대단한 도구가 아니었다는 것을 자인해야 한다. 그리고 신속하게 겸허해져야 한다.

눈 덮이고 얼음 꽝꽝 언 산하에 먹을 게 없으니 전에 없이 들고양이들이 근처에 자주 나타난다. 마당 끝의 거름더미를 뒤진다. 거름더미 위에 음식물 쓰레기를 모으기 때문이다. 산천에 먹을거리가 지천이던 좋은 계절에는 인적이 있는 곳에는 한사코 모습을 드러내지 않던 들고양이들이 겨울에는 어쩔 수 없이 사람의 쓰레기에 의탁한다. 오랫동안 들고양이를 바라보다가 마루 끝자락에 먹다 남은 식은 밥을 내다 놓는다.

들쥐들도 겨울을 생짜로 나야 한다. 아직 고양이들에게 발견되지 않은 들쥐들은, 바깥이 추우니 조금이라도 틈이 있으면 사람이 사는 집 안으로 끼어들어 오려고 한다. 그러나 사람들은 결단코 쥐와 실내생활을 같이하고 싶지 않아 잠시 고민하다가 쥐 잡는 끈끈이를 여기저기 설치한다. 그러면서 한편 그 끈끈이에 발목이 묶이기 전에 '사람의 실내'에서 '그들의 벌판'으로 나가주기를 바란다.

생각해보면 야생으로 산다는 것, 야생으로 겨울을 난다는 것은 얼마나 힘이 드는 노릇일까? 야생의 삶을 일찍이 거부한 우리 인간에 의해 야생에 익숙했던 녀석들이 더욱 힘들어진 것이나 아닌지, 야성을 죽인 길고도 긴 문명의 과정이 과연 옳았는지, 겨울은 다른 철에는 자주 생각지 못하던 생각마저 고개를 쳐들게 한다.

제복(祭服)과
땔감

나이가 좀 들어 시골에서 겨울을 맞이한 게 벌써 아홉 해째, 오십대 초반부터 시작된 내 시골살이를 나는 청복(淸福)으로 여기고 있다. 변변찮은 사람에게 비록 주중이지만 시골살이를 할 기회가 주어졌으니 말이다. 그러나 늘 땔감이 걱정이었다. 그렇다고 장작을 돈 주고 사서 쌓아놓고 겨울을 난다는 것은 왠지 옳지 않은 일로 여겨졌다. 농사야 텃밭 수준이지만, 땔감만은 어떻게든 내 힘으로 해결하고 싶었다.

길을 가다가도 땔감으로 쓸 만한 것들이 보이면 차로, 리어카로 열심히 실어나르곤 했다. 어디 산비탈에 간혹 넘어진 나무가 눈에 띄었다 하면, 어김없이 멈춰 서서 그 나무를 옮겨 나를 궁리를 하곤 했다. 마을 사람들에게 잘라가도 괜찮다는 허락을 받은 뒤에 때로는 도끼로, 때로는 엔진톱에 기름을 넣고 산으로 들어가곤 했다. 엔진톱을 쓰든, 도끼질을 하든 텅 빈 산속에서 혼자 나무를 자를 때는 그 노동만큼의 소음이 나는데, 도끼날이 나뭇결에 제대로 박혔을 때 나는 소리는 아주 맑고 아름답다.

　　여덟 번째 겨울까지는 어떻게든 한 해 내내 모아 토막 내고 쪼개어 쌓아놓은 잡목들을 때는 것으로 그럭저럭 견뎌냈다. 그러다 지난가을에는 그만 복이 터졌다. 전봇대보다 큰 잣나무 두 그루, 오동나무 한 그루가 거저 생긴 것이다. 작은 트럭으로 서너댓 번쯤 실어날라야 했던 그 엄청난 땔감들은 산속 호숫가 옆 개활지에 서 있던 것들인데, 땔감 욕심이 많기로 소문난 내게 마을에서 선물한 것이다.

　　"소장님, 요즘도 땔감 모으시지요? 저 위 호숫가 털풀님네 오두막 가는 모퉁이, 있잖아요! 거기 오동나무하고 잣나무랑 세 그루가 있는데, 그거 잘라가세요."

　　어느 날 좁은 마을길에서 서로 차를 비켜주다가 만난 이장이 차창을 내리고 말했다.

　　"아, 거기 오동나무라면 아주 오래된 놈인데……, 그걸 잘라 가지라고요?"

"예, 며칠 전에 마을회의에서 최선생님한테 선물하기로 결정했습니다. 우하핫!"

나보다 열 살쯤 아래인 우리 마을 이장은 늘 한잔 걸친 것처럼 볼이 발그스레하다.

"마을회의?"

"아, 그렇다니깐요."

그러고는 이장은 휑하니 사라져버렸다.

그 길로 나는 마을 꼭대기에 있는 호숫가의 현장으로 치달렸다. 오래전에 누군가 호숫가 옆에 집을 지으려고 기초공사만 해놓은 공터 가장자리에 잣나무 두 그루, 그리고 오동나무가 나란히 서 있었는데, 그것을 마을에서 통째로 내게 선물을 한 것이다. 우와, 그때의 감격이라니. 사시장철 온 마을을 헤집으며 부러지고 버려진 나뭇가지나 주워 모으던 내게 멀쩡한 나무를, 그것도 세 그루나 얻었으니 어찌 감격스럽지 않았겠는가.

며칠 뒤, 이장을 다시 만났다.

"그거 멀쩡한 나무들인데, 정말 잘라 써도 되는 거요?"

"그 땅이 본시 우리 마을 김씨네 땅인데, 어차피 거기 집을 짓자면 잘릴 것들인데, 이번에 마을회의에서 김씨가 기분 좋게 최선생님한테 내놓았지요. 그러니 신경 쓰지 말고 잘라가세요."

며칠간 나는 흥분 상태로 보냈다. 그 나무를 어떻게 잘라 연구소로 실어나를 것인가, 앉으나 서나 그 걱정뿐이었다. 내 2인승 갤러퍼 숏바디로는 어불성설의 작업이었고, 그렇다고 호수까

20만 킬로 뛴 내 하얀색 트럭은 지암리 이장한테
한 푼도 못 깎고 100만 원에 구입했다. 그러고 나서
차가 굴러가고 짐을 싣고 내리기 위해 든 수리비가
더 들었다. 그래서 차 이름을 '배배꼽'이라고 작명했다.
배보다 배꼽이 크다는 뜻이었다. 트럭의 짐칸에 땔감이든,
거위한테 줄 싸래기 포대든, 버려진 것들 중에 얼마든지
다시 재사용하거나 재활용할 수 있는 것들이든,
뭣이든 가득 실리면 기분이 좋아진다.

지 리어카로 작업하기에는 부지하세월의 작업량이었다. 트럭이 한 대 있으면 얼마나 좋을까, 눈만 뜨면 그 생각뿐이었다. 마침 그즈음 마을 입구에서 마농사를 짓는 후배가 건넛마을 골짜기에 사는 한 친구가 20만 킬로쯤 굴렸다는 고물 트럭을 팔려고 한다는 정보를 주었다. 그 소식을 듣자 댓바람에 고물 트럭이 있다는 곳으로 달려갔다. 그리고 흥정에는 누구를 만나도 나는 봉인지라 한 푼도 못 깎고, 고물 트럭을 100만 원에 구입했다. 나로선 트럭값이 매우 무리였으나 나무를 실어나르자면 그 수밖에 없었다. 트럭은 폐차 직전의 상태였다. 정기 검사를 하고, 타이어를 바꾸고, 머플러까지 교체하는 데 든 돈이 트럭값보다 더 들었다. 우리는 그 트럭을 '배보다 배꼽이 크다'는 말을 줄여 '배배꼽'이라 불렀다. 무리해서 배배꼽을 구하고, 차가 제 구실을 하는 데 적잖은 돈이 들었지만, 그 비용을 불사한 것은 오로지 거저 얻은 다량의 땔감 때문이었다.

　　겨우 세 그루였지만, 나무를 자르고, 얼추 토막을 내서 싣고, 다시 연구소 마당에 내리고, 내린 나무들을 다시 짧게 토막을 내어 처마 밑에 쌓는 데 걸린 시간이 자그마치 한 달여 이상 걸렸다. 날품으로 사는 제자가 와서 며칠 도와주었지만, 만만찮은 작업이었다. 그러나 그 시간 내내 땔감 욕심이 없는 사람은 도저히 이해할 수 없는 행복에 겨워 곤한 줄도 몰랐다.

　　왜 마을에서 이 나무들을 내게 선물했을까?

　　어렵게 생각할 것 없이, 그것은 작년 정월에 내가 일하는 연

마을에서는 매년 음력 3월 3일 깊은 밤, 동제를 지낸다. 지금은 동제를
지내는 마을이 점차 사라지고 있지만, 신매대교가 놓이기 전까지만 해도
벽촌이었던 툇골은 지금까지 동제를 지속하고 있다. 제관은 세 분인데
동제 전에는 당연히 금식하고 조신한다. 비록 외견상 누추해 보이지만,
마을 사람들이 동제를 지내고 있는 서낭당을 대하는 마음은 신성하기 그지없다.
그 신성함은 "(신매저수지 댐공사가 건설되기 전인) 1964년~1965년경 큰 홍수 때
주변의 집들이 모조리 쓸려나갔어도 서낭당만은 멀쩡하게 자리를 지켰다"는
사실에 뿌리를 내리고 있다. 툇골에서 나고 자란 이들은 그 홍수 이야기를
자주 했고, 그럴 때마다 당시 물난리 때 서낭당이 보여준 굳건함을 덧붙였다.
생각해보시라, 아무리 인공지능이 어떻고 해쌓아도 그런 믿음은 얼마나 소중한가.

구소 이름으로 마을에 선물했던 제복(祭服) 때문이었을 것이다. 우리는 그렇게 느끼고 있고, 이장 또한 그런 암시를 희미하게라도 한 것만 같다.

제복 이야기의 경위는 이렇다. 작년 겨울, 마을 총회 때였다. 총회가 끝나고 오십대 이상 남자들만의 술자리가 벌어졌는데, 그때 팔씨름도 하고 발씨름도 하고, 노래방 기기를 틀어 노래도 불러쌓고 한바탕 잘 놀았는데, 그러던 즈음, 누군가가 마을의 동제(洞祭) 이야기를 꺼냈다.

"마을에서 매년 동제를 지내는데, 최선생, 그걸 알고 계시우?"

내게 팔씨름은 이기고 발씨름은 진 전 이장 정씨가 막걸리 사발을 건네며 물었다.

"듣긴 들었지만, 자세히는 모른다"고 했더니, 옆에 있던 다른 이가 말하기를, "우리 마을 동제는 음력 3월 3일 밤에 지낸다"고 했다. 제관(祭官)이 셋인데, 제관들은 그 열흘쯤 전부터 부부생활이나 몇 가지 금기를 지키며 조신하게 동제를 기다린다는 말도 덧붙였다. 그러면서 그쪽으로 이야기가 번지자 "논 한가운데에 있는 서낭이 비록 초라해 보여도, 예전에 댐을 짓기 전의 큰 홍수 때 주변의 집들이 모조리 쓸려나갔어도 그 서낭당만은 멀쩡했다"고 누군가 보탰다. 말하자면, 마을에서 그곳을 매우 영험하고 신령스러운 곳으로 여긴다는 이야기였다. 마을의 안녕과 풍요를 기원하는 동제를 지내는 이 나라 어느 마을에도 있을 법

매년 음력 3월 3일 자정께, 마을의 제관 세 분이서 동제를 지낸다.
명태포와 간단하고 청결한 제수(祭需)를 장만한 뒤 촛불을 밝히고
마을의 안녕과 동민들의 무병을 정성껏 축원하는 것이다.
사진을 제공한 성기영님(2021년 이장)은 "올 한 해 아무 일 없이 잘
지내게 해달라고 소지를 태우면서 소원을 비는 장면입니다"라는
사진설명을 문자로 보내왔다. 보탤 것도 뺄 것도 없는 이 간명한
문장 속에 동민 모두의 마음이 깃들어 있다.

한 이야기들이었다. 취중이었지만 마을 서낭당 이야기를 하는 이웃들의 표정은 진지했고, 순간 정갈했다. 그래서 나 역시 예를 다한 얼굴로 동제 이야기를 듣다가, "제관들은 그날, 제복을 입고 제사를 지내겠군요?"라고 깊은 밤 동제를 올리는 제관들을 떠올리며 묻게 되었다. 그 순간, 마을 사람들은 머쓱해지면서 "아니, 아직까지 뭐, 제복은 갖추지 못하고, 그냥 깨끗한 옷을 입고 그저 정성을 다해······", 지낼 뿐이라는 이야기였다. 그 말을 듣자, 그렇잖아도 마을 사람들에게 늘 받기만 하고 준 게 없었다는 생각이 든 나는 "아, 그렇담, 혹시 괜찮다면, 제관들이 동제에 입으실 제복을 저희 연구소에서 마련해드려도 될는지요?"라고 조심스레 운을 뗐다. 마을 사람들은 모두 가볍게, 놀라는 얼굴들이었다.

　그리고 한 달쯤 지난 후, 우리는 여기저기 알아본 뒤에 한 불구점(佛具店)에서 흰색 두루마기와 검은 허리띠, 그리고 제관까지 구했고, 그것을 정성스레 분홍 보자기에 싸서 마을 이장에게 전달했다. 제복을 구하기 위해 여기저기 알아보고, 이 나라 다른 마을에서는 동제를 올릴 때 제관들이 어떤 복식을 취하는지 알아보는 시간들도 다시 생각해보니 즐거운 시간이었다는 기억이 난다.

　총회 뒤풀이 때 술자리에서 한 약속을 연구소에서 잊지 않고 지키자 마을 사람들이 받은 감동이 작지 않았던 모양이다. 그러곤 아마도 이런 이야기들이 나오지 않았겠나 싶다.

"거 참, 우리가 귀한 제복 선물까지 받았는데 연구소 최선생을 어떻게 하나? 그 양반이 평소 뭘 좋아하실까?"

"그분이야 탱천에 땔감, 땔감 하는 분이지요."

"아 그래요? 그렇담, 우리가 그 양반한테 겨울 땔감이나 선사하는 게 어떨까?"

아마도 그렇게 이야기가 돌아가지 않았겠나, 추측된다.

올겨울의 한파는 전례 없이 혹독하건만, 나는 이 한파를 그리 차고 매섭게 여기지 않으니, 곧 마을 사람들에게 받은 푸짐한 땔감 때문이다. 난로 속에서 치솟는 불길을 바라보면서 내가 받은 것이 꼭 땔감뿐이었을까, 생각하게 된다. 사람 사는 곳 어디나 그렇겠지만, 시골에서는 가끔 난데없이 감동적인 일이 일어나곤 한다.

우리를
행복하게
하지 않는 일들을
묵살하기

겨울로 접어들면서 반쪽짜리 시골살이를 하는 나의 고민이 둘 있다. 그 하나는 '들쥐'이고 다른 하나는 '개똥'이다.

들쥐

날씨가 추워지니 뱀이 안 보인다. 뱀이 안 보이니 이젠 들쥐가 극성이다. 들쥐도 뱀이 사라지기를 얼마나 고대했을까. 그러니 그것까지는 좋다. 그런데 이놈의 들쥐들이 내 사랑하는 거위들의 밥을 훔쳐먹기 시작했다. 거위가 어렸을 때에는 들고양이가 걱정되었다. 고양이를 두려워하고 미워했더니만, 이젠 들쥐가 고개를 쳐든 것이다. 자연의 섭리는 참으로 오묘하다.

들쥐가 거위 밥을 훔쳐먹는 것도 나중에야 알았다. 한 주일의 며칠은 시골 연구소를 비우는데, 마당에 들어서기 바쁘게 나는 거위집으로 달려간다. 그런데 그럴 때마다 거위 밥통이 나무나 깨끗한 것이다. 거위 부리의 형태로 볼 때 도무지 밥통이 그렇게 깨끗하게 비워질 수는 없는 일이다. 그런데도 아둔한 나는 거위들이 얼마나 배가 고팠으면 저렇게 밥통을 깨끗하게 비웠을까, 그 생각만 했다. 머리통이 아둔하면 한 사태에 대해 한 생각만 하는 법인데, 내가 그랬다. 그러기를 삼 주째, 마침내 거위 밥통에서 쏜살같이 도망을 치는 들쥐 두 마리를 목격하고야 말았다. 그때서야 나는 들쥐들이 거위 밥을 훔쳐 먹고 있었다는 것을 알게 되었다.

이 일을 어이한다. 이것이야말로 매우 괴로운 일이 아닐 수 없었다. 한 주일쯤 더 거위 밥을 약탈당한 뒤, 약국에 가서 쥐약과 끈끈이판을 구했다. 그런데 그러고도 나는 아직 그것을 설치하지 못하고 있다. 무슨 대단한 생명 사랑 때문이라기보다 그 쉬운 짓이 왠지 내키지 않아서다. 고민 중이다.

결국은 각목을 언 땅에 박은 뒤, 거위 밥통을 지상에서 30

센티쯤 올렸다. 나는 과연 들쥐와의 머리싸움에서 이길 수 있을까?

개똥

뒷집 할머니는 개를 많이 키운다. 자그마치 많을 때는 예닐곱 마리가 넘는다. 정기적으로 연에 두세 차례 개장수가 와서 개를 끌고 간다. 개는 개장수가 자신들의 목숨과 관계되는 사람인 줄을 귀신처럼 알아채곤 끌려갈 때 매우 서럽게 운다. 그런 모습을 벌써 금년에도 두 번이나 봤다. 그런데 뒷집 개들 중 딱 한 마리는 목에 개줄이 없다. 털빛이 흰색이라서 부르기 쉽게 '흰둥이'라고 부른다. 진돗개 잡종이라고 했다. 그렇거나 말거나, 그게 문제가 아니라 이 녀석이 우리 연구소 마당에 정기적으로 들어와 똥을 싸질러댄다는 점이다.

　내 개의 똥을 치우는 일은 내 코딱지를 파는 일과 그리 다르지 않다. 말하자면 아무렇지도 않다. 내 거위들의 거위 똥을 씻는 일은 비록 그 냄새가 다소 고약하긴 하지만 무념무상의 자세로 일할 수 있는 일이다. 그런데 남의 집 개똥을 치우는 일은 정말 싫다. 이건 속에서 부아가 치밀고, 먹은 게 다시 목구멍 바깥으로 튀어나오려고 한다. 욕설이 절로 나온다. 현관 앞에서 흰둥이가 싸지른 똥이라도 밟은 날에는 마음 깊은 곳에서 떠올릴 수

소로는 "당신이 하는 일은 두 가지 혹은 세 가지면
족하다"고 말했다. 그러면서 그는 "백 가지 천 가지면
안 된다"고 하면서 그 세 가지로 '단순함', '소박함'
'천진난만함'을 꼽았다(소로의 에세이, 〈나는 어디서 무엇을
위하여 살았는가〉에서). 나는 충분히 단순한가? 나는 소박한
사람인가? 아아, 내 천진난만함은 어디 안 가고 아직 거기
있을까? 이것은 과연 노력해서 얻을 수 있는 것일까.

있는 최악의 고약한 감정이 나쁜 향처럼 모락모락 피어오른다.

"아, 이 개자식은 왜 자기 집에서 똥을 안 싸고 왜 꼭 우리 마당에 와서 똥을 싸지른단 말인가?"

뒷집 개 흰둥이 똥을 치울 때, 나는 내 인격이 수양되는 소리가 빠드득, 빠드득, 난다.

뒷집 할머니한테 항의한 적은 없느냐고? 있다. 할머니는 "그 개, 나 못 잡아요"가 답이다. 강아지로 처음 자루에 담겨오자 내뺀 뒤, 묶으려고 밥에 수면제를 넣어도 안 먹어 여태 못 잡고 있다는 이야기였다. 할머니 말이 진짜인지 거짓말인지 모르지만, 그 개자식은 왜 똥을 내 집에 와서 눌까? 실로 심각한 일이다.

들쥐와 뒷집 개똥 문제는 매우 심각한 고민이지만, 나는 이 고민들을 사랑한다.

세상에서 일어나고 있는 일들이 나를 행복하게 했던 적은 별로 없었다. 대선 주자들이 나를 행복하게 할까, '한반도 대운하의 주인공 이명박'은 달라질까? 론스타 사기꾼들이 잡혀간들 내가 행복해질까? 아파트값이 설사 안정화된다고 내가 행복해질까? 새해에는 나를 행복하게 하지 않는 일들로부터 더 이상 피해를 입고 싶지 않다.

거위와
같이 사는
이유

시골살이를 시작한 지 벌써 9년째, 뱀 때문에 거위를 키우기 시작했으니 녀석들과 같이 보내고 있는 세월도 딱 그만큼이다. 제일 처음 만났던 거위들에게는 '맞다'와 '무답이'라는 이름을 붙여주었다. 한 놈은 사람의 의견에 "맞다, 맞다" 하면서 대답을 잘했고, 한 놈은 과묵했기 때문이다. 그런데 몇 년 안 가 둘 다 죽었다. 맞다는 개울가에 하얀 털만 수북이 남기고 유체이탈이라도 한 듯 몸통이 사라졌고, 그의 짝인 무답이는 난데없는 횡액에 놀라 절명한 것 같았다. 아마도 수리부엉이 짓이 아닌가, 추측했다. 슬펐지만, 야생의 일들이라 맞다의 털과 무답이의 주검을 산에다 정성스레 묻어주었다.

그리고 이내 새로이 구해 키운 거위에게는 아예 수리부엉이가 채가지 못하도록 '철근이'라는 금속성의 이름을 지어주었다. 철근이의 짝은 원소기호 Cu인 '구리'라 작명했다. 역시 부엉이 발톱을 의식하고 지어준 이름이었다. 그리고 한두 해 지났는데, 이번에는 구리가 뭔가 잘못 먹었는지 밥통 앞에서 쓰러져 죽었다. 40년은 좋이 산다고 하기에 녀석들이 나보다 이 지상에 더 오래 머물 줄 알았는데, 거위에게도 생사는 사고에 영향을 받고 있었다. 그러나 구리가 죽기 전에 낳은 알 다섯 개를 마침 모성본능이 강한 암탉이 열심히 품어 세상에 새끼를 내놓았으니, 아주 고독하게 죽은 것은 아니었다.

암탉이 품어 세상에 내놓은 거위는 본래 다섯 마리였으나 한 마리는 이웃집 개한테 물려 죽었다. 그래서 지금 나와 같이 놀고 있는 거위는 다섯 마리, 즉 철근이와 그의 새끼들 네 마리다. 앞으로 또 어떤 돌발적인 생사화복의 함정이 기다리고 있을지 모르지만, 이 다섯 마리만은 최소한 백과사전에 적혀 있는 제수명껏 수를 다하기를 바랄 뿐이다.

사람들이 내게 왜 거위를 키우는가, 물으면 처음에는 뱀 때문이라고 답했지만, 요즘에는 선뜻 대답을 못한다. 대답을 머뭇거리는 이유는 녀석들이 내게는 이미 가족이기 때문이다. 가족

거위 이야기가 지루하게 지속된다. 이 책의 〈들어가는 글〉에서
조금 밝혔듯이 각기 다른 시간, 다른 매체에 청탁을 받을 때마다
다른 이야기를 쓰려고 했는데, 거위의 생명력에 짓눌려 자꾸만
거위 이야기를 하게 됐다. 이렇게 거위 이야기가 많아진 것 같다.
암탉 무꽁지가 품은 거위알에서 다섯 마리가 태어나 한때 툇골에는
일곱 마리의 거위가 살았다. 하지만 한 마리는 이웃집 개한테 물려
죽었고, 다른 한 마리는 원인 모르게 거위집 안에 있던 고광나무 아래에
죽어 있었다. 그래서 부모와 새끼들을 구분할 수 없는 다섯 마리가
남았는데, 이 애들의 수명이 40년이라니 더는 비명횡사하지 말고
나보다 더 오래 지상에 남아 있기를 바랄 뿐이다.

의 한 성원에게 왜 그와 같이 사느냐고 묻는다면 쉽게 대답할 사람이 어디 있겠는가?

내가 거위에게 주는 것은 겨우 개울에서 마당에 끌어들인 물과 방앗간에서 구해온 싸래기뿐이다. 그리고 하염없이 거위를 바라보는 일 정도다. 그러나 거위들을 한없이 바라보는 일은 겉보기와 달리 아무 의미도 없는 일은 아니다. 놈들이 놀고 있는 것을 바라봐야 녀석들이 나를 의식할 것이고, 서로 의식한다는 것은 놈들과 내가 그런 방식으로 교통한다는 뜻이기 때문이다. 우리는 바라보는 법을 제대로 알고 있을까?

겨울에는 가을에 사라진 풀이 눈과 얼음에 덮여 있기에 사람이 먹는 배추나 무청이나 과일 껍질을 부지런히 구해줘야 한다. 한때는 포대자루를 들고 농수산물 도매상의 쓰레기장을 뒤져 푸른 잎사귀들을 구해주었지만, 근래에는 한 칼국숫집에서 김치를 담그고 남은 배추 쓰레기들이 쌓이면 연락을 주길래 쉽게 해결하고 있다.

내가 거위에게 주는 사랑은 겨우 그 정도다. 그러나 거위가 내게 주는 것은 더 다채롭고, 대체로 질이 좋은 것들이다. 휘트먼의 시에 나오듯, 부지런하지도 게으르지도 않고, 통한의 참회도 할 줄 모르고, 욕망도 좌절도, 민주주의에 대한 갈망이나 불의에 대한 분노도 없는 듯이 보이는 거위들에게서 배우는 게 있다. '측은지심'이니 '사양지심'이니 하는 사단(四端)의 문명을 만든 적이 없기에 고통과 희생이 따르는 선을 추구하지도 않는다.

우정과 환대를 애써 역설하지도 않는다. 천작(天爵)도 비참도 없다. 경탄과 비탄도 없다. 물론 축적도 낭비도 없다. 스스로 당당하고 의연하게 지금 누리고 있는 생명을 즐길 뿐이다.

최소한 거위는 생태계에서 아무런 권한과 책임도 지지 않기 때문에 잘난 사람들이 잘났기 때문에 저지르는 온갖 해악과는 무관하고, 무해하다. 그런 것들이 하는 일 없이 스스로 빛나는 거위에게 내가 배우고, 같이 사는 이유들이다.

'흰둥이'의
짧고도
고독했던 일생

연구소가 들어앉아 있는 작은 골짜기에는 집이 두 채 있는데, 뒷집에는 할머니 한 분이 사십니다. 그런데 산골짜기에 홀로 사는 시골 어머니에게 아들들이 개를 많이 맡겼습니다. 많을 땐 예닐곱 마리가 넘습니다. 아주 큰 놈들입니다. 밥때가 되어 배고프다고 짖어댈 땐 골짜기가 쩌렁쩌렁합니다. 그러다 복날 즈음이 되면 개의 수가 팍 줄어드는 것을 느낍니다. 지난해 복날에도 개장수가 안 끌려가려는 개를 억지로 끌고 가는 처절한 장면을 보았습니다. 끌려가지 않은 개들이 밤새도록 구슬프게 울었습니다. 여러 마리 개들의 똥이 골짜기 물을 오염시키니까 마을에서도 싫어하는 눈치였습니다.

그런데 그중 한 마리는 목에 개줄이 없습니다. 털빛이 흰색이라서 우리는 그 개를 '흰둥이'라 부릅니다. 듣기로 흰둥이는 강아지로 포댓자루에 담겨 왔는데, 포댓자루에서 풀려나는 순간 내빼서 성견이 될 때까지 목에 목걸이를 걸지 못했다고 합니다. 진돗개 피가 흐르는 잡종이었는데, 흰둥이는 타고나기를 가축이기를 거부했기에 야생 개로 자랐습니다. 어쨌든 흰둥이는 근거지는 뒷집으로 삼되, 온 마을을 헤집는 자유로운 개로 살고 있었습니다.

거기까지는 좋았습니다. 그런데 이놈의 흰둥이가 저희 연구소 마당에도 들락거리는 것입니다. 어린 거위를 오래도록 바라보기도 했습니다. 흰둥이가 거위에게 식탐을 느낄까봐 여간 불안하지 않았습니다. 다행히 거위는 빨리 커주었고, 흰둥이는 더 이상 거위에게 관심을 가지지 않는 것 같았습니다.

문제는 흰둥이의 똥이었습니다. 흰둥이는 연구소 마당 여기저기에 똥을 싸댔습니다. 대문 앞에도 창고 앞에도 싸지르고, 어떤 땐 현관 앞에도 싸지르고 내뺐습니다. 남의 개가 싸지른 개똥을 치우는 일은 필경 수양이 부족해서겠지만 여간 신경질 나는 일이 아니었습니다. 그래서 대문 밑에 철망을 쳤고, 쪽문 옆 공간에도 고춧대를 세워 철사로 칭칭 동여매놓았습니다. 그렇지만 흰둥이는 개울 틈바구니를 통해서 여전히 저희 연구소 마당을 제집처럼 들락거렸습니다.

어쩌다 흰둥이와 마주치면 저는 고함을 치며 으르고, 더러 삽자루나 곡괭이라도 들고 있을라치면 그것들을 허공에 높이 치켜들며 위협하는 것으로 흰둥이 똥에 시달리는 제 노고와 분노를 아낌없이 표현했습니다. 흰둥이는 그래서 저만 보면 줄행랑을 놓습니다. 막다른 길에서 마주치면 흰둥이는 지체 없이 산으로 내빼곤 했습니다. 사실 흰둥이가 똥만 안 싼다면, 그리고 제가 애지중지하는 거위만 안 건드린다면, 왜 미워할까요. 아무 상관이 없는데 말입니다. 녀석이 똥으로 저와 연결이 되어 있으니까 제가 미워하는 것이지요.

그런데 두어 달 전이었습니다. 패트롤카 한 대가 연구소를 지나쳐 뒷집으로 가려고 왔습니다. 경찰은 저를 만나자 반갑게 방문한 목적을 말했습니다.

"소장님, 뒷집에 야생 개가 한 마리 있다면서요?"

"야생 개요?…… 모르겠는데요."

흰둥이를 가리키는 줄을 느꼈으면서도 그 순간, 저도 모르게 짐짓 잡아뗐습니다. 대한민국의 경찰이든, 일제 때 순사든, 경찰이 개를 찾는 것 자체가 불길했던 것입니다.

"마을분에게서 전화가 오기를 그 개가 남의 집 병아리도 잡아먹고, 밭에도 들어가 비닐도 찢고 마을에 민폐를 많이 끼친다고 없애달라고 부탁이 와서요."

경찰이 말했습니다. 그 순간, 참으로 기분이 묘했습니다. 그토록 흰둥이를 미워하던 제 마음이 일렁거렸습니다. 무슨 이유에서였는지 흰둥이가 경찰의 눈에 안 띄기를 바라게 되었고, 그래서 총에 맞아 죽지 않기를 바라는 마음이 일었습니다. 세상에서 가장 고독한 그 흰둥이를 제가 미워하면서도 정이 들었던 것 같습니다.

그날은 다행히 흰둥이가 줄행랑을 놓았기에 경찰이 허탕을 쳤습니다.

그리고 놀랍고 재미있는 일은 경찰이 다녀간 뒤부터 저와 흰둥이의 관계가 달라졌다는 점입니다. 그다음 주였을 것입니다. 흰둥이가 앵두집 밭에서 거름으로 깔아놓은 쌀겨를 뒤지고 있길래 말을 건넸습니다.

"흰둥아, 내 니 똥을 군말 없이 치워줄 테니 경찰 아저씨들 눈에 띄지 말거래이. 띄면 죽는 수가 있단다."

흰둥이에게 그렇게 다정하게 말을 건넨 것은 처음이었습니다. 그런데 참으로 이상한 일이 일어났습니다. 흰둥이가 저를 보고도 도망을 치지 않고 제 말을 끝까지 경청했던 것입니다. 저만 보면 꼬리를 뒷다리 사이로 넣고 도망치던 흰둥이가 저를 전과 다르게 대하자 저는 갑자기 몹시 부끄러워졌습니다. 흰둥이에게 품었던 한결같은 미움이 그 순간, 쑥스러워졌습니다. "무력함의 전형은 억압받는 민중이라기보다 동물이다"라고 말한 카네티의 말이 생각나기도 했습니다. 똥 문제만 해도 왜 나는 삽자루나 곡괭이를 들고 그토록 위협적인 모습만 흰둥이에게 보였을까. 인간의 한계를 드러낸 것 같아 약간의 수치감마저도 일었습니다. 마음을 달리 먹으니 흰둥이 똥이나 연구소 개똥이나 그게 그거였습니다.

그런데 지난주였습니다. 경찰이 다시 왔습니다.

"삼팔 구경으론 안 될 것 같고 말야. 수의사들한테 마취총이 있을 텐데……"

연구소 대문 앞 다리께에서 경찰들이 흰둥이를 기다리며 말했습니다. 다시 흰둥이를 처치해달라는 민원이 들어온 모양입니다. 흰둥이가 해친 병아리값을 변상해줘야 하는 뒷집 할머니 역시 흰둥이를 죽일 만큼 미워했습니다. 경찰이 허탕을 치고 다시 돌아가는 듯했습니다. 그런데 그날따라 저는 전과 달리 흰둥이와 자주 만났습니다. 아주 가까운 거리까지 다가와서 물끄러미 저를 바라보곤 했습니다. 하지만 그게 흰둥이를 마지막 본 날일 줄이야.

오후 녘에 시장에 볼일이 있어 나가다가 패트롤카와 다시 마주쳤습니다. 그 차 안에는 엽총을 휴대한 엽사(獵師)가 앉아 있었다는 것을 나중에야 알았습니다. 장에서 돌아온 뒤, 연구소 사람들은 한 방의 총성을 들었고, 이윽고 피를 흘리는 흰둥이를 끌고 가는 모습을 봤다고 했습니다.

단 한 번도 사람에게 사랑을 받아보지 못한 야생 개, 흰둥이는 그렇게 짧은 생을 마감했습니다. 사람들은 미운털이 박힌 동

뒷집에 홀로 사시는 할머니는 산촌의 길고 어둡고 고요한 밤이 무섭다고 개를 여러 마리 키웠습니다. 그러다가 봄이 오면 개들을 어디론가 보내곤 했습니다. 할머니에게 개는 단지 겨울의 방패막이 같았습니다. 흰둥이는 처음부터 묶이지 않았던 자유로운 개였습니다. 바로 앞집이었던 내 마당에 자주 똥을 싸놓곤 해서 나와 사이가 좋은 편은 아니었으나 나중에 흰둥이와 나는 불충분하나 화해했다고 생각합니다. 흰둥이는 비록 고독했지만 속박의 지속보다는 포기할 수 없는 자유를 택했던 귀한 개체였습니다. 하지만 인간 종은 자신만의 안위가 언제나 최우선 과제이므로 역사 이래로 '묶을 수 없는 개'를 결코 그냥 두지 않지요. 그 인간중심주의의 법칙에 의해 흰둥이는 결국 총에 맞아 죽고 말았습니다.

물에게 인정사정이 없는데, 총에 맞아 죽은 흰둥이 입장에서는 그런 사람들의 태도를 어떻게 생각할지 알 수 없습니다.

산촌의
겨울
고라니

사다리를 꺼내 산비탈의 잣나무에 기댄 후, 나무에 올랐다. 어린
시절에 나무를 탄 이래 참으로 오랜만이다. 지난해 지은 서고 공
간에 연탄난로를 놓았다가 실패를 한 뒤에 잣껍질을 태우는 난
로로 교체를 했더니만, 화력이 장난이 아니었던 것이다. 나무에
오른 까닭은 연통 끄트머리께 허공에 뻗어 있는 나뭇가지들에
행여 불이라도 옮겨붙을까봐 염려되어서였다. 겨울 시골에서는
일부러 일을 만들기도 한다.

낫은 허리춤에 꽂았고, 톱자루는 입에 물고 나무에 올랐다. 나무에 오르자면 몸의 유연함뿐 아니라 팔 힘이 필요하다. 불쾌한 노릇이지만 팔 힘이 전 같지 않다. 내 두 팔로 내 몸뚱아리 하나를 쉽게 들어 올리지 못한다면 그보다 창피한 노릇이 어디 있을까. 새해가 왔으니 금연도 좋은 결심이지만, 영화배우 공유처럼 나도 몸을 만들고 싶어진다. 연통 언저리의 굵은 가지들은 톱으로 잘랐고, 잔가지들은 낫으로 쳤다. 한참 연통 언저리의 나뭇가지들을 자르는데, 입에서 허연 입김이 나오기 시작했다. 이만하면, 연통의 열기로 인한 화재 위험은 피할 수 있겠다 싶어 나무에서 내려오자, 이내 어두워지기 시작했다.

산촌의 겨울은 차고 적막해서 마치 거대한 얼음 속에 갇힌 것 같다. 무색무취한 공기는 시리고 맑다. 마당의 '명심이'는 개집에 깔아준 내 낡은 스웨터를 또다시 물어뜯는다. 유기견으로 만난 명심이는 이제 안정을 찾고 한데서 씩씩하게 겨울을 잘 나고 있다. 거위들은 빙판 위에 앉아 모가지를 가래떡처럼 몸통에 휘감아 묻고선 졸고 있다. 거위가 견딜 수 있는 가장 낮은 기온과 가장 높은 기온은 인간이 넘볼 수준 너머에 있다. 우리 인간 종은 집을 짓고 옷을 껴입고도 난방을 해야 하고, 여름에는 그늘을 찾아 땀을 식히고 시원한 것을 마셔야 한다. 거위는 그런 번잡한 문명이 필요 없도록 진화했다. 굳이 부러워할 일은 아니지만, 진화의 오랜 기간 동안 각기 다른 자질을 극대화한 생명체들의 능력이 신비롭다.

한번은, 어스름 녘이었는데 저수지에서 마을로 돌아오다가
길 한복판에서 헤매고 있는 고라니 새끼를 발견했다. 나는 시동을
끄고 한참을 에미 고라니가 나타나기를 기다렸다. 한참 기다려도
에미가 나타나지 않자 할 수 없이 새끼를 조심스레 품에 안고
집으로 돌아왔다. 하지만 고라니는 이틀이 지나도 아무것도 먹지
않았다. 물도 안 먹었다. 겁이 나서 강원대에 있는 야생동물 돌보는
사람들을 찾았다. 하얀 가운을 입은 그들이 말하기를 "고라니는
성질이 고약해요", 그 말이 떨어지자 새끼 고라니가 뒷발로 팍,
허공을 찼다. "얘들은 승질나면 벽에 머리를 찧고 죽어버려요!"
그렇게 말하는 전문가의 등 뒤에 "잘 부탁합니다!!", 하고 외쳤다.

369

산비탈에는 얼마 전 내렸던 첫눈이 얼음이 된 채로 조용히 햇살에 녹았다가 다시 얼어붙기를 계속하고 있다. 앞산 멀리로는 가끔 마른 나뭇가지 사이로 고라니가 지나가곤 했다. 최근에는 뒤뚱뒤뚱 춤추듯 내달리는 너구리도 자주 보인다.

어두워지기 바쁘게 앵두할아버지 댁의 굴뚝에서도 연기가 피어오르기 시작한다. 첫 연기는 뭉게구름처럼 허옇지만, 이내 푸른 연기로 바뀐다. 굴뚝에서 나온 푸른 연기가 산촌의 허공에 둥근 막대처럼 수직으로 떠 있다. 목장갑을 벗고 바지의 톱밥을 털고 나니 이내 먹물 같은 어둠이 사위에 덮쳤다. 조금 전만 해도 육중하고 무겁게 느껴졌던 앞산 자락이 순식간에 어둠에 파묻혔다. 오늘은 달이 뜰까? 흐린 겨울날 저녁, 밤이 이렇게 쫓기듯 다급하게 닥칠 수가.

잣껍질을 양철통에 넣고, 난로에 불을 지폈다. 잣껍질은 가평의 잣공장에서 겨우 구한 것, 나팔처럼 생긴 양철통에서 조금씩 난로 속으로 흘러내린 잣껍질이 천천히 타면서 내는 빛과 열기는 겨울에만 누릴 수 있는 특별한 사치다. 처음 불을 붙일 때 창을 조금 열어뒀었는데, 잣껍질 타는 소리와 비린 냄새 속에서 돌연 날카로운 비명소리가 파고들었다. 그 소리는 마치 뼛속 깊은 곳에서 터져 나오듯 고통에 차 있었고, 급하고도 날카로웠다. 산촌의 저녁 공기는 순식간에 그 비명소리로 인해 갈가리 찢어졌다. 순식간에 지상의 모든 것이 그 비명소리에 오그라들고 얼어붙었다. 아아, 안타깝게도 나는 저 소리의 출처를 알고 있었

겨울 툇골에서는 고라니를 심심찮게 만날 수 있다.
우리나라 전역이 아마도 그럴 것이다. 고라니와 사슴,
노루는 비슷하게 생긴 멋진 짐승들이다. 사슴은 영화에서나
볼 수 있고, 노루 또한 귀하니까 고라니를 볼 때마다
그 멋진 짐승들을 한데 뭉뚱그려서 본다고 생각하면 된다.
고라니가 짝을 찾는 소리를 덫에 걸린 줄 알고 애태웠는데,
어떤 산촌살이 선배가 그 오해와 착각을 바로잡아 주었다.

다. 고라니가 쇠덫에 걸린 것이었다. 해 떨어지기 바쁘게 잠자리를 찾아가던 녀석이었을까? 발목 정도만 걸린 게 아니라 몸통이 통째로 걸린 것만 같다. 퉁겨져 부러진 뼈마디 사이로 피를 흘리며 단발마의 거친 비명을 내지르는 녀석의 옆에는 필시 그것을 바라보는 가족이 있을 것이다. 캄캄한 밤, 연기처럼 산에 스며들어 조용히 잠을 청해야 할 고라니 한 마리가 사람이 친 덫에 걸린 것이었다. 나는 그 비명의 현장을 먼 데서나마 상상할 수 있다는 것이 슬프고 괴로웠다. 골짜기 바깥세상에서는 국민소득 4만 달러 달성이니 경제혁신 3개년 계획이니 하는 구름 잡는 소리가 들린다. 가계 빚은 1000조를 넘었다고 하고, 나라빚 또한 GDP의 250퍼센트를 넘어 '거대한 쇠퇴'를 피할 수 없다고 한다. 원전 부품의 교체는 엄정하지 못하게 진행되고 있고, '후쿠시마 이후'에도 이 나라는 핵발전소의 수명 연장이라는 결정에서 아무런 위기감을 느끼지 못하고 있다. 덫에 걸린 것은 고라니뿐만이 아니다.

이 글이 발표된 이후, 한 독자가 보내온 글

최근에 나는 '두렵다'는 말을 아주 인상으로 접한 적이 있다. 지난번 이 지면에서 나는 저녁 무렵 산속 멀리에서 들리는 고라니 비명소리를 덫에 걸린 소리로 오인하고, 덫을 놓은 인간 종들에 대한 혐오를 표한 적이 있다. 그 글이 발표된 직후 '고라니'라는 필명으로 한 분이 연구소 사이트에 의견을 표하셨는데, 어쩐지 그 글은 꼭 같이 나눌 만하다고 생각되어 그분 허락 없이 이곳에 옮긴다.

산골에 십수 년간 살아본 제 경험으로는, 자연에 대한 인간의 '이해'라는 게 때로는 '오해'일 때가 다반사라는 것이지요. 인간중심의, 일종의 '자연 오류' 같은 것입니다. 님의 글을 보니, 고라니의 울음소리를 덫에 걸린 고라니의 '비명소리'로 해석을 하셨는데, 제 견해로는 그 소리는 결코 '비명소리'가 아닙니다.

저도 고라니 울음소리를 '오해'해본 적이 있고, 그래서 상상 속의 그 야만적인 '덫'에 대한 분노 때문에 가슴속에 칼을 품은 적도 있었지요. 그러나 현장과 이웃들의 증언을 확인해보고, 고라니의 생태를 학습해본 결과, 고라니의 울음소리, 님의 표현을 빌리자면 그 '비명소리'는 덫과 무관한 것이었습니다.

못각님(필자의 아이디)이 들었던 그 소리는 제 추측으로는 첫째, 고라니 수컷이 번식기를 앞두고 자기 세력권을 포고하는 소리였을 것입니다. 둘째, 수컷이 암컷을 부르는 소리였을 것입니다. 대체로 고라니의 번식기는 늦가을 아니면 초겨울부터 시작해서 1월까지이지요. 바로 지금이 그 시기입니다.

고라니 수컷의 울음소리를 오해하는 이유 가운데 하나가, 그 울음소리의 음색, 이를테면 그 목소리가 음색이 세세하게 갈라지기도 하고, 쉰 목소리처럼 들리기도 하고, 숨이 찬 것처럼 들리기도 하고, 그래서 마치 단말마적인 소리처럼 들리기 때문에 그 소리를 고통의 소리로 해석하는 경우가 많지요. 특히 깊은 밤이나 새벽에는 더욱 그렇습니다. 그러나 그 소리는 덫에 걸린, 고통의 소리가 아니지요.

덫에 걸린 야생동물들은, 바로 그 순간의 고통 때문에 부지불식간에 한두 번 신음소리나 비명소리를 내지르는 경우가 있기도 하지만, 그러나 그 비명소리를 결코 계속 내지는 않지요. 비명소리를 계속 내는 것은 자신의 존재 위치와 약점을 노출하기 때문이지요. 그 친구들은 인간의 상상력을 넘어설 만큼 과묵합니다. 저는 그 친구들의 그 침묵을 종종 겪어보았고, 그래서 그 침묵에 두려움을 느낄 때가 많았습니다.

글을 쓰네, 환경운동을 하네, 하면서 세상에 이름을 내걸고 설치는 일은 참으로 두려운 일이다. '고라니'라는 아이디를 사용하는 이 독자의 고라니에 대한 경험과 해석을 경청하면서 배우게 된 것이 적지 않았지만, 그보다는 '고라니의 침묵'에 그가 느낀 두려움이 내게도 전염되어서 잠시 오한이 일었다.

겨울밤,
우리 봉단이

아까 저녁때의 일입니다.

 툇골 연구소에는 개가 여러 마리 있습니다. 개들마다 만나서 같이 살게 된 인연들이 깊고, 그 시간의 줄기도 제법 깁니다. 오늘 드릴 개 이야기는 특히 봉단이 이야기입니다.

 '봉단이'는 암놈이라 벽초(碧初)의 《임꺽정》에서 따온 이름입니다. 임꺽정의 앞부분에 봉단이가 나오지요. 그래서 별 생각 없이, 떠오르는 대로 봉단이라 작명한 이래, 그렇게 불러대자 그

놈은 그냥 그 길로 봉단이가 되어버렸습니다. 봉단이는 언젠가 고향에 갔다가 돌아오는 길에 구룡령 휴게소에서 얻은 강아지 입니다. 거기 활활 잘 타고 있던 난롯가에서 휴게소 주인과 불을 쬐며 이런저런 이야기를 나누다가 휴게소 주인장이 기르던 암캐 가 마침 새끼를 여러 마리 낳았는데, 몇 마리는 이웃에게 주기로 약속이 되어 있지만, 그러고도 남은 녀석들은 처치 곤란하다고 말했습니다. 난롯가에서 꼬물꼬물거리는 털이 하얀 강아지가 얼 마나 귀엽고 예쁜지 어떻게 키울지 깊은 생각도 없이 덜컥 기분 좋게 얻었습니다. 그 이전에도 이런저런 연유로 생긴 개들이 몇 마리 같이 살고 있었던 터라, 한 마리쯤 더 있다고 해서 뭐가 달 라질까 싶었습니다. 마치 우리의 좋은 습속 중에 지나는 객에게 밥을 권할 때, 차린 밥상에 숟가락 하나 더 얹는 게 뭐 대수란 말 인가, 그렇게 말하는 것과 비슷한 심사였던 것 같습니다.

강아지를 얻은 이켠에서 감사를 해야 하는데, 오히려 주인 장이 더 홀가분한 얼굴을 지었습니다. 어쨌거나 봉단이로서는 태어난 지 얼마 안 되어 에미 곁을 떠나 어떤 남자 품에 안겨 툇 골까시 머나먼 거리를 생전 처음 자동차라는 것을 타고 이동을 한 것인데, 그 남자가 바로 저였습니다. 어린 봉단이에게는 자동 차 경험도 놀라운 경험이었겠지만, 그때 맡은 낯선 사내의 퀴퀴 한 담배 내가 더 깊게 기억되었을 것입니다.

봉단이 나이가 몇이더라? 그러고 보니 그때가 벌써 제법 여 러 해 전의 일이었군요. 아마 육칠 년은 좋이 되지 않았을까, 싶

습니다. 사람 나이로 치면 봉단이도 이제 어엿한 중년의 나이로
군요.

　봉단이는 밥 주고 물 주는 게 꼭 저만은 아니지만, 이상하게
도 연구소의 다른 누구보다 저를 더 따랐습니다. 그런 봉단이가
어떤 때에는 이상한 일이다 싶지만, 그 까닭을 이내 이해할 수
있습니다. 제가 안고 왔으니 봉단이로 볼 때 제가 봉단이 일생에
서 처음 만난 사내이기 때문일 것입니다. 그래서 저 역시 봉단이
에 대한 애정과 편애가 좀 있는 편입니다. 대개 봉단이를 만나면
두 손바닥 안에 봉단이 머리통이 다 들어가게 잡고 디립다 비비
고 흔들어줍니다. 봉단이 귀도 위아래로 열이 나도록 비벼줍니
다. 사람도 세수할 때 귀를 세차게 비벼대고 나면 기분이 좋아지
니까 개라고 해서 다를손가, 그게 제 생각입니다. 혈액 순환, 그
딴 것은 제가 잘 모르지만, 그렇게 머리통과 귀를 한참 동안 비
벼주면 봉단이는 흔들어대던 꼬리 짓을 잠시 멈추고 가만히 머
리통을 제게 맡기고, 제 식의 애정표현을 즐깁니다. 제가 손을
떼면 제 다음 동작을 잠시 기다렸다가 기척이 없는 듯하면 스스
로 머리통을 좌우로 아주 빠르게 흔들어댑니다. 저로 인해 헝클
어진 머리털을 자기 마음에 드는 상태로 만들어놓는 동작일 것
입니다. 개든 사람이든 자기가 좋아하고 유지해야 할 몸의 상태
가 있는 법인데, 봉단이도 그렇습니다. 저와 봉단이가 우정을 나
누는 방식은 그렇게 진행됩니다.

　그런데 아까 저녁때의 봉단이와의 만남은 다른 날과 달랐

습니다. 저녁때라고 했지만, 이미 9시 뉴스가 끝난 뒤라 깊은 밤이라 말해도 됩니다. 장작 창고에 나무를 가지러 갔다가 문득 달빛에 봉단이가 스쳐 보였습니다. 다른 날 같으면 "잘 자라, 봉단아!", 한마디 던지고 그냥 나뭇짐을 들고 현관으로 들어올 일이었는데, 왠지 아까는 그냥 들어오기가 이상하게도 마음에 걸렸습니다. 유난히 길고 추운 겨울 동안 한데에서 묵묵하게 잘 견뎌준 게 고맙기도 하고, 제가 마당에 나선 순간부터 오로지 모든 신경을 제 일거수일투족에 집중하는 그 어린 생명체의 한결같은 사람에 대한 애정이 다른 때와 달리 제 마음을 툭, 건들었나 봅니다. 현관 쪽에서 행여 인기척이라도 날라치면 오로지 모든 신경을 그 언저리의 사람의 일에 쏟는 봉단이의 무서운 충직은 당연하다기보다는 불가사의한 구석이 있는 것이지요.

장작 짐을 현관 난간에 내려놓고, 봉단이 앞으로 천천히 걸어갔습니다. 녹다가 얼어붙은 마당의 눈더미를 밟자 낡은 등산화 밑에서 서걱서걱 얼음이 부서지는 소리가 났습니다. 봉단이는 제가 자신에게 발길을 돌리는 눈치를 알아채자 맹렬하게 꼬리를 흔들어대면서 앞발을 경중경중 들고, 잠시 뒤에 일어날 일이 무엇인지도 모르면서 기뻐 날뛰기 시작했습니다.

다른 때와 같이 저는 봉단이 앞에 주저앉아 두 손을 활짝 펴서 봉단이 머리통을 잡았습니다. 그런데 이상한 일이었습니다. 제가 봉단이 머리통을 잡기도 전에 봉단이는 잽싸게 머리통을 제 무릎 안쪽으로 쑤셔 넣는 것이었습니다. 앞에 앉은 제 허벅지 안쪽 사타구니로 머리통을 흔들어 집어넣으면서 봉단이는 "그응 그으응, 그으으응!!" 하면서 다른 때와 달리 뭔가 간절하고 절박한 이야기를 해대는 것이었습니다. 이 녀석이 다른 날과는 다른 짓을 하고 있으므로 저는 좀 놀라서 봉단이 머리통을 잡는 일마저 잊고 제 살로 파고드는 봉단이의 어깨를 두 손으로 잡았습니다.

"그래 봉단아, 지금 너 무슨 소리를 하고 있느냐?" 제가 물었습니다. 제 목소리에 봉단이는 더욱 세차게 머리통을 흔들면서 제게 앵겼습니다. "끄응, 끄으응, 끄으으응!", 봉단이가 분명 뭔가 말을 하는데, 그 내용을 저는 사람이고 봉단이는 개인지라 알아낼 재간이 없었습니다.

가슴속에서 문득 뜨거운 것이 치밀어 올랐습니다. 어린 한 생명체가, 겨울밤 마당에서 자기 앞으로 다가온 주인의 살을 파고들면서 뭔가 열심히 절박한 몸짓으로 이야기를 해대는 모습에 아주 구제불능의 삭막한 인간이 아니라면, 어찌 감동하지 않을 수 있겠습니까. 한참 동안 봉단이의 알아챌 수 없는 말에 귀 기울였습니다.

"겨울이 왜 이렇게 길지요? 도대체 언제 봄이 오는 거예요?"
봉단이는 마치 그런 말을 하는 것 같았습니다. 아니, "작년처럼 올해에도 봄이 오는 거죠? 봄이 오면 눈도 녹고, 땅에서 푸른 것들이 솟아나고, 얼마 후에는 산천이 다시 녹음으로 우거지는 것, 맞죠?" 그런 소리를 하고 있는지도 모릅니다.

봉단이가 무슨 소리를 하든 간에 저는 "오냐, 오냐! 그럼, 그렇고말고!" 그렇게 진심을 담아서 대꾸해주었습니다. 어차피 사람의 말이 봉단이의 소리와 다른 노릇인지라, 뭐라고 발음하든 이켠의 마음만 전달되면 그만인 일이기도 했습니다.

얼마 후, 제가 늘 그러했으므로 봉단이도 잘 알고 있는 동작인데, 세차게 한번 어깨와 머리통을 잡고 흔들어주면서 마무리 인사를 했습니다. 그리고 다른 때와는 달리 잠시 마당 한복판에 서서 밤하늘을 쳐다보았습니다. 달은 구름에 가려 있었지만 아주 차고 밝았습니다. 달빛을 머금은 구름은 신비로운 빛깔을 뿜어내고 있었으며 구름 사이에 배면처럼 깔려 있는 푸르고 맑은 밤하늘은 깊기만 했습니다. 군데군데 보석처럼 반짝이면서 떠 있는 별들이 보였습니다. 별들은 가만히 떠 있지를 못하고 파르르 떨면서 반짝이고 있었습니다. 별들의 크기는 각기 달랐고, 뿜어내는 빛깔 역시 조금씩 달랐습니다. 달리 표현할 길이 없어서 신비로운 밤이었다고 말해놓겠습니다.

시골의 겨울 밤하늘은 만약 고개를 쳐들기만 하면 언제든지 그렇게 아름다운 모습을 아낌없이 보여줍니다. 하늘의 구름이나 별들도, 지상의 봉단이처럼 사실 듣기로 작정하기만 한다면 무슨 이야기인가 하고 있다는 것을 알 수 있습니다. 요란스럽게 살고 있지만 다른 존재의 소리는 들으려고 하지 않는 사람이 어쩌면 가장 외로운 존재일지도 모릅니다.

난로에 장작을 넣으면서도 아까 봉단이가 한 짓에 대해, 봉

우리가 흔히 '짐승'이라고 무성의하게 사람과 차별해서
부르는 생명체들은 우리에게 '마음'에 대해 생각하게
합니다. 마음이 머릿속에 있느냐, 가슴속에 있느냐는 따분한
질문입니다. 내게도 마음이 있고 동물에게도 마음이 있다고
생각하면, 그 마음들은 바로 통하는 것을 느낍니다. 엄동설한
속에서 봉단이가 이겨내고 지켜온 것은 단지 겨울의 추위만은
아니었을 것 같습니다. 어느 추운 날 저녁, 봉단이와 곧 봄이
올 것이라고, 조금만 참자고 서로 마음을 나누었습니다.

단이가 말한 소리에 대해 다시 생각해보았습니다. 얼마 후에는 틀림없이 봄이 오겠지요.

세밑의
들기름
한 병

입춘 즈음에 우리는 다시 280만여 마리의 날것들을 산 채로 땅에 파묻었다. 생명 가진 것들의 고통에 우리는 둔감하다. 인간종에 대한 익숙한 절망감 때문에 나는 깊은 침묵에 빠지든가 그래도 애써 들기름 이야기를 하거나 둘 중의 하나를 택해야 한다.

연구소는 골짜기에 있고, 얼어붙은 개천과 같이 흐르는 작은 길 앞쪽에 자두나무집이 있다. 자두나무집은 연전에 작고한 건축가 정기용씨가 지은 흙담집인데, 한 영화감독이 그가 세상

뜨기 직전에 그 댁에 찾아온 것을 필름에 담는 바람에 적잖은 사람들이 입에 올리곤 하는 집이다.

그 댁 주인과 나는 십수 년 전부터 나름의 생명운동을 벌이고 있는 터이다. 바로 그 자두나무집 주인 정선생이 손에 뭔가를 들고 민들레길을 올라오고 계셨다. 나는 그때 거위들 물을 주기 위해 도끼 한 자루를 들고 개울의 얼음을 깨고 있었다. 걸음걸이가 다른 날보다 경쾌했고, 어딘가 상기되어 있었다.

"앵두할머니가요."

그쪽에서 먼저 큰 소리를 냈기 때문에 나는 그보다 조금 더 큰 목소리로 "빙판 조심하세요" 하고 외쳤다.

"앵두할머니가요. 들기름을 주셨어요."

민들레길 전체가 진종일 그늘인 데다 겨울 내내 빙판인지라 주의를 당부했건만, 정선생은 앵두할머니 이야기가 더 급한 모양이다. 그러고 보니 손에 2홉들이 병에 담긴 노리끼리한 '장판'색 기름병을 들고 계셨다.

앵두할머니는 이웃집 팔순 노인, 10여 년 이상 같은 마을에 살면서 때 없이 나눌 것을 주고받는 일이 특별한 일이 아니건만, 다른 날보다 정선생은 더 환색하고 계셨다.

"무슨 들기름을요?"

개울 밑에서 길 위의 정선생에게 물었다.

"설이라 카스테라를 하나 사서 선물했어요. 그랬더니 아, 세상에, 올해 짠 들기름을 주시는 거예요."

만물이 꽁꽁 얼어붙은 세밑의 겨울. 앵두할머니가 연구소 사람들에게
들기름을 선물하셨다. 들기름을 받은 이는 연구소 정상명 대표였다.
그에게 전해 듣기로, 할머니는 "하나는 우리 아들 것, 그리고 하나는
우리 것, 그리고 이거야. 근데 보라구, 똑같애!", 하면서 들기름을
번갈아 허공에 쳐들고 그 속에 똑같이 담긴 양을 보라고,
낮은 목소리로 조금은 쑥스러워하는 기색마저 띠면서 주시더라는
것이었다. 올 깨농사로 기름을 짰더니 겨우 2홉들이 세 병이 나왔는데,
시내에 사는 아드님과 당신들이 드실 것, 그리고 나머지 한 병을
연구소에 선물하신 것이다. "똑같애! 똑같애!" 기름을 똑같이
나누셨다는 이야기였다. 이것은 결코 예사로 들어넘길 말이 아니다.

대충 그런 이야기였다. 새로울 것 없는 이야기였다. 딱히 명절이 아니어도 정선생은 이웃 노인들에게 때 없이 크고 작은 선물을 해오셨기 때문이다. 그런데 개울에서 올라와 마당에서 정선생을 만나 좀 더 들은 이야기 중의 어떤 장면은 그로부터 며칠이 흘렀는데도 영 잊히지 않는다.

빵을 드리러 갔더니 할머니는 그렇잖아도 들기름을 짜놓고선 무릎이 아파 거동이 불편한지라 언제 드리나, 하고 있었다는 것이다. 그러면서 할머니는 광의 선반에서 들기름 세 병을 꺼내보이면서, "하나는 우리 아들 것, 그리고 하나는 우리 것, 그리고 이거야. 근데 보라구, 똑같애!", 하면서 들기름을 번갈아 허공에 쳐들고 그 속에 똑같이 담긴 양을 보라고, 낮은 목소리로 조금은 쑥스러워하는 기색마저 띠면서 주시더라는 것이었다.

"그래요? 자두나무집에서 드시지 왜 갖고 올라오셨어요?"

"우리 집에는 기름이 있어요. 연구소 식구들과 같이 먹어요."

그 이야기를 처음 들었을 때에는 앵두할머니도 어떤 분인지 잘 알고 있고, 이웃집 노인네를 극진하게 대하는 정선생도 잘 알고 있기에, 그리 특별한 일로 새겨듣지를 않았었다. 들기름 한 병이 무슨 대수로운 일인가, 싶기도 해서 들기름 이야기를 이내 잊어버리고 말았다.

그런데 며칠이 지난 뒤에도 할머니가 들기름을 선물하면서 쑥스러운 듯 말씀하셨다는, "똑같애!"라는 말이 자꾸만 가슴속 깊은 곳에서 차오르기 시작했다. 그것은 마치 작은 샘물처럼 조용히 차올랐다.

올해 깨농사로 기름을 짰더니 겨우 2홉들이 세 병이 나왔는데, 시내에 사는 아들에게 줄 것과 당신들이 드실 것과 이웃집 정선생 줄 것, 그렇게 세 병을 그 양에서 조금도 차별 없이 '똑같이' 담았다는 것이다. 이것은 너무나 이해하기 쉬운 말이고 아무렇지도 않게 듣고 넘길 사건이기도 한데, 왜 그 말이 자꾸만 남는 것일까? 그 문제로 나는 고심했다. 농사든 뭣이든 나는 내 것을 내 자식에게 줄 것과 이웃에게 선물할 것을 '똑같이' 담아본 적이 있었던가. 물론 비약이 심한 줄 알지만, 이 살처분의 시절에 도대체 어떻게 살아야 옳단 말인가, 다시금 묻게 되는 것이다.

봄을 기다렸던
나의 이웃,
박나비

툇골에 내 이웃이 있다. 마을 초입에서 밥집을 하는 '나비야' 박
사장이다. 나는 그를 "박나비님"이라 부른다. 채식식당인 그의
밥집에서는 그가 가꾼 푸성귀들, 채소들을 반찬으로 내놓는다.
쌀이야 이웃 쌀농사 짓는 이들에게서 사오지만, 그 외의 나물들
은 모두 그가 키우거나 캔 것이다. 더덕, 머우(머위), 시금치, 상
추, 콩나물, 고추, 미나리, 돈나물……, 쑥은 물론이다. 심지어 버
섯까지도 그가 산에서 직접 딴 것이다. 송이버섯보다 더 친다는

능이버섯도 밥상에서 보인다. 세상에 가족과 먹을 양도 안 되는 능이버섯을 밥상에 내놓는 밥집이 세상에 어디 있단 말인가. 밥집 이야기를 한다고 해서 그의 생업인 밥집을 광고해 공공 지면의 필자가 지켜야 할 기본적인 상궤에서 벗어날 생각은 추호도 없다. 단지 나는 내 이웃 '박나비'라는 사람에 대해 말하고 싶을 뿐이다.

그가 수년에 걸쳐 가꾼 너른 잔디밭에는 그가 만든 다양한 의자, 널, 화분으로 쓰는 장독이 늘어서 있다. 꽃도 되게 좋아해서 그가 가꾼 꽃만 해도 100여 종이 넘는다. 아예 작은 정원이라고 말해야 옳지, 이건 밥집 마당이 아니다. 마당 잔디밭 한구석에는 기다랗고 튼실한 판자가 놓여 있었다. 널빤지 한복판 아래로 모래가 든 자루를 하나 집어넣자 근사한 널이 되었다. 손님들 중에 어렸을 적에 널을 뛰어본 사람들은 경중경중 잘도 널을 뛴다. 지난겨울 나도 한번 널을 뛰어봤다. 담배를 심하게 피워대며 살아서인지 잠시 뛰었는데도 숨이 찼다.

그런데 어느 날 들렀더니 널빤지 복판이 딱 부러져 있었다.

"아니, 이런!" 나도 모르게 좋은 널판이 너무나 아까워서 신음소리 같은 게 새어나왔다.

저쪽 닭장에서 대패질을 하던 박나비님이 이쪽을 보지도 않고 대답한다. 내 안타까움에서 그가 우정을 느낀 것이다.

"같이 뛰어야 하는데, 어떤 (무거운) 사람이 그만 박자를 맞추지 못했나 봐요."

그래서 널판이 부러졌다는 설명이다. 내가 이럴진대 그는 얼마나 아깝고 애석했을까? 아주 좋은 널빤지였는데.

나비야 건물도 수년에 걸쳐 그가 직접 지었다. 나는 그가 집을 짓는 것을 오가며 보았다. 그는 집을 아주 천천히 지었다. 거의 인부들을 안 쓰고 혼자 짓다시피 했다.

한옥과 양옥이 섞인 이상한 구조물이지만, 재미있다. 재활용품도 건물 여기저기에 넣었다. 마루의 나무 재질도 조금씩 다르다. 섬돌의 돌멩이도 각양각색이다. 상류의 돌과 하류의 돌이 마구 섞여 있다. 섬돌 밑에는 장식으로 장작을 잔뜩 집어넣어 놓았는데, 나는 그 장작이 늘 부럽다. 내가 하도 장작에 눈독을 들이고 껄떡거리자, 언젠가는 뒤란의 장작들을 쌓아놓은 상태에서 한 2미터쯤 되는 양을 선물하기도 했다. 내가 달라고 했는지, 그가 내 말리지 못할 장작 욕심을 눈치채고 주었는지 아리송하다. 쓰잘데없는 명예욕이나 재물욕이나 다른 욕심은 어느 정도 정리되었는데 유독 한 가지, 땔감 욕심만큼은 자제가 안 된다. 불에 타는 나무란 나무는 1년 내내 부지런히 주워 모아 2~3년 겨울은 족히 땔 땔감이 있건만, 여전히 나는 잘 마른 장작을 보면 사족을 못 쓴다.

다시 박나비님 이야기로 돌아가자. 실내의 탁자, 실외의 탁자 모두 그가 짰다. 언젠가 마을 안쪽의 털풀님과 같이 화천 쪽 길가 어느 모텔 지하의 노래방에 간 적이 있는데, 나이 사십이 넘은 그는 자신을 '툇골의 귀염둥이'라고 소개했다. 무슨 노래를 부르고 나서 그랬는지 기억이 안 난다. 김추자는 아니고, 아마 주현미의 노래를 부른 뒤 그랬을 것 같다. 그런 자기소개가 재미 있었다. 명랑한 사람이다. 그러나 그는 무엇보다도 목수다. 삼척 의 무슨 한옥 짓는 학교에 가서 정식으로 목공 공부를 했다고 한 다. 탁자를 만들 때 그는 못을 사용하지 않는다. 어느 날, 그가 공 부하던 때 묻은 목공 교과서를 본 적이 있는데, 도표도 많고 전 문용어도 많은 '골 때리는' 책이었다. 거기 그의 깨알 같은 연필 글씨가 보였다.

내가 의자를 만들거나 탁자를 만드는 방식은 아주 원시적 이다. 널빤지 밑에 다리 네 개를 붙이고, 그 다리 사이에 지지대 만 걸쳐 못이나 피스로 박아버리면 그만이다. 그러고 앉아봐서 무너져내리지만 않으면 내 작업은 끝난다. 그러나 정식으로 목 공을 배운 그는 이음새에 기술이 들어가고, 만들려고 하는 것의 재질을 따지고, 만든 뒤에 칠을 하는 등 장식이 들어간다. 만드 는 도구들도 나보다 훨씬 많다. 나는 망치와 못과 톱만 있으면 되지만, 그는 장비가 많다. 대패, 그라인더, 끌, '빵기통'까지. 정 리해보자면, 내가 만든 것은 단지 실용을 위한 조악한 것들이고, 그가 만든 것들은 바야흐로 문화에 속하게 될 것이다.

지난겨울인가, 지지난해였던가. 그가 말했다.

"어서 봄이 왔으면 좋겠어요."

그런 말이야 지루한 겨울에 누구나 하는 말이기에 나는 대 꾸를 안 했다. 봄이 오면 꽃이 좋다는 사람도 있고, 자전거를 타고 바깥에 나가고 싶어 하는 사람도 있을 테니, 그것처럼 평범하고 재미딱지 없는 소망도 달리 없을 것이다. 그런 시시껄렁한 말에 내가 심드렁해하자 그가 설명했다.

"봄이 어서 와서 나가 일하고 싶어요."

뭣이라고? 아니 세상에 뭐 이딴 이유가 다 있담, 싶었다. 봄이 어서 와서 나가 일하고 싶어 죽겠다니?

"아니, 박나비님은 그렇게도 일하는 게 좋아요?"

"예, 최선생님. 전 가만히 앉아 있으면 몸이 막 쑤셔요."

그가 기다렸다는 듯이 대답했다. 나는 타고나기를 게으르게 나서인지 그렇게 몸을 움직이고 싶어 하는 사람들을 도무지 이해할 수 없다. 나는 마지못해 움직이는 체질이다. 양지 쪽에 앉아 친구들과 다리 한쪽을 달달 떨면서 '이바구' 까고, 웃고 떠들고, 아무 데나 담배꽁초 비벼 끄고, 술잔이나 돌리며 왁자하게 떠들어대는 것이 소매 걷어붙이고 고독하게 일하는 것보다 백번 천번 더 좋다.

마지못해 밭을 갈아야 하거나 거름을 치워야 하거나 마당의 거위똥이나 개똥을 치워야 할 때, 풀을 뽑아야 할 때, 엔진톱의 톱날을 바꿔야 할 때, 삽에 묻은 진흙을 씻거나 덜컹거리는 곡괭이자루에 못질을 해야 할 때, 나는 어떻게 해서든 직면한 일들에서 모면할 수는 없을까, 궁리한다. 나는 일을 하기 위해 시동이 걸리자면 한참 걸린다. 자주 쓰던 목장갑도 찾아야 하고, 모자도 마음에 드는 놈을 머리통에 얹어야 하고, 바지도 편한 낡은 작업복이어야 하고, 장화도 새지 않는 놈으로 갈아 신어야 한다. 나를 작동시키는 엔진은 아마도 무거운 모양이다. 그렇지만 고백하건대 나는 그렇게 게으른 나를 남몰래 사랑한다.

그런데 그는 생겨먹기를 그렇지 않은 모양이다. 그에게는 시동이 곧바로 걸리는 엔진이 장착되어 있는가 보다. 어떻게 사람의 탈을 쓰고 노는 것보다 일하는 게 더 좋을 수 있단 말인가.

겨울에도 그는 말로만 그렇지 그냥 앉아서 봄을 기다리지 않는다. 밥집 건물 뒤편 밭 한가운데에 그는 비닐로 또 하나의 작업장을 만들었는데, 그곳이 목공실이다. 그는 거기서 의자도 짜고 탁자도 만든다. 재료들은 그가 어디선가 집을 헐 때 쏜살같이 달려가서 얻어온 나무들이다. 서까래, 기둥, 대문 등 그는 오래된 집의 오래된 나무들을 엄청 좋아한다. 그냥 서민들의 누옥을 뜯을 때 얻어온 나무도 많지만, 한번은 무슨 사찰 일주문 기둥과 거기 매달려 있던 현판도 그의 창고에서 보았다. 지리산 화엄사, 오대산 상원사, 그런 식의 형식을 갖춘 현판이었다. 산 이름과 절 이름은 잊어버렸다. 아마 명산이나 명사찰이 아니었던 모양이다.

"왜냐고요? 최선생님, 이런 나무들은 모두 바짝 말라 있거든요. 그러니 재료로는 가장 좋은 나무들이지요."

듣고 보니 그럴 것 같다. 그가 트럭에 싣고 온 폐건축자재들은 얼핏 봐서는 나무 구실을 할 것 같지 않다. 못이나 경첩도 박혀 있고, 먼지투성이고, 흠집도 많다. 그러나 그의 손이 한번 닿으면 다른 나무로 변한다.

"박나비님! 저기, 부탁이 하나 있는데, 우리도 탁자 하나 만들어주쇼."

어느 날 문득 탁자 욕심이 생겨 한마디 했다. 지난겨울, 나는 오랜만에 펴낸 책의 인세를 받은 터였다. 쓰고 있던 탁자는 어쩌다 굴러온 가느다란 철제 기둥에 유리를 올려놓은 것이었는데 컵이나 수저를 놓을 때마다 유리가 튕겨내는 날카로운 금속음이 영 귀에 거슬리던 터였다.

"그러죠, 뭐!"

그가 마치 기다렸다는 듯이 너무나 흔쾌하게 답했다.

내심 고마웠지만 너무나 고마운 척은 않고, 그와 같이 먼지를 뒤집어쓰고 누워 있는 나무들을 골랐다.

그런 뒤 열흘쯤, 그는 아주 육중하고 백년이나 천년은 사용할 근사한 나무탁자를 하나 만들어냈다. 기둥은 어느 집에선가 문지방으로 썼던 것 같은 재질이었다. 상판은 틀만 굵직한 나무들로 감싸고, 한복판은 두꺼운 판자들을 차례로 집어넣는 방식으로 그가 설계했다. 면은 직선이 아니라 구불구불한 곡선이었고, 얼마나 무거운지 쌀가마를 올려놓아도 끄떡없을 기품 넘치는 탁자였다. 나는 탁자를 부탁하면서 높이와 면적 외에는 아무런 주문도 하지 않았다. 박나비님이 만들 탁자니까 쓸데없이 간섭하면 실례였기 때문이다.

마침내 탁자가 완성되어 그와 같이 육중한 탁자를 트럭에

'박나비'님은 한옥 짓는 것을 공부한 목수다. 박성수라는
본명이 있지만, 사람들은 그를 '박나비'라고 부른다.
그가 경영하는 게스트하우스가 '나비야'이기 때문일 것이다.
박나비는 겨울이 길다고 생각하는 사람이다. 왜냐고 물었더니
"봄이 오면 얼른 나가서 일을 하고 싶어서요"라고 답했다.
자나 깨나 뻔뻔히 놀 궁리만 하는 내게는 충격적인 답이었다.
세상에, 일하고 싶어서 봄을 기다리다니. 박나비가 만들어준
나무 탁자는 천년만년 쓸 것처럼 튼튼하고 아름답다.
완전히 마른 고재(古材)를 사용한 탁자였기에 무겁긴 했지만
그것은 목재 속 수분의 무게가 빠진 기분 좋은 육중함이었다.

싣고 연구소 거실에 들여오던 날의 기분이라니!

"박나비님! 이제 이 탁자에서 밥 먹고 책 보고, 엎드려 졸다가 이 세상 마칠 거요."

그게 나의 인사 방식이었다.

"아유, 최선생님은 무슨 말씀을 그렇게 하세요. 이 탁자를 쓰면서 오래오래 사셔야지요."

나는 일을 하지 않으면 몸이 근질근질하다는 박나비님을 물끄러미 바라보았다.

단신에 군살이라곤 하나도 없는 이 자그마한 사내의 어디에서 이런 신비로운 괴력이 나올까? 그는 밥집 주인이라기보다 정원사고, 목수고, 무엇보다도 부지런한 사람이다.

주변에 부지런한 이웃이 있다는 것은 참으로 행복하고 유익한 일이다. 나는 그에게 해줄 수 있는 일이 뭐가 있을까?

고맙습니다!

박성수 ('피어라 춘천' 대표) 님에게

꽃피는 사월, 우리는 오두막을 지었습니다.
우리에게는 오래 전 마을의 헌집이 헐릴 때 챙겨온
60여 년 된 헌 목재밖에 없었습니다.
박성수님이 잘 마른 그 묵은 나무들에
새 나무들을 보태 여섯평짜리 오두막을 지어주었습니다.
몸을 움직여 일할 때 기쁨을 느낀다는 님께서 도와주지
않았더라면 우리 오두막은 세상에 나타날 수 없었을
것입니다.

님은 새벽부터 밤늦도록 닭장터를 돋워 기초를 닦고,
기둥을 세우고, 마침내 거친 통나무를 깎아
허공에 멋들어진 들보를 올려주었습니다.
들보 위에는 화반이 달린 동자주(童子柱)가 얹혀졌고, 동자주에서 뻗어나간 57개의
흰 서까래는 마치 허공에 핀 하얀 나무꽃 같았습니다. 우리는 님께서 아껴뒀던
동자주를 우리 오두막에 선물한 것을 잊지 않고 있지요.

오월 중순께 공사가 끝날 즈음에는 마당의 자목련일도 다 떨어졌습니다.
님께서는 한옥학교에서 배운 기술과 '나비아'를 짓던 체험을
우리 오두막에 아낌없이 쏟아부으셨지요. 님의 우정어린 헌신과 집중력 덕택에
우리는 세세만년토록 즐길 아름다운 오두막을 한 채를 가지게 되었습니다.
이 오두막에서 우리는 님에 대한 감사의 마음으로 잘 놀겠습니다.
고맙습니다.

2011년 꽃피는 4월, 박니비님은 우리에게 아름다운
오두막을 지어주었고, 우리는 그에게 감사의 마음을
액자에 담아 드렸다. "님은 새벽부터 밤늦도록 닭장터를
돋워 기초를 닦고, 기둥을 세우고 마침내 거친 통나무를
깎아 허공에 멋들어진 들보를 올려주었습니다.
들보 위에는 화반이 달린 동자주(童子柱)가 얹혀졌고,
동자주에서 뻗어나간……", 하는 '썰'이 담겨 있다.
박나비님 같은 이웃이 가까이 있다는 것은 복(福)이다.

봄이 오면
접시꽃을
심어야한다

최근 '삼성'은 그들이 한 일로 인해 법정에 서는 대신 전에 내놓겠나는 논까지 포함된 8000억 원을 사회에 내놓겠다는 약속으로, 정의가 실현되기를 바라는 사람들의 마음을 당혹에 빠뜨렸다. 삼성에 곱게 보이면 사소한 이익을 얻을 게 분명한 경박한 논객들은 잽싸게 "시민사회는 단지 큰 고기(Big Fish)라는 이유로 이제 그만 물어라. 국익에 보탬이 안 된다"고 환호를 하며 사상 초유의 헌납(?) 결단에 대해 함께 기뻐할 때라고 아양을 떨어댔다. 정작 삼성으로 하여금 그나마 그런 결정을 하게 만든 주역인 참여연대는 당장 이사 갈 곳도 불확실하고 이사 비용도 부족하건만, 그 돈의 의미에 대한 판단 유보의 태도로서 돈의 용처는 물론 '삼성을 지켜보는 모임'에 들어오라는 유혹에 단호하게 손사래를 쳤다.

미국은 약속과는 달리 천문학적인 액수의 미군기지 오염 복구비를 우리에게 덤터기 씌우고 있다. 그들이 바로 그런 자들이기 때문에 평택의 대추리에서는, 멀쩡한 사람들 내쫓고 거기 들어설 미군기지가 전쟁 억제 수단이기는커녕 전쟁을 도발할 것이라는 이유로 미군기지 반대를 내건 대보름 집회를 열었다. 시위가 평화롭게 진행되었기 때문에 전투경찰들이 방패를 사용할 일이 없었다는 후문은 무성하지만, 정작 그 시위가 왜 일어나게 되었는지, 봄이 오면 대추리 땅에 다시 물을 대고 모내기를 할 수 있을지에 대해서는 아무도 말하지 않았다. 전에 뵈었을 때보다 더 늙어 보이는 사진 속의 문정현 신부는 그분이 설사 웃고 있더라도 바라보는 이를 눈물 나게 만든다. 한 종교인으로서, 그보다 한 인간으로서 주어진 시대에 대한 정직한 대응으로 일관한 그분의 삶이 우리에게 촉구하는 부끄러움 때문이다.

봄이 오고 있건만, 어디에도 반가운 소식이 없다. "보이는 건 모두 돌아앉았는가."

그러고 있는데, 툇골 연구소 비좁은 비포장의 질퍽질퍽한 '민들레길'에 택배 용달이 천천히 들어섰다. 받아보니, 제법 무겁고 큰 박스였다. '산야초'라는 분이 보내온 물건들이었다. 초록색 테이프로 촘촘하게 둘러싼 박스를 여는 순간, 입이 벌어진다.

　망치가 먼저 손에 집혔다. 그것도 쇠망치와 고무망치 두 종류다. 그 외에도 별의별 물건이 다 쏟아져 나왔다. 2미터짜리 줄자, 수평자, 펜치, 전깃줄, 시꺼먼 전선테이프, 비닐에 든 길고 짧은 피스 뭉치들, 너비 3센티미터의 고무다발, 쁘라야(플라이어), 아가리 크기가 다양한 스패너 4개, 조이면 풀리지 않는 플라스틱 조이개 한 뭉치, 커다란 온도계, 녹슨 직각자, 콘센트가 달린 플러그, 일반 테이프, 손바닥에 초록색 페인트가 칠해져 있는 두툼한 목장갑 다섯 켤레와 보통 목장갑 두 켤레, 사포, 목공칼 한 자루…… 아, 그리고 길이 1미터가 채 안 되는 흰색 고무호스도 담겨 있었다.

　장갑과 전선테이프를 제외하곤 모두 누군가 쓰던 것들이었다. 스패너는 오래 쓰던 것이라 이빨이 닳은 흔적이 역력했고, 콘센트도 때가 묻어 있는 걸 보니 한참 사용하던 것이었다.

　이게 벌써 두 번째였다. 지난해에도 산야초님은 언젠가 자신이 퇴직하고 시골 고향으로 돌아가면 쓰려고 구해둔 것들을 "재활용의 달인 금연못각님에게 보낸다"고 이번처럼 택배로 문득 보내주셨다. 그때는 방앗간이나 기름집에서 쓰는 플라스틱 끈다발 두 뭉치였다. 얼마나 촘촘히 감겨 있었던지 평생 쓰고도 남을 양이었다. 그것은 개집 대문을 만들 때, 접어서 경첩으로 사용한 이래 아직도 창고에 소중하게 남아 있다. '금연못각'은 도저히 담배를 끊지 못하겠다고 스스로 굴복해 붙인 나의 인터넷 아이디이다. 산야초님이 이 형편없는 사람, 못각이를 재활용의 달인이라 과찬한 것은 분에 넘치는 말씀, 그저 이것저것 버려진 물건들 주워 뚝딱뚝딱, 볼품없는 생활용품들을 만드는 모습을 보고, 그렇게 불러주셨을 뿐이다.

산야초님은 누구신가. 나는 그분이 누구인지 아직 만나 뵙지 못해 모른다. 벌써 이태째 필자가 일하고 있는 연구소 사이트를 꾸준히 방문하시는 분으로서, 연세는 오십대 후반. 구로구 고척동의 한 중소기업에서 정년퇴직 때까지 근무한 뒤, 지금은 다른 회사에서 월급사장인가 중역으로 한 2년쯤 더 근무하게 되었다는 것 정도가 그분에 대한 정보의 전부다. 다시 맡게 된 이번 일만 마치면 곧바로 강원도 동해안의 고향으로 치달려가 농사도 짓고, 이것저것 목공도 하고, 공구도 만지면서 살겠다는 게 그분의 꿈이다. 그런데 내가 먼저 그 비슷한 생활을 하고 있으니, 그동안 슬금슬금 꼬불쳐둔 것을 아낌없이 보낸다는 것이었다.

"별 거지 같은 오만 잡동사니들이지만 장물은 아니니까 마음 놓고 쓰십시오. 회사 업종 전환으로 전에 사용하던 것들이 창고 구석에 '불용(不用)'으로 굴러다니던 것들인데, 봄이 왔으니 어디엔가 쓸 만한 데가 있을 것입니다. 제가 시골생활을 하면 요긴하게 쓸 물건들이지만 아직 그런 꿈이 이뤄지는 데 시간이 더 필요할 것 같아서입니다."

물건들과 함께 동봉한 편지에 적힌 내용이었다.

이런 사태는 어떻게 표현해야 좋을까. 물건들이 서로 부딪쳐 훼손될까봐 겹겹이 싼 포장지들을 풀어헤쳐 바닥에 죽 늘어놓은 뒤, 하나도 버릴 게 없는 그것들을 마치 과외의 전리품을 노획한 하급 장교의 득의에 찬 자세로 내려다보면서 나는 오장육부에서부터 치밀어 오르는 깊은 감동에 젖었다. 하지만 그 절대절요(絶對切要)한 잡동사니 물건들보다 나를 더 격심하게 감동시킨 것은 그분이 편지봉투 속에 넣은 꽃씨 한 봉지였다. 작은 단추만 한 마른 꽃씨는 마치 바위에 붙어 있던 따개비를 열어놓은 것 같았다. '적색 겹접시꽃 2005년 7월 17일'이라 적힌 메모는 꽃씨를 채취한 날짜로 보였다.

"접시꽃씨는 제가 시 외곽을 지나다 길가에 피어 있는 처음 보는 겹접시꽃이 하도 보기 좋아 채취한 것입니다. 그때가 장마철이 끝날 때라 씨앗이 영글었는지, 싹이 틀지는 모르겠지만 연구소 길목에 한번 뿌려보도록 하세요."

세상 돌아가는 판세는 언제나 그렇듯이 완고하고, 거칠고, 가망 없어 보이기 일쑤다. 그렇지만 봄이 오면 나는 할 일이 있다. 신야초님이 보내수신 접시꽃을 개울가 민들레길에 심어야 한다.

이 책의 마지막 꼭지인 〈봄이 오면 접시꽃을 심어야 한다〉에
어울리는 사진을 찾지 못해 쩔쩔매고 있을 때,
화가인 정상명 대표가 "혹시 제 그림은 어떨지요?"라고
위의 그림을 선보였다. 풀꽃운동 때부터 내가 좋아하던 그의
〈겨울〉 연작 중의 하나였다. 눈보라 치는 겨울 저녁,
허공에 깃발처럼 서 있는 꽃 한 송이와 악보가 떠 있는
아름다운 그림이었다. 반가워서 얼른 소리쳤다.
"좋습니다, 아주 딱입니다!"

나는 자주 춤을 췄다. 내 춤은 스텝도 없고 음악도 필
요 없다. 꽃이 피고 운이 좋게 그 꽃에서 향내가 나면
춤출 일이다. 마당에 들어오는 개울물이 막히지 않아
도 춤출 일이다. 거위가 건강하게 소리치고 날개를
퍼덕여도 춤출 일이다. 《논어》의 첫 구절처럼 멀리에
서 난데없이 벗들이 찾아와도 춤출 일, 아니겠는가.
연구소 2층에는 읽다 만 책들과 죽기 전에 뒤적여야
할 책들이 너무나 많으니 그것 또한 춤출 일이다. 나
는 출렁출렁 춤을 추면서 이제는 그래도 된다고 생각
했다. 그 생각이 바로 춤이다.

시골의 겨울 밤하늘은 만약 고개를 쳐들기만 하면 언제든지 그렇게 아름다운 모습을 아낌없이 보여줍니다. 하늘의 구름이나 별들도, 지상의 봉단이처럼 사실 듣기로 작정하기만 한다면 무슨 이야기인가 하고 있다는 것을 알 수 있습니다. 요란스럽게 살고 있지만 다른 존재의 소리는 들으려고 하지 않는 사람이 어쩌면 가장 외로운 존재일지도 모릅니다.

이 책에 표현된 산촌생활이 가능하기 위해서 많은 이들의 도움을 받았다. 아무것도 할 줄 모르는 사람을 다양한 방식으로 도와준 수많은 이들의 얼굴이 떠오른다.

　닭장을 지어준 신승하 선배님, '벤찌 쁘라야' 등 수많은 장비들을 챙겨서 소포로 보내주고 풀도 베고, 거위집도 같이 짓고, 안 쓰던 정자도 부수고, 밭에 거름도 넣어주고 할 수 있는 모든 일을 묵묵히 도와주신 뒤 홀언히 시리지신 산야초님, 성대 앞 사회과학서점 '논장'이 폐업했을 때 그 집의 80개 책장을 툇골로 날라서 연구소 2층으로 올릴 때 고생했던 후배 조용수님, 컴퓨터가 고장 나거나 땅을 팔 일이 있을 때마다 재깍 달려와준 디풀, 오두막의 기초를 만들어준 박나비님, 제주도에서 올라와 오두막 마지막 마무리 공사와 개울에 멋진 나무다리를 놓아준 라

비, 농사지으러 인도에서 툇골로 들어오기 전부터 귀국할 때마다 툇골에 와서 온갖 궂은일을 도맡아 하던 샥티와 미어 부부. 그뿐인가, 따뜻한 시선으로 크고 작은 일들에 호의를 표해주던 마을분들도 잊을 수 없다. 개울에 빠져 흘러간 거위를 야밤에 어렵게 찾아서 꺼낼 때 자다가 달려와서 불을 비춰준 털풀 강영태님, 칡을 같이 캐고 하늘을 나는 오색빛 닭 한 쌍을 선물했던 이웃 정승호님, 매년 농사지은 옥수수와 무, 배추를 선물하는 앵두네 최봉용님, 시내 식당에서 내 칼국수값을 슬쩍 계산하고 사라진 이름 모를 마을분. 그뿐인가, 함께 감자를 캐고 난 뒤 밭에서 커다란 웃음소리를 터뜨렸던 독서회 회원들…… 등등, 얼른 떠오르는 분들에게 먼저 감사를 드린다. 하지만 일일이 필설로 인사를 못 드리는 많은 분들에게도 가슴속에 품고 있던 감사가 깊다는 것을 밝힌다. 오랜 시간 연구소 일원으로서 주에 며칠간 툇골생활을 같이하면서 매년 봄이면 산나물을 뜯어주시던 산풀 심현숙님, 그리고 어느 해 겨울 한파로 수도관이 터져 물을 못 먹을 때 겨울 내내 시내의 수돗물을 날라다준 박광희님을 어찌 빠뜨리랴. 이외에도 시냇물처럼 스쳐 지나간 수많은 얼굴들이 떠오른다. 그분들이 내 산촌생활을 도왔던 것이다.

그리고 무엇보다도 이 모든 산촌생활이 가능하도록 먼저 툇골에 터를 잡으셨고, 내 40대 중반부터 풀꽃운동에서 시작해 오랜 시간 무슨 일이든 함께 문제를 해결하고 그 결과를 같이 나누었던 풀꽃세상 창립자이신 정상명 선생님에게 특별한 감사를 표한다. 이 책의 제목을 정해주셨고, 편집 과정에서 10여 년 동안 쌓인 수많은 사진들 중에서 책에 필요한 사진을 눈이 충혈되도록 살피면서 골라주신 정선생님의 노고를 잊지 못할 것이다. 여기 담긴 사진으로 인해 이 책이 조금이라도 더 아름다워지고 실감을 불러일으키는 효과를 얻었다면 그것은 오로지 그분 덕택이다. 오탈자를 잡아내는 교정을 보고 중복되는 이야기들을 정확하게 지적해준 아내에게도 고생했다는 인사를 남긴다.

이 책에 수록된 원고는《달려라 냇물아》와《날아라 새들아》, 두 권의 내 책들이 마침 모두 절판되었기에 거기 수록된 산촌생활을 담은 에세이들만 발췌해서 담았고, 나머지 원고들은《한겨레》나《경향신문》에 연재하던 산촌생활 이야기들이다. 이외에도 긴 분량의 처음 묶은 원고들도 있는데, 그 배경이 툇골이라는 공통점이 있다. 책 작업을 시작하면서 "이 책의 콘셉트는 아름다움입니다"라고 말했던 오월의봄 박재영 대표가 한 말이 내게 준 감동도 빠뜨릴 수 없다.

3대에 걸쳐 15년여 같이 살던 거위는 재작년 가을, 아주 건강하고 젊은 세 마리만 남았다. 어느 날 거위에게 줄 싸래기를 쇠밥통에 담다가 오른손 손목 인대가 파열되었다. 상처야 병원에 다니면서 얼마간 고생하다가 아물었지만 그 후로 더는 거위와 같이 겨울을 날 자신이 없어졌다. 그래서 깊이 오래도록 수심에 잠긴 얼굴로 생각에 생각을 거듭하다가 마침 거위와 같이 살기를 원했던 양구군 오음리에서 깨농사를 짓는 최진수·김소중

부부에게 출가시켰다. 그래서 지금 툇골 골짜기에서는 더 이상 산천이 떠나가라 맹렬하게 우짖는 거위 소리가 들리지 않는다. 조용한 툇골에서 나는 오늘도 헤매고, 아무것도 할 줄 아는 게 없어 빈둥거리면서 뜨는 해와 지는 해를 느끼고, 밤하늘의 달이 아주 빠르게 캄캄한 허공을 이동하는 것을 바라보곤 한다.

산들바람 산들 분다

초판 1쇄 펴낸날   2021년 6월 15일
지은이   최성각
펴낸이   박재영
편집   이정신·임세현·한의영
마케팅   김민수
디자인   조하늘
제작   제이오
펴낸곳   도서출판 오월의봄
주소   경기도 파주시 회동길 363-15 201호
등록   제406-2010-000111호
전화   070-7704-5018
팩스   0505-300-0518
이메일   maybook05@naver.com
트위터   @oohbom
블로그   blog.naver.com/maybook05
페이스북   facebook.com/maybook05
인스타그램   instagram.com/maybooks_05

ISBN   979-11-90422-71-0 03810

만든 사람들
책임편집   바재영
디자인   조하늘
그림   조재석